名門庶女 2

風 文創 069

不游泳的小魚 著

目錄

第十八章

平兒自被錦娘趕了出來後，就坐在正堂裡與豐兒一起繡東西，卻總是心不在焉，眼睛不時地就瞄向裡屋。冬日天涼，屋裡早換上了厚厚的棉簾子，簾子裡面還關了門，屋裡的話是半點也透不出來，一時又想起少奶奶說的，四太太會送兩個人來給爺，爺真的會收嗎？

心裡七上八下著，既希望爺能收，又不想爺收，矛盾得很。收了，有了第一個，就會有第二個，自己畢竟是少奶奶的人，若爺收了四太太的人，保不齊少奶奶就會讓爺也收了自己，與其讓別的人爭了爺的寵去，不如扶了身邊的人，怎麼著也是掌在自己手裡，好拿捏一些。

一時又恨那兩個即將到來的人，明明就是自己先到的爺的身邊，憑什麼讓她們得了先去？爺們總是會對自己的第一個女人懷有特殊心思的，她來時，她娘就這麼教過她的。少奶奶年歲小，身子骨還沒長齊，若是自己能做了爺的成人禮女人，那地位只會上升。

正胡思亂想著，就聽外面小丫頭報：四太太來了。

平兒就在外頭小聲叫了聲。「少奶奶，四太太來了。」

「吵什麼吵？再吵把妳拖出去賣了！爺想和少奶奶歇個晌都不行。」屋裡便傳來冷華庭任性的吼聲。

四太太進來時正好聽到，不由臉色又是一變，對迎著她的秀姑道：「妳們奶奶可真會保養呢，這大白日睡覺，能睡著嗎？」

「少奶奶應該沒歇的，怕是……爺……」秀姑看四太太臉色很不好看，忙訕笑著解釋道。

四太太倒是清楚冷華庭的性子，就是個長不大的半小子，心性才十二歲的孩子，平日裡在府裡頭是任性胡鬧得很，連庶母都是想打就打的人，自己倒是不用跟他一個渾人計較。只是，那錦娘也太不知事了，自己來了這麼久，再是冷華庭發渾也該出來迎吧，哪有客人上門了，她連個聲都不出的道理？

「那我先在屋裡等下妳們少奶奶吧，反正也不是很急，人帶來了，總得親自交到她手上才是。」四太太便含笑說道，倒是不用請，自己一屁股坐到了正堂上。

四兒一看，忙去沏茶，那邊，豐兒也很有眼力地拿果品出來招待著。

平兒一直站在門邊不遠處發呆，這會子看見四太太進來了，她眼睛就直往四太太帶來的兩個漂亮丫鬟身上睃。那兩個丫頭長得確實不錯，都算得上是秀美佳人，只是鼻孔朝天，一副看不起這屋裡其他人的樣子。

平兒心裡就發狠，不就仗著是四太太親自送來的嘛？兩個騷蹄子，以為就能升上天去嗎？也不想想，進了這院門，管事的就是少奶奶，再怎麼著，也只是個被人送的貨，少奶奶指不定有多恨著呢，就算爬了爺的床，少奶奶也會想著法子收拾的。

四太太這一坐，就是小半個時辰，錦娘總沒出來，四太太終於有些坐不住了。秀姑又親自去請了幾回，但一敲門，冷華庭就在屋裡大罵，四太太聽了，一甩袖，將那兩丫頭丟下，就氣鼓鼓地走了。

那兩丫頭反而就不明不白地留下來了。一般不管是小妾還是通房，到屋裡都得得了主母奶奶的同意才行，四太太親自送她們過來，就是給了她們天大的體面，只要四太太親手將她們交到了二少奶奶手裡，二少奶奶怎麼著也得看四太太幾分面子的。

可如今，二少奶奶面都沒露，四太太也只是說人送過來了，又沒說清楚，就這麼扔下她們兩個走了，情勢完全沒按著她們想像的那樣走啊！

正尋思時，裡屋的簾子終於掀開，錦娘推著冷華庭從裡屋走了出來，那兩個丫頭一看，立即起了勁，也不等秀姑介紹，自己自動地走到了冷華庭和錦娘面前行了個妾禮。

錦娘一看就凝了眼，還沒給開臉呢，就當自己是小妾自居了，還真是囂張啊，真是什麼樣的主子配什麼樣的奴才。

錦娘剛要開口，冷華庭倒先問了句。「娘子，這兩個是誰？好生面生。」

錦娘一聽冷華庭那語氣，就有些明白他的意思了，故意裝得迷糊，笑著回道：「相公，妾身也不知呢，怕是哪個叔伯的屋裡人吧。」

那兩丫頭一聽，臉都白了。二少奶奶這說的是什麼話？她們可是姑娘家打扮呢！

一個高一點的福了福後說道：「二少奶奶，奴婢兩個還是姑娘家，頭髮都沒梳呢，才是四——」

「咦，那妳們為何對我行妾禮？我還以為妳們倆早就嫁了呢，原來是我弄錯了。」錦娘不等她把話說完，便接口說道。

那兩丫頭聽得一滯，臉色就不自在了起來，在錦娘面前跪下，磕了個頭道：「奴婢兩個是四太太送來的。」

錦娘聽了便笑了起來。「我說呢，怎麼屋裡多了兩個面生的人呢，嗯，早上是聽母妃說，四嬸子心疼相公，所以送兩個人來服侍相公你呢。」

冷華庭聽了也笑了起來。「四嬸還真是好呢，知道咱們院裡正缺了兩個浣洗的人，立即就給送來了。娘子，咱們快快去娘親那兒，告訴娘親四嬸子疼庭兒，送人來服侍庭兒呢！」

那兩丫頭就像打了霜的茄子，立即蔫了，臉色也是一片煞白。那高個子的不甘心地道：「少奶奶、少奶奶，不是啊，不是這樣的，奴婢……奴婢是來給爺……給爺做通房的呀。」

「妳是來給爺做通房的？」錦娘一臉的詫異，不解地問道。

「是啊，四太太送奴婢過來時，就是這麼跟奴婢說的，屋裡秀姑嬤嬤也是知道的，四太太走時是吩咐過了的。」那高個子的丫頭說完便四處尋秀姑。

秀姑倒是很快走了上來，對錦娘說道：「適才少奶奶在屋裡服侍爺時，四太太確實來了一趟，臨走時讓奴婢跟您說，人她送來了，就等著哪天喝爺的喜酒。」

冷華庭這時抬了頭，拉了錦娘的手道：「四嬸子只說是喝小庭的喜酒對吧，那咱們兩個也是才新婚，一會子把咱屋裡還存著的那罈喜酒給四嬸子送去就是。」

錦娘聽了便笑起來，低頭溫柔地對他道：「嗯，相公考慮得真周到，那就這麼辦吧。」又對跪著的那丫頭道：「看妳的樣子似乎也不願意服侍咱們爺，這樣吧，妳既是四嬸子送來的，咱們也不能虧待了不是，妳先去浣洗房做著，要是做得不舒心，那回四太太府裡去吧。」

那丫頭急了。四太太的脾氣她是知道的，她們兩個也不過是四太太整治二少奶奶的棋子，送出來了哪有再要回去的理？不管二少奶奶會怎麼對待她們，四太太也只能是生氣，卻不能多說什麼的。奴婢嘛，對主子們來說，不過是個物件兒，中意就好生待著，不中意要嘛賣了，要嘛送了，哪裡能由得自己作主的分？

她不由得癱軟在地上，眼淚汪汪地看著錦娘，小聲求道：「少奶奶……奴婢願意服侍二少爺，求您不要送奴婢回去，奴婢去浣洗院了就是。」

錦娘臉上笑意更盛，親手拉了她起來，道：「四嬸子教出來的人就是不一樣啊，知進退得很。那好吧，妳就跟著秀姑去吧，秀姑會安排好妳們的。」

錦娘笑著推了冷華庭出去，一出了院門，錦娘便收了笑，還是有些擔心。「相公啊，咱們是不是做得過了些？四嬸子怕是要跳腳了。」

冷華庭回過頭來白了她一眼，說道：「那妳明兒將她們倆送我床上去得了。」

錦娘聽了就拿眼瞪他，勾了唇道：「這兩個太醜了，我相公可是貌若天仙啊，沒得褻瀆了你，不若明兒我再找兩個更好的，送到相公屋裡去如何？」

她又來拿他的相貌說事，明知道他最不喜歡別人說他美。冷華庭微瞇了眼，一回手就揪住了她的衣服，將她扯彎了腰，再去捏她的鼻子，狠聲道：「妳更醜我也沒嫌棄呢，妳儘管找比妳還要醜一些的來，看我喜歡不喜歡。」

錦娘差一點沒被他掀翻了去，鼻子被他捏得發癢，氣不過，五指一收就往他胳肢窩去了。冷華庭果然是怕癢的，立即鬆了她的手把她往外推。錦娘立即眉開眼笑。終於找到這廝弱點了，總是被他氣得半死，鼻子也常被他蹂躪，總算可以報仇了。他一推開，她又自後面將手伸進他的頸子裡去，還俯下身在那裡呵著熱氣。一時，兩人在院子外鬧騰起來，冷華庭縮著脖子喊：「別鬧、別鬧喔，小心我捉住妳！」

錦娘格格笑著，哪裡肯聽他的威脅，兩人鬧得不亦樂乎。冷華庭很久沒有如此開懷縱情地玩鬧過了，這種放開心懷、無憂無慮如孩子般嬉鬧的感覺，早在六年前便於他的生命中消失了，看著錦娘燦爛明媚的笑臉，他含笑的眼睛裡泛起一層水霧，突然便有些心疼。嫁給自己……她便要承受比以往更多的苦楚與危險，太多的陰謀在他們身邊環伺，要如何……才能讓她少受一點痛苦呢？

「小庭，你今天很高興？」兩人正玩著，冷華堂帶著妻子上官枚自前面緩緩而來，遠遠地便聽到小庭與錦娘玩鬧的笑聲，不由走近過來，開口問道。

冷華庭聽得一滯，臉上的笑容有些僵硬，抬起頭，鳳目看了冷華堂一眼便轉過頭，眼睛看向了別處，似乎根本不認識這個人似的。

上官枚見了，便是秀眉微蹙。

錦娘見冷華庭對世子夫婦不理不睬，不由歉意地笑了笑，過來給兄嫂行了禮，想緩解他們兄弟尷尬的氣氛，說道：「大伯和嫂嫂這是要去何處？」

冷華堂的目光便落在了她臉上，因著剛才的玩鬧嘻笑，錦娘的小臉白裡透紅，一雙大眼睛極為清亮，臉上掛著清淺的微笑，整個人顯得朝氣蓬勃。他的目光有片刻的微凝，半晌才道：「原是陪著妳嫂嫂去給老夫人請安的，聽見妳和小庭玩得開心，過來看看。」

他看錦娘的目光自是逃不過冷華庭的眼睛。他微勾了唇，眼裡閃過一絲戾色，扯了錦娘的手道：「不玩了，陪我去母妃那兒。」

錦娘被他扯著，又不能扔下他不管，只好回頭對世子夫妻不好意思地笑了笑。「大伯、嫂嫂，那我陪相公走了，你們慢走。」

錦娘推著冷華庭走在園子裡，總覺得冷華庭對他哥哥的態度太過冷淡了，若說是在裝小孩子做保護色，那他面對府裡別的人時，態度也沒有惡劣到如斯。冷華堂如今可是世子、將來的王爺，整個王府都會讓他繼承，關係弄得太僵了可不好，說不定，以後自己兩口子還得在他下巴底下接口飯吃，何必呢？

於是她見四周也沒什麼人，便勸道：「相公，你對大伯和大嫂也太過冷淡了些，畢竟是自家兄弟，不用那個樣子的。」

冷華庭聽了，便冷冷地回過頭來。「妳是看他長得風流英俊，又是個四肢健全的，是不是也動心了？」說著，一把推開錦娘，自個兒推著輪椅往前走。「妳家二姊不久就要嫁給他做小了，妳若是願意，他不介意再多妳一個。」

錦娘被他說得又氣又委屈。這廝就是個混球，她就不該以正常人的思維去考量他。她跺著腳，看著他推著輪椅遠去，一時氣急不願意去追他，嘴裡罵道：「混蛋！」

賭氣站在原地暗自生氣，轉念一想，他原就是個天之驕子，若不是那場病，世子之位非他莫屬，又生得風流無比，突然從天上跌到了地獄，驟然之間，原屬於他的光環全到了冷華堂的身上，而他卻在失去一切的同時，還要忍受別人的同情和憐憫，甚至鄙夷和輕蔑，加之來自身體毒發時的痛苦，性格會變得偏激也是可以理解的。他孩子氣的任性，恐怕一半是裝的，一半也是在發洩吧？想到這裡，她心便軟了下來，不由又提了裙追上去。

其實，冷華庭說完那幾句便後悔了，只是他一向任性慣了，從來就是別人讓著他的，認錯道歉兩個詞語在他的腦子裡就沒出現過。他氣沖沖地推著輪椅走了一段後，又有點擔心。那丫頭不會被自己氣得在哭鼻子吧……正想著，速度就慢了下來，卻見椅後忽然有了助力，又聞到了她身上那淡淡的蘭香，不由勾了唇，笑得鳳眼彎彎如半月。

王妃屋裡，王嬤嬤正在對王妃說起今兒四太太送人去二少奶奶屋裡去的情形，她也是才聽了那邊的人來稟報的。

「……二少爺與二少奶奶兩個在屋裡歇晌，四太太親自領了人過去了，少奶奶原是要起來迎的，但二少爺發著脾氣不讓，四太太便把人留下走了。後來，二少爺就說那是四太太送去給服侍他的，院子裡正缺兩個浣洗的人，說要多謝四太太心疼他呢。」

王嬷嬷說到此處掩嘴一笑，又道：「依奴婢看啊，二少爺是心疼二少奶奶呢。」

王妃聽了微微凝了眸，看了眼王嬷嬷道：「他肯疼錦娘是最好的，唉，當初……都是我誤了他，我也知道，他心裡是有怨的。」

說著，眼圈兒就紅了，王嬷嬷忙給她遞帕子，勸道：「都過去那麼些年了，您也別再多想，二少爺……怕是早就不記得那些個事了。」

王妃聽她這麼一說，更是傷心，美麗的大眼裡淚水盈盈，抽噎著道：「如今我也是想求贖當年的過錯的，只是一直也找不出究竟是何人害他，好在他身上的毒沈在了腿部，性命是無憂了，只是好好的孩子，卻再也——」

王嬷嬷聽她說起過往，不由急了，大了聲道：「王妃，您又說傻話了，一會子隔牆有耳，又得害了二少爺。」

兩個正說著，就聽外面小丫頭來報，說是三太太來了。王妃不由看了王嬷嬷一眼，喃喃道：「不會也是送人來的吧？」

王嬷嬷忙動身去迎，就見三太太真帶了兩個丫頭來了，見了王嬷嬷，瘦削的臉上就帶著討好的笑。「真是不好意思，這幾天府裡頭有些事，忙得我團團轉，就沒過來呢。」

王嬤嬤一聽，便露出一個了然的笑，裝作驚訝地問道：「三太太府裡是有了喜事嗎？若是有喜事，可別瞞著王妃，怎麼著也得送個禮，去湊湊熱鬧才是。」

三太太臉上就有了些不自在，咕噥著道：「也不是啥大喜事，就是我們老爺又納了房新人，沒好意思驚動王嫂，就自家幾個人擺了兩桌席面，樂呵了下。」

王嬤嬤聽了就想笑，抿了嘴道：「三太太可真是府裡最賢慧大方的了，三老爺這個算是第幾房了？」

三太太一聽王嬤嬤誇她，臉色便好了一些，但畢竟也知道不是什麼光榮的事，訕笑著道：「八房了。這個是正經人家的，出身還不錯。」

王嬤嬤聽了，唇邊就勾了一抹譏笑。倒真是正經人家的，不過是搶來的，三老爺都四十好幾的人了，還娶人家才十六歲的姑娘，雖然也是小門小戶的，可人家家裡寶貝著，哪裡就肯許給人做小了？聽說三老爺是打著簡親王府大牌子出去硬搶來的，人家姑娘都上吊過好幾回呢！這三太太也真是，三老爺不停往屋裡拉人，她就從沒反對過，任著三老爺任性胡來，也不知道管管，只知一味地怕三老爺，把個府裡弄得烏煙瘴氣的。

「弟妹今兒怎麼來了？我正說好些日子不見妳了呢。」王妃溫和地笑著。

三太太道：「早就想過來看看嫂嫂的，這幾天府裡頭也忙，沒抽得動身，方才四弟妹去我那裡坐了，說是庭哥兒那裡要收人，我聽得就高興，還怪她沒早告訴我呢，火急火忙地就挑了兩個好的來了，王嫂看看中意不？」

說著，就讓那兩個丫鬟往前頭站。王妃聽了又擺手。「妳別聽老四的，庭兒那兒不缺人呢，快把人帶回去吧，妳那府裡半主子又多，該人手不夠才是。」

三太太聽了，臉上又不自在了，怯怯地看了眼王妃道：「王嫂，妳既收了四弟妹的，那我送過來的妳怎麼著也得收了，雖說我送的人怕是沒四弟妹的好，但也是我精挑細選了的，我只管送給庭兒媳婦，去了她院子裡，怎麼安排我一律不管了，庭兒要是看著喜歡，那就收了，不喜歡，就做個粗使的也可的。」

王妃聽她這話還算在理，剛要點頭，就聽外面有小丫頭又來報，說是二少爺和二少奶奶來了，王妃乘機止了話，起身親自去迎。

「怎麼想著到母妃這裡來了？」王妃溫柔地對冷華庭道。

「娘，小庭帶著娘子來看看妳。」冷華庭臉上掛著燦爛的笑。

有多久小庭沒有這麼親熱地叫過自己娘呢？還說是來看自己的，王妃一時激動得有些說不出話來，一把拉起冷華庭的手，聲音有些哽澀。「庭兒，你……你今天好乖。」

那邊三太太見冷華庭小倆口進來了，忙也笑著說道：「今兒庭哥兒看著好精神呢，王嫂，妳是說吧。」

王妃笑著點了點頭，錦娘一邊推著冷華庭，一邊作勢要給三太太見禮，三太太見了忙笑著擺手。「姪媳不用多禮，不用多禮。」

錦娘便笑了笑。「三嬸子今兒也在這兒？」

三太太乘機便道：「是呢、是呢，巧了，正要去你們院子裡的，這會子你們來了，也省得我跑一趟了，妳四嬸子不是給你們送了兩個人去了嗎？我也給妳送兩個過來了，正好妳和庭哥兒都看看，還中意不？」

錦娘一聽，心便沈了下去，臉上卻笑道：「方才姪媳還跟相公說呢，我們院裡剛好缺了兩個浣洗的丫頭，四嬸子就把人給送來了，三嬸子，您這人是送給媳婦打掃庭院的嗎？」

三太太聽了錦娘的話，臉色一僵。四太太明明跟她說的是送去做通房的，怎麼又成了浣洗丫頭了？不過，她也無所謂，她送來的這兩個原就是三等的粗使丫頭，只要錦娘肯收著就行，去了做什麼事、是個什麼身分，她才懶得管了。

於是便笑著道：「原來姪媳屋裡正缺了灑掃的嗎？那敢情好，一會子妳就把人帶過去吧。她們兩個看就是有把子力氣的，做事也勤快，在我府裡時，原也是在廚房裡打下手的，灑掃的活兒一定是能幹好的。」

錦娘聽她說完倒是怔住了。咦，不是給了做通房的？看來，三太太不是個招事的人，也還變通，再看屋裡三太太身後那兩個人，果然一副老實巴交的樣子，不像那起子心比天高，成天直想著往上爬的，不由心裡暗暗高興，忙笑著過去給三太太正式行了個謝禮。「三嬸子真是想得周到，這兩個人不錯，我就——」

話還沒說完，冷華庭截口道：「我們院子裡不要這麼多人，娘子，先前不是讓妳把兩個陪嫁的弄去掃庭院嗎？那就把平兒和春紅兩個跟這兩個丫頭換了，送給三叔去，這兩個人留下來掃庭院就是。」

錦娘聽得莫名。他不是說要給平兒配個小廝的嗎？怎麼著這會子又改主意了？若是自己看著，平兒還是能配個好人的，送去三太太那兒，那就照應不到了，雖說平兒是不該有那小心思，但畢竟是自己的陪嫁啊，也不能做得太過分了吧。

她不由又要瞪冷華庭，卻見他扯了扯她的手，拉著她俯了身，在她耳邊小聲道：「她們兩個不就是想當姨娘嗎？到了三叔那兒，正好可以如了她們的願。」

他的話倒是活了錦娘的心思。也好，反正那兩個也是想往上爬的人，真只給她們尋個小廝啥的，自己一片好心，她們指不定得多恨呢，不如就依了冷華庭，倒也省去日後不少麻煩了。於是便對三太太道：「三嬸，相公說的也不錯，人您都送來了，說明您是疼著錦娘和相公呢。只是我那院裡確實人也多了，咱們是小輩，用度也不能超了規制，所以啊，我那兩個陪嫁過來的丫頭就送給您吧，也算是回禮了。」

王妃笑著說道：「老三家的，就這麼著了吧，那也是他們兩小輩的一點子心意，妳就不要再推遲了。」

肯定的語氣讓三太太不好再說啥，只好笑著收著了，只是坐在正堂裡不肯走，鼓了半天勇氣才期期艾艾地對王妃道：「王嫂，弟妹我還有些事跟您商量下。」

王妃笑著說道：「什麼事？妳儘管說說看。」

三太太想了想道：「王嫂，妳也知道，我那府裡人多，老爺又只是掛了個閒職，每月的俸祿是少得可憐，雖說也有田莊和鋪子，可是真的不夠用啊，如今我那淳哥兒也大了，正想著要說一門親事呢，這三媒六聘的就得花不少錢，妳三弟弟又是大手大腳花慣了的……」說著就停下來看王妃的臉色。

王妃越聽越臉沈。

三太太見王妃面色不善，便吞了吞口水，硬著頭皮繼續道：「我家老爺說啊，城東那家綢緞鋪子原是老祖宗時就留下來了，分府時，那鋪子是留在公中了的，如今東府裡有十幾家鋪子，王爺這……王爺這裡自是更多，也就咱府裡只有六家鋪子，說起來，也就我西府最窮。都是兄弟，二哥在朝裡可是任著戶部侍郎，那是個肥缺，王爺那就更是沒有話說了，光過年過節時朝裡大大小小的官員送禮，也不知道值多少個綢緞鋪子的收益了，您看，是不是把那鋪子劃了給我們西府去？」

她的話說完，王妃的臉都黑了。還真是獅子大開口呢，城東頭那家鋪子可是王爺合著內務府開的，全城最大也就那家鋪子了，每年宮裡頭要用的、次等一些的布料全在那鋪子裡進，比一般的皇商做得還大呢，一年的收入可比得上好幾個城郊的莊子了，她還真是會選了肥肉咬。

「不行，那鋪子原就是老三管著的，王爺接手時，虧成了啥樣，妳家老三是最清楚的。如今王爺費盡心力又經營好了，你們又來要？那不可能，再說了，都是單獨開伙好多年了，當初該給你們的早就給了，餘在公中的也是整個大家子裡的開銷，你們今年要這個鋪子，明年要那個莊子，這偌大個王府還不得被挖空了？」

三太太聽得臉上一陣紅一陣白，想了想，還是硬了頭皮道：「王嫂，我也知道那鋪子王爺費了不少心事呢，可如今西府裡實在是揭不開鍋了，公中的鋪子也多，二哥那邊日子過得也好，總之都是三兄弟的，您就劃了給我們吧。」

她用的央求語氣，又是低聲下氣的，王妃一肚子火想發，看她那個樣子又忍住了，只是道：「這事沒得商量，妳別想了。妳也真是的，老三在外面胡鬧，妳總由著他，再大的家業也得敗光了去。」

三太太聽了臉色就變了，收了一臉的怯懦，倒像是憑空生出勇氣來了似的，斜了眼和王妃說道：「我家老爺雖說是行為任性些，可他畢竟是爺們，我作為女人，應該就以他為天，他說什麼我就得聽著，為他生兒育女，掌家持家，爺們在外面才過得有體面，過得舒服，這是做女人的本分。」

王妃生生被她這幾句話給噎住，一口氣梗在喉嚨裡，不上不下，不由一甩袖，對三太太道：「好、好、好，妳賢慧，妳大方，妳持家有道，妳是女人的典範，我說不過妳，但那鋪子的事，我是不會應的。」說著就端了桌上的茶。

三太太見王妃端了茶，明著便是讓她走，便輕哼了聲起身，對王妃道：「嫂嫂何不應了，非得要鬧到老夫人那裡去了才肯嗎？到那時候，還是嫂嫂沒臉呢。」

說罷，昂著頭走了，哪裡還看得到半點畏縮的樣子。

王妃氣得臉都白了。三太太臨走時明明是赤裸裸的威脅。

錦娘自來時，便發現老夫人並不怎麼待見王妃，倒是對三太太和二太太兩個更加親熱一些，後來才知道，原來老夫人並非是王爺的親生母親，而是老王爺的側妃，而二老爺和三老爺才是老夫人親生的，只是老王妃死得早，老爺在正妃死了後就扶正了老夫人。王爺也是個孝順的，老王爺去了後，對老夫人還是很尊重的，一直當親生母親待著，老夫人在府裡的地位也很是尊崇，也一直管著府裡的事。

原本二老爺和三老爺早就該分府另過的，但就是老夫人撐著不肯。二老爺倒還好，自小便爭氣，雖然沒有爵位可承，但靠著自己的本事走科舉的路子，還一舉中了三甲，又有了王爺在朝庭的威望，當然更是官路平坦，青雲直上，若不是皇上對簡親王府有所顧忌，估計早就做到了戶部尚書之職了。

不過，侍郎雖說只是從三品，卻真的是肥缺，而二太太又是個有名的才女，最是會掌家理財，東府的日子確實過得很紅火。

而三老爺，原是老夫人的么兒，自小便是嬌慣著的，以前便是花花公子一個，娶了三太太後，三太太又是個最好拿捏的，他便沒了管束，更是上天入地、壞事做盡，常常要讓王爺去給他收拾爛攤子，王爺稍有喝責，他便去老夫人那裡打渾耍賴，都四十多歲的人了，仍是不知檢點，胡作非為。

第十九章

三夫人走後，錦娘站在冷華庭的輪椅後有些無所適從。

冷華庭臉上露出了些許不耐，回頭扯了扯錦娘的衣袖，錦娘俯身，不解地看他，他便向著王妃處睨了眼，錦娘就皺了眉。這是讓自己去勸嗎？好些個事她也不知道來龍去脈的，怎麼勸？不由搖了搖頭，冷華庭見了，就對她翻白眼。

眼波流轉間，媚意橫生，更是勾魂奪魄，簡直就是風情萬種，錦娘很沒用地再次被他的美色給煞到，又怔了眼，清亮的眸再次呆滯。冷華庭不由咬牙，伸手又去揪她的鼻子，衝口罵道：「笨蛋！」

小倆口旁若無人的嬉鬧倒是轉移了王妃的注意力，她不由笑了起來。難得小庭說話一點也不孩子氣呢，錦娘也是憨實得可愛。「庭兒，你們倆來可是有事嗎？」

錦娘正在瞪冷華庭，猛然間聽了王妃的話，忙收了眼神，臉上擠出一絲笑了，不等冷華庭開口便道：「相公就是來看看您的，沒啥事呢，娘，您若是忙，那我們就走了。」

王妃聽了便笑道：「難得你們一片孝心，晚飯就在這裡用吧，王爺今兒指不定不會來用飯了，娘一個人吃，怪冷清的。」

錦娘剛要推辭，就聽冷華庭道：「我要吃酒燜酥鴨。」

王妃聽了眼睛一亮，連聲說道：「嗯嗯，娘這就讓人去準備了，原來庭兒還記得這道菜呢。」

冷華庭漂亮的眼裡一絲傷痛一閃而過，只是抿了抿嘴道：「別人做的不如娘做的好吃。」

王妃聽了，眼圈就紅了，忙道：「那你等著，等娘親自給你做去。」

錦娘便知這道酒燜酥鴨裡怕是有故事，當著王妃的面，她也不好問，但覺得以王妃之尊親自下廚，實在是感動。

看著王妃興沖沖地就要去下廚，錦娘覺得自己坐著等吃還是很不好意思，忙對王妃道：「娘，我去幫您吧，正好跟您學學這中饋之事。看相公的樣子，娘的手藝定然是好的，我學了，以後也在院裡做給相公吃。」

王妃聽了眉開眼笑，止了步道：「妳這孩子就是懂事，那快來吧，一會子我手把手地教妳。」

錦娘便看了冷華庭一眼，見他眼裡有絲促狹的笑意，立即明白自己又中了他的道了，明擺著他就是想要自己去與王妃接近呢，這廝不知道又在打什麼主意……算了，先跟了王妃去，回去再想辦法套他的話。

廚房的管事娘子見王妃突然帶著二少奶奶進來了，忙上前來行禮。幾個廚娘正在切菜、剁肉宰雞剝魚，幹得好不熱鬧。

地上擺滿了各色食材，雖說豐富，看著卻有些雜亂無章，尤其是好些很值錢的乾貨啥的都一大簍一大簍地堆在一起，錦娘走近，用手隨意地抓了些在手裡，竟然發現有的乾貨受了潮、發了霉，她不由訝異，如簡親王府如此尊貴的府裡，怎麼會用發了霉的乾貨作食材？

那管事的婆子見二少奶奶在廚房裡走動著，一會兒看看這個，一會兒看看那個，臉色便有些不好看起來，眼裡也透著慌亂和緊張。

錦娘連著看了好幾個簍子，再去看肉品儲備，發現也是一大筐一大筐地備著的，光剛宰了的雞鴨就有好幾十隻。這裡並非是公中的大廚房，也就供王妃和王爺兩人私用的，備那樣多的食材能吃得完嗎？

錦娘不由抬眼去看王妃，只見王妃正興沖沖地拿了條圍裙繫在腰角，正準備著做菜的原料，對廚房裡的一切視若無睹，全無介意的樣子。

這會子，她有些明白冷華庭讓她跟著王妃來廚房裡的用意了。除了與王妃拉近關係，更重要的是讓她親眼看看這府裡的髒污事吧？若是如西府三老爺那樣，一點一點地在外面剝王府的產業，而裡面，王妃手下的人又如一隻隻貪吃的老鼠一樣，一點一點蠶食府裡的銀錢，真有金山銀山也得被掏空了。

「娘，這幾日您屋裡要宴請嗎？」錦娘淡淡地看了管事娘子一眼，裝作好奇地問王妃。

管事娘子聽了一怔，眼睛就慌亂地看了錦娘一眼，低了頭繼續做事。

王妃頭也沒回，正在那兒配作料，溫柔地說道：「沒有宴請啊，怎麼這麼說？是不是覺得守著院裡不好玩了，想找幾個小姊妹來聚聚？娘這裡食材多，要是妳真想請，就在娘這裡辦幾桌好了。」

錦娘答道：「不呢，錦娘才進府幾天啊，可沒那個心思去請人，府裡這些個叔伯姊妹們都還沒認全呢，謝謝娘，我只是看您這裡食材如此之多，以為您要大宴賓客呢。」

那管事娘子一聽，舉起的菜刀差點就沒剁到自己的手上，目光微閃。

王妃放下了手裡的活計，轉了身看錦娘，眼裡露出絲疑惑。「我這院子裡也有好幾十號人呢，也不是我和王爺兩個人吃呀，光兩個人自然是吃不下如此多的東西的。」

錦娘道：「娘，下面的那些人不是都在大廚房裡用飯嗎？怎麼也要在您這小廚房裡？再說了，各個等級的丫鬟婆子們不是都有定制的嗎？大丫頭吃的是幾葷幾素，管事嬤嬤吃的又是幾葷幾素，都是定下了的，您這院裡就算有四十個人，也用不到這許多的食材去，這不是浪費嗎？」

果然王妃眼裡露出驚奇的神色，迷惑地看著錦娘說道：「是嗎？妳說的好像也是真的呢，這事我得問問王嬤嬤，看來這兩年，我一心撲在庭兒的身上，倒是把自己院裡的事給荒廢了，這些人……原是我最信任的。」

王嬤嬤先前沒跟著王妃進廚房，一直在外面陪著冷華庭，這會子見王妃冷著臉帶著少奶奶出來，不由詫異地看了兩眼。

「王嬤嬤，我的廚房可是一直由妳掌管著，我對妳如何，妳應該心裡最清楚。」王妃坐在正位上，端起桌上早就冷了的茶喝了一口，接著又道：「正是因為信妳，才把身邊的事都交了妳去打理，可妳看看，妳都管了些什麼事呢？」

「王妃，您說的老奴都不懂啊，可是……出了啥樓子嗎？」王嬤嬤就有些裝傻了，反正王妃平日裡對於算帳啥的是最糊塗的，王妃的眼裡只有王爺和二少爺，就像不食人間煙火的仙人一般，從不過問自己院裡的雜事，今兒怎麼說起這些話來了？

「讓廚房裡劉氏出來回話吧，一會子我也不問，就讓錦娘來問好了，若是都答得上來，又是合情合理的，那我自是不管，繼續由著劉氏管著廚房；若是說不出個理來，那也別怪我不講老情了。妳也知道，我最忌諱的是什麼？」王妃將茶杯輕輕地放在桌上，美麗的鳳眼裡含了冰霜，冷冷地看著王嬤嬤。

錦娘一聽這話可真是哭笑不得。她沒想到王妃想事如此簡單，那廚房裡的食材可是每日都由廚房裡寫了條子報上來，拿給王妃看了，王妃下了印，才交了外面管事的去採買的，這會子問劉嬤嬤，她肯定會這樣說的，就算她們報的量超了，那也是王妃自己同意了的，只要咬定這一點，她們就什麼錯都沒有，頂破天，也只是做事不用心，換了差事就是，要她如何去問？問不出啥事來，怕還會引得王嬤嬤和那劉嬤嬤的嫉恨，何必啊？

錦娘便抬了眼看冷華庭。這廝肯定早就知道王爺院子裡的這些事，只是他一直裝小孩，故意萬事不管，這會子推了自己出來，什麼意思？

觸目便看到他鳳眼裡有著殷殷的期望，還有安撫之色，錦娘於是知道，他是希望自己戳穿某些假象的。

「娘，錦娘剛進府沒幾天呢，對府裡的事也是一知半解的，方才在廚房裡，也只是覺得那些個東西太多了些，有些價值不菲的乾貨放著還上了霉，真是浪費啊，所以才想著要問呢，如今這些東西自是過了您的目才買回來的，再問她們幾個，怕是也沒啥用處，不若……」說到此處，她便頓了頓，似是在猶豫著，該不該說。

「不若什麼？」王妃的聲音竟然有些急切。

錦娘接著道：「不若拿了帳本查對，看看每日院裡的用度是不是合了規制，若是合的呢，自是沒什麼問題，劉嬤嬤所做也是應理明瞭的事，並無錯處；若合不上，差的數目大了，那就該查查是怎麼回事呢。娘，您心好，放著心地用她們，可保不齊人心不足，見錢眼開，您可別讓那些眼淺的小人騙了去。」

王妃一聽，覺得很有道理，便對王嬤嬤道：「去，先找了帳房，將小廚房裡的帳目都拿來給二少奶奶看，可別真查出紕漏來，若真有，仔細妳們的皮！」

王嬤嬤一聽，果然臉都綠了，瞪大了眼睛看著錦娘，眼裡露出一絲懊惱來。錦娘淡笑地看著她，一副鎮定自若的樣子，知道王嬤嬤是王妃身邊之人，也是王妃最得力的，但若就是她這個最得力的在壞王妃的事，那就還真是容不得了。

要知道，王妃如今就是她和冷華庭的依靠呢，幫王妃就是幫自己。

王嬤嬤心慌意亂地退了下去。

不久，就聽外面的小丫頭來報。「世子妃來了。」

王妃正被廚房裡的事氣著，聽得小丫頭一報，愣了下，便對劉嬤嬤使了個眼色道：「妳先退下去吧！」

上官枚含笑走了進來，抬眸一看錦娘和冷華庭都在，笑容更加親切了。「唉呀，就知道二弟也在，剛才枚兒就應該把相公也扯了進來。相公說，找了一味好藥給二弟呢，聽說能活血絡筋，對二弟的腿很有幫助的。」

錦娘聽了便看向冷華庭。這廝怕是太無聊了，竟然坐在輪椅上寐著眼，一副昏昏欲睡的樣子，她便知道他對世子妃的話沒點興趣。

她對世子妃笑道：「可真是讓大伯費心了呢，嫂嫂可一定要替我家相公謝謝大伯。」

上官枚笑著給王妃行了一禮，轉過頭，一雙明媚的大眼笑成了月牙形。「弟妹客氣了，都是自家兄弟呢，哥哥關心弟弟可是天經地義的，還謝來謝去的做什麼，這話說得就外道了，母妃，您說是嗎？」

王妃臉上又掛上了溫婉親和的微笑，點點頭道：「那是自然，枚兒，這會兒來了，怕是還沒用飯吧，一會子在這裡吃點？」

上官枚高興地說道：「我還真是想在母妃這裡蹭飯吃呢。」一副嬌憨可愛的模樣。

王妃看了臉上全是笑。一會子，飯菜做好，擺上了桌，幾人分主次坐好。錦娘便很乖巧地挾了一筷子鴨肉放到上官枚的碗裡，說道：「嫂嫂，吃吃看，可是娘親手做的呢。」

上官枚笑了，嗔道：「母妃真是偏心呢，弟妹一來，您就親手做菜給她吃，我都來了大半年了，您可沒做給我吃過。」那樣子既嬌俏又純真，說得王妃笑了起來，罵道：「妳這孩子，我也沒少做給妳吃，只是不合妳的口味呢。」

四個人正吃著，王嬤嬤終於拿了厚厚的兩本帳本回來了。

上官枚很好奇地問：「王嬤嬤，妳手裡拿的是啥呢，好厚的，不會是書吧，拿來我看看。」

王妃聽了便道：「不過是兩本帳，我讓王嬤嬤拿來的，一會子想讓錦娘學學帳務，以後管家可是要用著的。」

王妃話音未落，上官枚的臉就沈了下去，半晌才道：「娘的意思是，讓弟妹以後掌家？」

錦娘聽得一愣，看向王妃。說起來，王府裡頭，若是王妃要找個人接手掌家，世子妃當然是首要的人選，畢竟世子是將來王位的繼承人，整個王府都得世子來繼承，世子妃就是將來的王妃，自然也是這府裡將來的當家主母，斷沒有讓錦娘掌家的道裡。王妃其實也就這麼一說，她自己還年輕呢，沒想那麼遠，只是覺得錦娘還小，該學著點東西而已。

但上官枚反應太大，倒讓王妃眉頭皺了起來。庭兒是自己的親生骨肉，世子不過是庶出的，有了王位繼承權已經是得了最大的便宜了，就算自己把掌家之權給了錦娘又如何？兄弟倆要分得那樣清楚嗎？

王妃道：「想讓她跟著學學，以後總是用得著的。」

這話說得模稜兩可，既沒說讓錦娘以後掌家，也沒說不，上官枚聽著就有些氣悶，卻不好發作，便轉了口，指著那帳本道：「這帳便是拿來給弟妹看的嗎？母妃不如連我也一塊兒教了吧，一會子讓我也看看這帳本才是。」

王妃聽得一怔，抬眼認真地看上官枚，微笑道：「這兩本不過是我院裡的私帳，拿來也就是讓錦娘熟悉一下的，妳若真想學習，一會子讓王嬤嬤帶妳去看公中的帳冊去。」

上官枚一聽說是讓看公中的帳冊，心中一喜。她早就想看帳了，只是一直不得王妃的准許，她也不好強行開口去要，這會子正好搭了錦娘的福，遂了心意，心裡自然是高興。

「那好吧，明兒王嬤嬤得了空便帶我去，不過，若是遇著不懂的，母妃，妳可不能偏心，也得跟教弟妹一樣，也教了我才是。」上官枚眉花眼笑地說道，語氣裡帶著絲撒嬌的味道。

吃過飯，碧玉上了茶，王妃便與兩個媳婦扯了些閒事。冷華庭難得的眼神炯炯，沒一絲不耐，很認真地聽著三個女人聊天，不時還好奇地插上兩句。

幾人正說著，外面小丫頭來報，說是劉姨娘來了，也帶著兩個漂亮丫頭呢。

王妃聽了就沈了臉。還真是會湊熱鬧，怎麼別的事沒如此熱心呢？

她忙讓錦娘去迎，錦娘一聽說又帶了人來了，心裡就窩了火。這還有完沒完啊？乾脆把那人都換成銀子算了，有多少自己收多少，奶奶的，怎麼就見不得自己安生呢！

劉姨娘一見錦娘便湊了上來，一把拉住錦娘的手道：「唉呀，錦娘，姨娘來晚了，妳四嬸子最後一個告訴我呢，我火急火忙地就挑了兩個最好的人來，快來看看，妳滿意不？」

錦娘乾笑著，一邊不著痕跡地推了劉姨娘的手。劉氏一瞥眼，便看到自己的媳婦也在座，臉色微變了變。自己來了，上官枚連眼皮子都沒抬一下，不由氣紅了臉，但當著王妃和錦娘的面也不好發作，只好氣鼓鼓地坐到王妃的下首，冷著臉，也裝沒看見上官枚。

王妃喝了口茶，瞄了眼那兩個丫頭。劉氏帶來的兩個模樣還真周正，其中一個長得水蛇腰，眼兒有點上勾，流轉間便帶了絲媚色，很是妖嬈，與劉氏在氣質上倒有幾分相似。這樣的人一看就不是個老實的主，若進了庭兒屋裡，還不得鬧個雞犬不寧，這劉氏可真是有心機啊。

那丫頭此時正睨著錦娘，一看錦娘雖然清秀，但長相實在一般，立即便有了底氣，看人的眼光也有些發挑了，一轉頭看到坐在輪椅裡的二少爺，立即魂都丟了半邊，眼睛如黏上了一般，移都移不開。

冷華庭聽到劉姨娘的話時就很是煩躁了，這會子再被個女鬼色迷迷地盯著，不由火氣直冒，一伸手，搶了錦娘手裡的茶杯蓋便砸了過去，正中眉心。

王妃正在和劉姨娘打著太極，忽然就聽了一聲慘叫，兩人看了過去，就見劉氏帶來的那個丫鬟額頭鮮血直冒，捂著頭就尖叫了起來。

一邊的上官枚實在是忍不住，噗哧一聲笑了出來，說道：「怪不得相公說二弟最是純真可愛呢，果然如此，似這等妖媚的女子，就該用杯子砸了。」

一席話說得劉氏的臉上一陣紅一陣白，怒目看著上官枚，冷笑道：「是嗎？看來是娘的眼光不好了，早知道得選了幾個好看一點的，給堂兒也送去，府裡喜事也辦了幾樁了，怎麼蛋也沒看到一個？看來，還是準備的人少了，明兒得跟孫家說說，把玉娘早點迎進來了吧。聽說，孫家二姑娘可是美貌如花呢，還是個才女，就如二弟妹一樣，很有優雅氣質呢。」

上官枚聽了，赫然站了起來，冷笑道：「姨娘，說話可得注意些了，什麼叫做蛋都沒下一個？姨娘把相公比做什麼了？又把自己看成了什麼？會下蛋的雞嗎？」

劉氏沒想到她真會當著王妃婆媳的面跟自己翻臉，氣得臉都綠了，也站了起來。「妳……妳……還有點尊卑長幼之分嗎？我是妳正經的婆婆，哪有對婆婆如此不敬的？別仗著自己是郡主就不知天高地厚、無狀無形了，妳再如此，我可就要讓堂兒休了妳！」

上官枚輕蔑地看了她一眼，悠閒地坐了下去，冷笑道：「別往自個兒臉上貼金了，我正經的婆婆坐在正位呢，也不看看自己是什麼出身，也有臉來在我面前稱大，姨娘怕是沒學過《女誡》和規矩的吧？」邊說邊伸了手去看自己手指上的指套，對王妃笑道：「母妃，真是不好意思，剛才枚兒吵著您了。」一語氣特別地恭敬，與剛才對劉氏的態度是判若兩人。

劉氏氣得手直抽，丟下兩個丫頭就往外走，邊走邊道：「好、好，妳有本事，妳看不起我，我這就去找堂兒去，看他是如何教導妳這等不爭氣的媳婦的。」

上官枚不緊不慢地對她說了句。「姨娘慢走，相公正好像正在王爺書房裡呢，您剛好可以哭著去，正好讓他們父子都看見了。」

劉姨娘氣得一跺腳，捂著胸口走了。

錦娘見冷華庭神情懨懨的，估計他也不喜歡在這裡，便也跟著告辭，推著冷華庭出了門。

冷謙正等在門外，見少奶奶推了少爺出來了，忙道：「我來吧，外面路黑。」

冷謙將冷華庭搬下石階，慢慢地推著，錦娘站在輪椅的另一邊，三人靜靜地走了幾分鐘以後，冷謙突然問：「少奶奶，妳還應了在下的圖沒有畫呢。」

錦娘聽了便笑。「是呢，一會子回去我就畫。你別急啊，我得想好了再畫給你，再者，還有好些個要注意的事項，也得當面和你說清。」

冷謙冷峻的臉上又露出了絲微羞的笑意，有些不自在地說道：「在下一定聆聽少奶奶教誨。」

錦娘剛要謙虛幾句，就聽冷華庭很不耐煩地道：「嘰嘰歪歪什麼，還不快走！」

回到院子裡，秀姑正在訓先前四嬸子送來的兩個丫頭，冷謙將冷華庭送進穿堂後就閃身走了，錦娘剛想叫住他，就被冷華庭一把揪住了衣袖。「明兒也能見呢，一晚上都等不得了嗎？」

錦娘聽得一滯，鼓了眼去瞪他。什麼叫一晚上都等不得？這廝說話怎麼就這麼不中聽呢！正要發火，又見他吸了吸鼻子，懶懶地歪在輪椅上，又露出小鹿般的眼神，嘟了嘴道：

「娘子，我的手好疼。」

錦娘聽得心一酸，想起早先看到他的手掌上的那些裂口，一下子就忘了要生氣，趕緊推他進裡屋，叫了珠兒和玉兒兩個打熱水，自己親自動手，捲起他的衣袖，拿了熱巾子幫他敷手，又一遍遍地洗著帕子，一遍遍地幫冷華庭熱敷著傷口，總算把手掌上的老繭泡軟了，便用手去撕那一層層的皮，冷華庭一直靜靜地看著她。

她忙碌的樣子好認真，一雙眸子極亮，像黑暗孤寂裡閃過的夜明星，那樣明亮璀璨，很是俏皮。她兩隻白皙的小手快速地伸進熱水裡，又迅速撈起那滾燙的毛巾，幾番下來，他手上的厚繭軟了，她的手卻燙得通紅，他的心裡彷彿乾涸的荒地上被注入一汪清洌的甘泉，被潤得濕濕的、軟軟的，柔得像是連正常的跳動也失了力氣，就那樣定定地注視著她。

錦娘將他的手捧住放在自己的膝上，輕輕地撕著死皮。先前在屋裡也看到過，這裡其實有不少好潤膚露什麼的，還有很好的滋潤藥膏，她想將他手上的死皮去掉，再好好塗上藥膏，再用乾淨的紗布纏住。明天起，自己就守著他，不許他再自己推輪椅了，總要讓兩隻手上的皮都長好了再說。

她邊撕邊還不停地問：「疼嗎？要是疼，你可要告訴我，不然，會扯了好皮去，那樣就更疼了。」

但她說她的，冷華庭一句也沒回，就那樣既老實又乖巧地任她施為。錦娘就抬頭看他，觸目的竟是一雙柔得出水來的眸子，一望進去，便似要將她吞沒一般，四目一觸便交接在一起，久久沒有分開。

好半晌，錦娘感覺手有些發冷了，才發覺到自己的失態，很不自在地錯開了眼，紅著臉低頭繼續手上的工作。

「娘子，其實沒用的，就算長了新皮出來，還是又會裂，再說有了老繭，我推著也不疼一些。」冷華庭的聲音有些澀，輕輕的，如美妙的歌一般在錦娘耳邊飄著。

錦娘聽得心中一緊，倔強地抬起頭來看他。「不會的，我再也不讓你的手磨出繭了，從明兒起，不許你再自己推椅子，要嘛就是我推，要嘛就是阿謙，總之，你要將手保養好了為止。」

還是第一次有人用這樣的語氣跟他說話，執拗又霸道，不容他反對，偏生那話裡的內容又是如此窩心……冷華庭轉了頭不去看她。要用多大的力氣才能控制得住自己想要將她擁進懷裡的衝動，他不想就此將自己的心淪陷，太快了，和她在一起不過十來天而已，就有些情難自禁，不行，感情這種東西對他來說太過奢侈，而且他也孤寂慣了，突然而至的溫暖讓他有些難以承受，被最親近的人背叛的感覺撕心裂肺，他不想再承受了。

可是……可是真的很喜歡啊。他有絲懊惱了起來，恨自己的無用，幾次想將手抽回來算了，再沈溺下去，終有一天會在她面前潰不成軍，最重要的是，他還不知道，她對自己是否也有如他一樣的感覺，她……是不是也很喜歡他呢……可是心在想，手卻貪戀著她的溫柔，試了幾次，都像失了力氣一樣，沒抽得回來，好挫敗。算了，今天就讓她弄著吧，明天……

離她遠一點就是。

感覺他的手有點僵，錦娘也沒在意，心卻撲騰不停，好在他沒再跟她說話，不然非得洩了醜態不可，這廝說不定又會拿自己的窘態來說事，被他罵了好幾天的花癡、笨蛋，她不想再被他又取另一個外號了。

總算弄好了，冷華庭的兩隻手被錦娘包成了兩個大粽子，他看著自己的兩隻手，臉色就由紅變黑，瞪著眼睛看錦娘，紅唇微啟。「真是人醜做出來的事情也醜。」

錦娘滿懷期待的臉立即就垮了下來。仔細看那手包得是很醜，不過，他美得太妖豔了啊，總算自己費了點力氣把他的手弄醜了，這也算是成就吧？於是不氣反笑，傻乎乎的，嗡聲嗡氣道：「不醜呢，配相公你正好。」

冷華庭聽得一窒。什麼叫配他正好？他有這麼醜嗎？正要開罵，錦娘搶先一步嘟了嘴，一副可憐巴巴的樣子，就要來拆他手上的紗布。「相公既然不喜歡，那我就拆了吧，一會子叫了珠兒進來幫你包好看點就是。」說著，極亮的大眼開始泛紅，一副泫然欲泣的樣子。

冷華庭猛然將手一收。他才不要別的女人給他包手呢，看她那副可憐樣，更覺得她也是費了好大心力的，算了，醜就醜吧。他舉著兩隻手道：「推我上床去。」卻小心注意著，生怕錦娘真搶了他的手去解紗布，寶貝似地盯著自己的雙手看。

錦娘唇邊勾起一抹勝利的笑。就你會裝可憐？本姑娘我看多了，也會呢！

她笑嘻嘻地推了冷華庭到床邊，卻有點遲疑，不知要如何幫他上床。前兩天他的手沒被包著，兩手一撐，便跳上了床，可今天，自己剛才應該別把大拇指也包進去的，這會子好了，他怎麼握把手啊？

冷華庭看出她的不自在，不禁呲了她一聲。「這會子知道了吧，妳不只是醜，還笨。」說著仍是舉著雙手，竟然自椅子上站了起來，不過兩腳剛剛點地便騰空躍起，跳到了床上。錦娘看得眼珠子都要掉出來了，衝過去就抱住他道：「你能站起、能站起對不對？新婚那天我就看到了，原以為只是你借了力的，這會子看明白了，你能站起，只是腳不能太著力，對不對？相公。」

冷華庭卻是一把將她甩開，雙眼如寒霜般冷冽，對她吼道：「不能！我站不起來，我是個癱子，妳明白嗎?!一直是個癱子，現在是，以後也是！」

錦娘被他突然的憤怒弄得莫名其妙，身子連連後退了好幾步才站穩，愕然又受傷地看著冷華庭，就見他一副挫敗的樣子，清秀的長眉緊皺著，明豔的雙眸裡是無可奈何的傷痛，那樣沈重，額間青筋直跳，樣子很是可怖。

錦娘立即便明白了，他是能站起，但定然那一站費盡了他的心力，怕是那一站，雙腳上有如刀割般的疼痛吧……他一直隱藏著自己的痛苦，充滿戒懼地隱藏著。他驕傲得從不肯在她的面前顯露自己的軟弱，可剛才，自己卻去撩撥他埋在心裡的傷，剝開他努力封砌的圍牆，去揭開他塵封的疼痛，他是惱羞成怒了吧……

錦娘的心一下子變得酸澀了起來，柔軟得只想將他擁進自己的懷裡，告訴他，她只是想幫他，想與他一同承擔痛苦，同心共力建設未來，可是……似乎，他並沒有對自己完全敞開心房。錦娘也有些挫敗了。她對他的感情很複雜，她現在想為他做的一切，感覺都與愛情無關，她只是真正地當他為自己的丈夫，一個不得不共度一生的對象，所以，才想要傾盡全力去幫他。

小倆口正在屋裡各自想著心事，就聽正堂裡傳來一陣吵鬧聲，還有人在呼天搶地地喊少奶奶。

錦娘不由皺了眉。這個秀姑，怎麼幾個小丫頭也擺不平呢？轉頭去看冷華庭，見他臉色倒是比剛才好了許多，看來是自我調節好了，忙上前去，輕柔地說道：「相公，我服侍你睡下吧。」說著就幫他寬衣解帶。

冷華庭平靜下來後，又有些後悔。剛才她也不過是為他高興而已，不該那樣吼她的，現在見她不但不生氣，反而溫柔地過來服侍他，心裡便有些愧意，但他向來就是個不認錯的主，只好彆扭地別過頭去不看她，任她施為。

錦娘服侍冷華庭睡下後，便掀了簾子走到正堂裡。

第二十章

正堂裡亂成了一鍋粥，四太太送來的兩個丫頭——春桃和秋菊正與平兒拉扯著，平兒手裡舉著的正是屋裡的家法，兩根綁在一起的竹片，那東西打下去不會傷筋動骨，卻會打得人皮開肉綻，錦娘在孫府裡見過白總管用這個懲治過一個犯了錯的丫鬟。

一見錦娘出來，春桃秋菊兩個就如看到了救星，一下便撲了過來。「少奶奶、少奶奶，您可要給奴婢們主持公道啊！」

錦娘揮了揮手，對地上的兩個人道：「起來吧，說說看，這是怎麼一回事，鬧得驚天動地的，倒真是給我爭臉啊。」

秀姑聽得錦娘話裡有話，不由羞紅了臉。她剛才也確實沒有秉公斷事，一味地偏袒著平兒，一是因為同是陪嫁過來的，又與平兒她娘有些老面子，再就是地上的兩個丫鬟原就是懷著那見不得人的小心思過來的，她也想藉機治治她們才好，但沒想到平兒竟然仗勢想要抽打她們兩個，加之那兩個也不是好相與的，一時便鬧將起來了。

如今少奶奶這一說，也覺得心中有愧，又覺得自己威信也被平兒幾個給弄沒了，更是氣怒，抿緊嘴瞪平兒。

「少奶奶，奴婢兩個並未犯錯，不過就是想要秀姑給奴婢賞口晚飯吃罷了。先前少奶奶讓奴婢兩個去浣洗房，奴婢聽從少奶奶吩咐，二話不說地去了，可是奴婢做了一天，平兒姑娘就是不肯給飯吃，還打了奴婢兩個，奴婢實在受不了了，才來找秀姑評理的。」高個子的春桃邊哭邊說道，一頭秀髮被揪得散亂，衣裳也是縐巴巴的，一看便是與人撕打過的樣子，看來這丫頭剛才可也是撒潑的。

錦娘聽了春桃的哭訴便問秀姑。「她說的可是實情？」

秀姑怔了怔，不知如何回答，若說是，那便坐實了自己與平兒剛才的錯處；若說不是，一屋子的人看著，大家可都是明白人，別看沒說話，怕是心裡早就拾著一桿秤呢。

錦娘見了就皺眉，也懶得問她了，轉頭就問珠兒和玉兒兩個。「妳們是這院裡的老人，又是爺身邊最得力的，妳們說說，究竟誰對誰錯？」

珠兒低了頭，小聲說道：「方才奴婢在屋裡服侍少奶奶倒熱水呢，不是看得很清，奴婢不清楚。」

玉兒卻是個直性子，見珠兒不肯說，她倒是心裡升起一股不平之氣，主動開口道：「回少奶奶，這事兒確實是平兒姑娘太欺負人了，她們兩個原是專洗主子們的用品的，但平兒姑娘來了，非要讓她們兩個專洗粗使婆子們換下的衣服，她們兩個也沒說什麼，老實地做了。到了飯時，平兒姑娘又不許她們吃飯，又弄了一堆子衣服給她們洗，她們也洗了，只是太餓了，就到秀姑這裡討吃的，誰知又惹惱了平兒姑娘。」

玉兒這一席話處處針對平兒，卻是半句也沒言到秀姑的不是，事情說清楚了，得罪的只是平兒一個，又說得義正辭嚴。錦娘不由看了眼玉兒，只見她模樣清秀，樣子幹練精明，眼睛清亮機靈，又有股子正氣，嗯，倒是個不錯的丫頭呢。

錦娘於是又問屋裡其他眾人。「是這樣嗎？」

低著頭的秀姑終於開了口。「玉兒……說的全是真的，少奶奶，妳罰奴婢吧，奴婢沒有秉公斷理，讓少奶奶憂心，又丟了少奶奶的臉面了，真真罪過啊。」

錦娘聽了更是生氣。秀姑也真是，如此明顯的錯事也任由平兒狂妄下去，若都是這麼著，怎麼才能管得好院子裡的其他人？自己不正，如何去管他人？不由就沈了臉，對春桃和秋菊道：「妳們現在去廚房領飯吃，讓廚房的管事嬤嬤做兩個好菜給妳們，明天就不要去浣洗房了，就跟著春紅和柳綠兩個，幫她們做做針線吧。」

又對平兒道：「至於平兒妳，去收拾收拾吧，今兒我也沒來得及，下午在王妃屋裡時，爺把妳和春紅兩個跟三太太送過來的人給交換了，明兒我就送了妳們兩個去。」

平兒一聽，怔住了，嚇得臉都白了，不敢置信地問錦娘。「少奶奶……您……這是什麼意思？」

一邊的春紅也是嚇住，跟著跪了下來。「少奶奶，奴婢並未犯錯啊，奴婢可沒有欺負她們兩個，您……您為何要連奴婢也一併罰了呀。」

錦娘皺了皺眉，冷冷地說道：「沒啥意思，妳們雖然是陪嫁過來的，但如今到了王府，就是府裡的人了，爺是這院裡的主子，自然是有權處置妳們。」

平兒聽了就哭了起來，扯了錦娘的衣角說道：「少奶奶，奴婢服侍您有八年了，這麼多年的情分，您不能就這樣踢了奴婢走啊！三太太那裡人生地不熟，總比不過在您身邊的好，奴婢不去，求求您了少奶奶……」

錦娘微微一笑，淡淡地看著平兒道：「妳是服侍過我多年，但我也沒虧待過妳，如今我也不過是聽從爺的安排而已，妳自己做過什麼自己心裡清楚，我正是看在多年的情分不說穿了，好好地過去了，以後在那邊得收斂一些，終歸妳還是我的人，我會盡力護著妳的，只要妳不是太過，日子照樣還是好過的。」

春紅聽了便明白，此事斷沒有回旋的餘地了，若是連平兒都無法留下來，自己那就更不必說了。

平兒哭得更凶了，錦娘不耐地對秀姑使了個眼色，自己轉身就要進屋去，平兒見了就衝了上來，一把抱住錦娘的腿，不讓她走，哭道：「奴婢不信，不信爺會要趕奴婢走……少奶奶，您不能太心狠了，奴婢就算對春桃幾個做錯，大不了打奴婢幾板子，您不能做得太絕了……」

秀姑想要攔也沒攔得住，只好在一邊扯她。

錦娘聽了就來了氣，低頭冷冷地看她，嘴角勾了一絲冷笑，道：「妳要不要親自問問爺？」

平兒聽得眼睛一亮，鼓起勇氣說道：「就怕少奶奶不會讓奴婢去見爺，奴婢相信，爺不會捨得趕奴婢走的，以爺的話做託詞，少奶奶，怕是您自己心裡容不得人吧。」

錦娘聽了這話，對她徹底心死，將這個不自量力的女人甩到了一邊，冷笑道：「好、好，我就如了妳的願，讓妳去見爺。」

又對秀姑道：「且放開她，妳也跟著進來做個見證，別哪天我回門子，又有那起子渾人為了她來找我鬧。」說著打了簾子就進屋。

平兒猶豫了下，想著爺早上還對自己溫柔得很，紅袖添香，自己就是那添香的紅袖，少奶奶可沒自己漂亮呢，不然也不會進了門子這許多天仍沒洞房過……如此一想，她又有了勇氣，跟著錦娘身後就進了屋。

秀姑也忐忑著跟了進去。

平兒一進門便直撲向床邊，嬌怯怯、柔兮兮地哭喊道：「少爺，少爺救救奴婢。」

冷華庭只穿了中衣坐在床上，一頭烏黑的長髮如黑緞般傾瀉在肩頭，半掩著他俊逸的臉龐，鳳眼帶著絲欲睡的慵懶，又夾了絲怒氣和煩躁，半支著肘，斜睨著平兒，紅唇微啟。

「妳是怎麼了？」聲音如甘洌的純釀。

如此風情，平兒再次被他的容顏煞住，竟一時忘了回話，只覺得魂魄飛去了天外一般，好半天才有絲回神。爺對她……好溫柔啊，不由轉頭挑釁地看了眼錦娘，正要說話，又聽得冷華庭道：「妳且過來一些。」

莫說平兒了，就是秀姑聽了這溫和的話語也有些不可置信。瞧爺對平兒的態度，難道真如她所說，爺其實是喜歡這小蹄子的？

平兒心跳如鼓地爬近床邊，冷華庭一伸手，看到自己那包得如棒槌一般的手掌，很無奈地瞪了錦娘一眼。真是不方便啊，不過沒關係，正好省得摸到了髒東西又要洗手。

一抬手，冷華庭包著厚布的手掌如鐵棒一般掃了下去，秀姑眼前一花，只見一個人影如凋零的敗葉一般，直直地向窗前飛去，定睛再看，平兒的身子砰地一聲撞在了牆上，又摔落了下來。

平兒根本沒來得及慘呼一聲，噗地一聲吐出一口鮮血，便直接暈了過去。

錦娘搖了搖頭，對驚得目瞪口呆的秀姑道：「使兩個婆子來，將她拖出去吧。」說著再也不看平兒一眼，自己向床邊走去。

秀姑看著臉腫得似豬頭，鮮血染紅衣襟的平兒，半晌也說不出話來，只是一雙腿在抽搐，好半天也沒恢復過來，錦娘看了便自己去撩了簾子叫人，四兒幾個早等在外面，叫了兩個身材結實的粗使婆子進來將平兒拖了出去。

四兒眼尖，看到秀姑還在屋裡發愣，忙去半拖半扶地將秀姑拉了出來。

安排妥當後，錦娘回了屋，冷華庭仍半躺著，正饒有興趣地看那兩隻棒槌。

錦娘想起他剛才拍飛平兒時的情景，不由掩唇一笑，走近他道：「相公，剛才可傷了手？」

看她笑得狡黠，明亮的眼睛彎成了月牙形，冷華庭就忍不住想要去揪她的小俏鼻，只可惜五指皆被纏住，想揪也揪不成，就拿棒槌尖去戳她的腰，笑道：「娘子，我配合得可好？」

錦娘脫了外衣往床上一坐，扶了他躺下，卻是笑道：「只是下手太重了些，傷成那個樣子，也不知道三嬸子還肯收不。」

「不收就叫了人牙子來賣了去。睡覺，別為些不相干的人操心了。」冷華庭側躺著，手一揮，熄了燈，又將紗帳放了下來，動作熟練嫻熟，兩隻包成了棒槌的手仍是靈活得很。

錦娘在入夢之前還在想，這廝的功夫怕是很高呢，舉重若輕，手掌不靈活的情況下也能用內力做好些事，若是去參加華山論劍，不知能戰勝黃藥師不……嘴裡咕噥了一句：「相公，你好厲害喔……」便沒了聲音，呼吸變得均勻又悠長。

冷華庭定定地看著她，淡淡月光灑在她沈靜的臉上，有如染上了一層光，長長的眼睫留下一線陰影，光潔的前額上，一縷髮絲輕垂，豐滿的紅唇線條明朗，淡淡的蘭草清香不時地鑽入他的鼻間，他微瞇了眼，慢慢靠近她，輕呼了聲：「娘子……」

錦娘微動了動，許是感覺有些冷，小身板就不自覺地往他身邊縮，直到貼近他後，便像隻小貓一樣偎在他懷裡，嘴裡又咕噥了一句：「相公，睡覺了。」便不再吱聲，又沈沈睡去。

冷華庭被她散在枕上的秀髮弄得臉上癢癢的，她這樣乖巧柔弱樣子，讓他也心癢癢的，忍不住就俯下身，輕啄了下她的豐唇，可一觸即離，羞紅了臉看她，生怕她醒來捉了自己的現形。

錦娘似是有所覺，抿了抿唇，伸了小舌出來輕舔了舔，又睡了。

這樣的動作無疑是更大的誘惑，冷華庭覺得身體一陣燥熱，連帶著心也跟著直跳了起來，連忙轉過頭去不敢再看她，心裡卻像有爪子在撓，忍不住又轉過頭來，卻見錦娘已鑽進了自己的懷裡，一隻手臂搭上他的腰。

冷華庭身子一僵，再也不敢亂動一下了，心裡甜絲絲的，臉卻黑了起來。臭丫頭，又拿自己當抱枕了！

第二日，錦娘早上醒來，只覺得神清氣爽，睜開眼，看到自己正偎在冷華庭的懷裡，不由嚇了一跳，忙自動將身子往邊上縮。

才動一動，就聽頭上的人慵懶地說道：「現在縮出去，妳不覺得也太遲了嗎？」

錦娘立即覺得耳根發熱，紅了臉抬頭看，嚇了一跳，伸手就去摸他的臉，連話也結巴了起來。「相……相公，你……你這是怎麼了？好大的黑眼圈啊！」

冷華庭被她說得一窒，差點就沒拿手捂她的嘴。她還好意思說，一整晚就死死地抱著他，讓他動也不敢動，一動身體就有反應，他怕自己變狼，只好僵了一晚上，偏她還時不時地就往他懷裡拱一下，一條腿也不老實，動不動就搭到他腿上去了。怎麼會有睡相如此難看的人，前些日子她老是離得自己遠遠的，一個人縮在床彎裡，拿床被子把自己裹得好緊，昨兒也不知怎的，頭一落枕就睡了，也忘了要另外蓋一床被子，就與他擠在一起，沒想到竟然就是他的惡夢之夜，一晚沒睡，眼圈不黑才怪。

一把拍掉她亂摸的小手，冷華庭嘴一撇，眼裡就濛上了一層水霧，一副楚楚可憐的樣子。「娘子，妳打了我一個晚上，身上疼死了。」

錦娘聽得心裡愧疚萬分，一下坐起，一臉的驚惶和心疼，伸了手就去掀他的衣服。「哪裡？打哪裡了？是不是踢了你呀？我睡相很不好的，相公，沒有踢傷你吧，給我看看……」

冷華庭受不了她那雙小手在身上亂摸，一點也不顧忌男女大防，他嚴重懷疑她是故意的，藉著查傷來鬧他。果然一抬眼便看到她眼裡促狹的笑意，不由牙一咬。小ㄚ頭，竟然也敢用自己用慣了的招數來騙他？

「唉呀，娘子，妳別碰我，好痛，好痛啊……」說著頭上就逼出密密的汗。這對他來說太容易了，他常用這招騙王妃的。

錦娘先前確實知道他又在騙自己，所以才以牙還牙地鬧他，這會子聽他嚷得真切，再看他的額全是汗，一下子嚇住了，真慌了起來，攏了自己的衣袖就去幫他擦汗。「相公、相公，你……還好吧？」心裡卻想，不會是毒又發作了吧？

「好疼，好疼啊……」冷華庭頭上的汗仍在冒著，眉皺成了一團，卻也有如西施捧胸，別有風情。錦娘卻顧不得欣賞美色，急切地問：「哪裡痛啊，要不要去請大夫？」

「肩膀，肩膀那兒好痛，娘子，妳幫我揉揉吧。」冷華庭大呼小叫著，聳著肩膀故意發抖。

錦娘忙去幫他揉肩，輕揉慢捏，順著穴道揉拿，冷華庭原只是想要惡整她一下的，沒想到她按摩得好舒服，僵了一夜的身子也放鬆了起來，哼哼著直呼過癮。

錦娘揉了好久，手都痠了，可她稍稍停一下，他就大叫，聲音要多慘就有多慘，就像錦娘是在虐待他一般。

錦娘無奈，繼續去揉，看他趴在床上明明就是一副很舒服的樣子，突然心念一動，手就往下移，開始揉他的背，再來是大腿，再後來，她兩隻小手就移到了小腿處，趁他不注意掀了下衣襬，果然看到他露出來的小腿皮膚是黑沈沈的，腿上的靜脈血管根根皆粗，暴得很高，那樣子好像前世看到的一種名為脈管炎的病症，靜脈裡的血色都是黑的，她記得，這種病症到了後期是會發炎，然後潰爛，最後會漫至全身。

一念至此，心忽然就大慟起來，她顫了音道：「相公！」

冷華庭被她揉得舒服，聽她聲音有異，以為她被自己嚇得厲害了，不由心一軟，有些不好意思，轉了頭來看她，卻見她一臉沈痛，眼裡布滿恐慌，還有一絲悲哀，不由愕然，柔聲問道：「怎麼了？娘子。」

錦娘定定地注視著他。是生得太美了，所以上天嫉妒嗎？所以想著法子懲罰他，讓他承受如此的痛苦？她心裡像是壓了塊巨石一般，連呼吸都沒有了力氣，鼻子酸澀無比，但她不想哭，不想在他面前流眼淚，努力深吸了口氣，哽聲說道：「相公……你的腿也疼吧，我幫你揉揉好嗎？」

冷華庭聽得一滯，本能地就想要推開她。他最不願意在人前展露傷腿，更不願意看到別人眼裡的同情和憐憫，但她的神情太過悲慟，就像失去了最親的親人一樣，無比哀傷，讓他抬起的手臂沒了推開她的勇氣，軟著音道：「那妳輕點，我怕痛。」

錦娘點了點頭，臉上擠出一絲笑來，說道：「相公你睡好了，我自足三里處揉下去，你要是痛得厲害就說一聲。」

冷華庭聽了微怔，她說的穴道他都明白，但那與他的腿病有何關係？

錦娘下手去按，果然在足三里按到一個如黃豆般大小的硬物，應該是堵塞經絡的東西。錦娘不由加大了手勁，按住那一處便揉了起來。冷華庭腿上傳來一陣尖銳的刺痛，小腿忍不住就抖了一下，錦娘心知起了作用，又將手一鬆，用掌力按揉穴道旁的經脈，幫他順氣通血。

先前滯澀的腿部肌肉和經脈都得到了舒緩，如一股涓涓細流沖入，冷華庭頓時感到舒服了很多，乾脆將頭擱在自己的手臂上，任她揉按。

錦娘一直按到他的足部，沿著承山穴、昆侖、解溪，一直到湧泉，一一是先緊按再放鬆，如此反覆多次，她已經是滿頭大汗了，而冷華庭時而痛得一抽，時而又舒服地輕哼哼，一個回合下來，他覺得被按的這條腿前所未有地靈活了起來，抬腿屈膝也很輕鬆，不似先前僵瘦澀脹，不能隨意行動。

他臉上忍不住就帶了笑意，也攏了衣袖，抬手溫柔地替錦娘擦汗。「娘子，辛苦了。」

「你……可有感覺要好一些？」錦娘急切地問道。若是按摩能起作用，或許他的腿還能有治，若是順著這些穴道按下去仍是不見半點成效，她真的好怕，怕以後再也見不到這張妖孽的臉。

「嗯，感覺比過去要靈活些，好多了。」冷華庭心裡有著感動。她……是在真心擔心著自己吧，也是真心為了自己好的吧，不然看到自己的傷腿時，也不會如此傷痛了。那樣的眼光，他曾經只是在王爺眼裡看到過，就是王妃她……也沒流露過如此深切的情感。

他的心暖融融的，舉著棒槌手將她擁進懷裡。「別擔心，不會死的，妳這麼醜，若我死了，就不會再有人要妳了。」

錦娘終於淚如泉湧，摟住他的肩膀就哭，邊哭邊哽咽。「很痛的，對吧？你一定天天都痛，可是，你都沒說過，我一直不知道……以後，我天天幫你按摩，你也告訴我好嗎？告訴我是怎麼中的毒，那毒又有什麼症狀……我雖不是醫生，但或許我知道的一些東西能幫助相公你的。」

冷華庭聽得身子一僵，曾經的惡夢又浮現在腦海裡。他不願意再去回憶那段黑暗日子裡所發生的事情，哪怕只是訴說，但她說得如此懇切，又是如此地心痛，他不忍回絕，半晌才扶起她的肩膀，認真地看著她，說道：「娘子，有些事，妳還是不要知道的好，我不想害了妳。」

錦娘一怔，原本熱切期待的眼神黯淡了下來，輕道：「那好，等你想要告訴我時再說吧。只是，我每天都會幫你按摩，你要配合我，還要適當地做些康復鍛鍊。也許，我還能試著給你配些藥，若是你信我就吃，不信不吃我也不會怪你，我只想你知道，我們是夫妻，是要共度一生的兩個人。」

冷華庭終是動容，眼眶裡漫上水氣，墨玉般的眼眸灼灼地看著錦娘，半晌，輕輕將她摟進懷裡，啞著嗓子道：「嗯，我們是夫妻，是要共度一生的兩個人。」

不久，王妃打發人來請了，錦娘火急火燎地收拾停當，對冷華庭道：「相公，我去娘那裡請安，你去不去？」

冷華庭懶懶地支了肘在椅子上說。「妳昨兒可是說了，不讓我推椅的，今兒又要丟下我一個人嗎？」說著，唇又一撇。錦娘最怕他用這一招了，忙道：「那一起去，先用些早膳，一會子我和阿謙一起推你。」

說到冷謙，錦娘猛地一拍自己的頭，懊惱地唉呀了聲。「又忘了，一會子見了阿謙可要不好意思了。」

冷華庭聽了就瞪她，只差沒用上眼刀了。

錦娘顧不得解釋，推了他出來，豐兒幾個已經擺好了飯，錦娘將冷華庭推到小几邊，盛了碗瘦肉粥放到他面前，訕笑著說道：「相公，你先吃著吧，我去叫阿謙，一會兒再來陪你。」

冷華庭早瞇了眼，舉起兩隻棒槌手道：「餵飯，不餵我就不吃。」

錦娘一聽就頭痛。她昨日答應過冷謙的，不好失言，忙哄道：「讓玉兒餵你啊，相公，我去拿了紙筆來，就在這裡畫，不走，還是陪著你，可好？」

一聽她是要當著他的面與冷謙在一起，冷華庭煩躁的心才覺得平靜了些，可仍是扭過頭去。錦娘忙對玉兒道：「好好服侍爺，一會子讓他吃幾個包子，別只喝點稀粥，那不頂用的。」

玉兒笑著應了，錦娘便對外頭守值的丫頭道：「可見了冷侍衛？」

外面的冷謙應聲而現，站在屋外行禮。一屋子的丫鬟，他一個大男人實在不適合進來，錦娘只好走到穿堂去，對四兒道：「快去幫我把紙筆擺在穿堂的桌上，一會子妳給我磨墨。」

冷華庭聽了就冷了臉。這丫頭說話一陣一陣的，才還說要陪著自己呢，這會子又要去穿堂……不行，他要看看她到底與阿謙要做啥？

玉兒再舀了口粥送到了嘴邊時，他頭一別，說道：「我到穿堂去吃。」

珠兒和玉兒忙放了碗，一個推他，一個去拿托盤，在穿堂裡要架了個小几子給他擺飯。

那邊，錦娘已經鋪了紙在畫，冷謙先是離了三尺遠的樣子，錦娘邊畫邊給他講解，實在是吃力得很，不由說道：「阿謙，你站近些，這個圖你必須看清楚啊！你得記好了，這個軸承是這樣的，裡面有十個鋼珠，這裡要放一個齒輪，再這裡，得有鏈條……」

冷華庭一直靜靜地坐在一邊，邊聽邊看，玉兒送了粥過來，他看也不看，張口吃了，眼睛盯著忙碌的錦娘。他如今才清楚，她與冷謙是在琢磨著給他改造輪椅，怪不得錦娘前些日子老盯著他的輪椅發呆，原來那時候就想弄這個了。

一股暖流自心底湧上，他不經意地看向了自己兩隻被她纏得不堪入目的手，想著她早上伏在自己肩頭時哭泣著說的話，眼裡瀰漫著溫柔……

錦娘終於畫完，又在紙邊寫了詳盡的註解，又問了冷謙一遍，見冷謙差不多都明白了，才鬆了口氣，捲了桌上的紙交給他。「先去做著吧，要是有輪胎就好了，唉，我又在說傻話了，你無視我就是。」碎碎唸了好一陣才停了嘴，冷謙一頭冷汗地拿了圖紙走了。

錦娘想起自己肚子真餓了，四兒很有眼力地打了水來。她淨了手，又去看冷華庭吃了多少飯，轉頭便觸到一雙深情的眸子，那明亮又魅惑的眼裡竟是膩得出水的溫柔，她不由怔住了，耳根子一熱，臉就紅了起來。「相公，你總看著我做什麼？」

「妳臉上好大一塊黑印，原就醜，這會子更醜了。」冷華庭酷酷地收回目光，嗤笑著說道。

就像火熱的心上被澆了一盆冷水，錦娘腳一軟，心火便升了起來，瞪著冷華庭。「是，我醜，你美，美得像個妖孽，美得比女人還漂亮！」說完，頭一昂，轉身進了正屋。

冷華庭氣得臉上一陣紅一陣白，想罵又不知道罵什麼，也捨不得罵她太厲害，她飯都沒吃，忙了一早上了。

玉兒和珠兒兩個第一次看到少爺吃癟，偏還一副不能還嘴，有氣無處發的樣子，不由掩了嘴低頭偷笑。冷華堂見了更氣，吼道：「爺哪裡是漂亮，爺是俊好不?!妳個醜女人……」只是前面的話說得很大聲，後面那句卻低得幾不可聞，像是生怕人聽見了，末了還不忘慌張地飛眼看看正屋。

珠兒和玉兒見了終是忍不住笑出聲來，冷華庭正在嘀咕，就見錦娘急急地衝出來，他嚇得一怔，以為錦娘聽見了，臉色立時尷尬起來，不自在地喚了聲。「娘子……」

錦娘一手拿一個包子，嘴裡還塞得滿滿的，四兒跟在後面，她努力將嘴裡的包子吞掉，對四兒道：「快，妳先幫我推著，我吃完這兩個包子了再接手。」

這個形象還真是……真是難看得很，卻透著爽直和可愛。冷華庭張張嘴又想要刺她幾句的，到底沒說出來，抿了抿嘴，讓四兒推著出了屋，錦娘跟在一邊吃著包子，臉上神采奕奕。

三人走到離王妃的院子還有十幾公尺處的假山，就見世子夫婦在前面也走了過來，看樣子像是也要去王妃屋裡的。錦娘不得不停下來，過去給他們行禮。

冷華堂今天穿一身藏青色錦袍，頭戴玉冠，腰繫銀色玉帶，臉上掛著溫潤親和的笑，一副玉樹臨風、瀟灑倜儻的樣子，而世子妃上官枚則是一身粉紅的繡銀邊緊身長襖，下著一條滾邊百褶大襬裙，帶著長長的拖尾，梳著漂亮的渦輪髻，髮間插了支大大的三尾金步搖，整個人看起來豔麗嬌美又大方貴氣。這樣的兩個人站在一起，真的很是搶目，錦娘眼裡不由露出欣賞之色來。

「不是說娘等著嗎？還不快走。」舉著兩隻棒槌手的冷華庭見了就冷了臉，衝著錦娘喝道。

上官枚見了就驚呼一聲。「二弟，你的手怎麼成了這個樣子？」

冷華堂也是看見了，探詢地看向錦娘，錦娘見了臉就紅了起來，卻是瞪冷華庭。醜就醜嘛，幹麼非要舉起來，這廝分明就是故意的。

「那個……相公的手痛，所以，塗了藥又包了，是包厚了點，哈，下次改進，下次改進。」錦娘訕笑著，幾步便跑到冷華庭面前將他的手拚命往下按，巴不得要藏到輪椅後才好。

冷華庭哪裡肯依她，她按下去一隻，他便舉起另一隻，兩人像在玩遊戲一樣，鬧了好一陣。

冷華堂終於忍不住笑了起來。小庭看著是在生氣，其實眉眼裡都是笑。小庭他，很喜歡錦娘的吧……

王妃屋裡，老夫人正坐在大堂，三老爺和三太太也來了，就是平日難得一見的二太太也端坐一側，劉姨娘正一副看好戲的樣子。

王妃坐在老夫人下首，溫婉的臉上微微有些怒意，卻是隱忍著沒有發作。

冷華堂進門給老夫人行了禮，又給王妃和長輩們都行禮。

上官枚也嬌笑著先給老夫人行禮，再去給各位長輩們做福禮，一個也沒落下，很是周到。

他們夫妻倆，男子偉岸風流，女子嬌美高貴，態度又很是溫和親切，二太太、三太太自是很喜歡，不住地當著老夫人的面誇讚。

等錦娘推著冷華庭要去見禮時，冷華庭冷冷地硬著脖子，一個也不願意叫，誰也不理，就是王妃他也不肯多看一眼，彆扭得像個正在賭氣的孩子。

老夫人見了自是不喜歡，連帶著對錦娘說的話也不是很客氣。「都辰時過了呢，哪有這時候才來給長輩們請安的？我說孫媳婦啊，妳下次可得注意些，王府可比不得你們孫家，規矩可大多了，不過，妳原就是個庶出的，妳那娘親怕是也教不出什麼好規矩來，妳能這樣，也算不錯了。」

丫丫的，明明自己夫妻與世子夫妻是同時進來的好不？若說晚，他們不也一樣晚嗎？這老太婆存心欺負人，太偏心眼了。

「老夫人您教訓得是呢，孫媳錯了，孫媳不該在園子裡一碰到大哥大嫂就與他們聊天扯閒話，應該推著相公跑快一些的，明兒就不會如此了。」

這話看著是在道歉，實則在控訴，自己夫妻是與冷華堂夫妻一同進來的，冷華庭有腿疾，怎麼說也應該得到寬容和照顧一些，不說冷華堂夫妻，倒對有腿疾的孫兒挑刺，也太沒道理。

老夫人哪裡聽不懂她的意思。這個新孫媳看著老實，實則一點也不肯吃虧，當著幾個媳婦的面便給自己頂嘴，真真氣死人了。

但她說得又沒錯，只得拿眼瞪錦娘。「以後注意著點就是了，妳是庶出的，以後可要多多學習《女誡》、《女訓》，還有，王府裡的規矩啥的，也讓妳母妃多教教，別以後府裡來了貴客時，妳啥都不懂呢！」

錦娘不氣反笑道：「您說的可不是嗎？孫媳原就是庶出的呢，要真說起來，這屋裡，也就我相公是正出嫡子了，相公，還是你的身分最為尊貴，你是最懂禮儀規矩的，對吧？」

此話一出，滿堂皆驚，就是老夫人自己臉上都有些掛不住了，橫了眼去看錦娘。

第二十一章

冷華庭道：「我自是懂得禮儀規矩的，只是禮儀規矩也是看人的，那些連自己的身分都看不清的人，咱們自然是不用客氣了，娘子，妳說對不？」

老夫人沒想到冷華庭也和錦娘兩個一唱一和，說出來的話差點沒讓她氣暈過去，抖著手指著冷華庭，半晌才說道：「你……你真是……真是缺少教養，目無尊長，狂妄自大，簡直就是個廢物！」

王妃先前見錦娘對老夫人說話綿裡藏針，在解氣的同時又有些擔心，畢竟老夫人在府裡威望很高，又是長輩，錦娘當面得罪了還是不好，正想要說幾句話打圓場，便聽到老夫人當著自己的面罵小庭是廢物，這比拿刀子戳她的心還狠，眼淚一湧而出，騰地從椅子上站了起來，怒道：「母親，請您說話注意一些，我的庭兒什麼時候是廢物了？」

老夫人一怔。這個媳婦還是第一次敢如此當著眾人的面質問自己，不由更氣，罵道：「不過是個癱子，路都不能走，還是個半傻子，不是廢物又是什麼？怎麼，妳也想忤逆長輩嗎？」

王妃聽了氣得直抽，一急，倒是什麼話也說不出來，捂住自己的胸口不停地喘著。

錦娘也是被老夫人的話氣得無以復加，她深吸一口氣，走過去扶住王妃道：「娘，您別氣，有些人自己生了廢物出來，卻見不得人家的兒子好，那是嫉妒您呢。我相公是癱子又怎麼了？既不嫖也不賭，相貌英俊，文采絕佳，本性純良，這深宅大院裡不怕出病弱的子孫，怕就怕出那敗家敗業、行為浪蕩的人，丟了祖宗顏面不說，偏生教養他的人還拿他當寶，任其胡作非為下去。」

這話便是指桑罵槐了，坐在一邊的二太太清冷高傲的臉上此時露出一絲笑意來，睇了眼睛睨錦娘。還真沒看出來，這個嬌弱弱的姪媳婦倒是個厲害的角呢，比起王嫂來可強了不止一點、兩點，還真不是個肯吃虧的主。

「母妃，二弟只是身體差一點而已呢，他純真無邪，從沒給別人添過啥麻煩，這麼些年了，哪裡聽到過王爺會為了二弟去給人賠錢賠禮之事，他總是乖巧地待在府裡，從沒聽過順天府尹會為了小庭的事找過王爺，更沒讓王爺沒臉過，奶奶也是說的氣話呢，您別往心裡去。」上官枚是最認同錦娘的，她恨三老爺沒事就搶公中的財產，老太太又糊塗護短，所以，開了口道。

這話聽著像在打圓場安慰人，卻是句句針對三老爺，三老爺聽得臉上一陣青一陣白，偏生人家也沒點名道姓，這麼回過去，就是自己承認自己是她們嘴裡的廢物了，他不由又氣又躁，衝著老夫人就吼：「娘，磨磨嘰嘰做什麼，痛快點，把城東那鋪子給我得了，我一會子還有要事呢！」

這行為才真叫一個沒皮沒臉呢，當著一眾小輩的面，三老爺就能對著老夫人吼，難道這才算得上是講禮儀風範嗎？

錦娘聽著不由笑出聲來，斜了眼去看老夫人的反應。

老夫人原就被三老爺吼慣了的，他一吼，她就著急，巴不得把自己最好的東西掏了給這個兒子才好。可這會子是當著一屋子人的面啊，而且，自己才為著規矩之事罵過庭兒媳婦的，這老三就算要東西，也要態度好一點吧，這會子讓自己的老臉往哪兒擱啊？

一抬眼，便看到孫媳那似笑非笑的眼，唇邊帶了譏笑，立時便想起錦娘和上官枚的話來。她們口口聲聲說那浪蕩無形、敗家敗業的，就是老三嗎？

不由氣急，拿眼去瞪那不爭氣的么兒，斥道：「你鬧什麼，有話不知道好好說嗎？」

老三哪裡還在這堂裡坐得住，他再是臉皮厚，被幾個小輩譏諷著，也知道臉紅難受，於是鼓著眼睛又吼：「好好說啥？就那麼點大的事，非要弄得麻裡麻煩的，給個準信吧，那鋪子，給還是不給！」

他站起身來，微顯肥胖的身體高大得像堵牆，就那樣杵在老夫人面前，略顯浮腫的臉上脹得通紅，一雙眼也是鼓得老圓，一副凶神惡煞的樣子。

老夫人就怕他這樣，打小他眼一鼓，就會犯渾，犯起渾來什麼也不顧，就是老娘也敢打的。「你……你莫急，這不在商量著嗎？先坐著，先坐著，我跟你嫂子商量商量呢。」

冷華庭忙給錦娘使了個眼色，讓她走開一些，錦娘沒明白，冷華庭就吼道：「妳總杵那兒幹麼？老夫人教出來的可都是知書達禮之人，妳這個庶出的，啥都不懂，別在那兒丟人了，快過來！」

這話猶如鞭子似地打在老夫人臉上，正好拿了老夫人的話堵她。錦娘聽著就想笑，卻裝作滿腹委屈的樣子，一步一步挪到冷華庭的身邊，還不忘回頭可憐巴巴地看眼王妃，王妃卻道：「孩子，妳別介意小庭的話，這屋裡庶出的也不止妳一個，妳是個懂事又知禮的孩子，娘知道就行。」

錦娘聽得腳又是一軟，差點就沒摔了下去。她終於明白冷華庭為何平日裡說話那麼氣死人不償命了，原來遺傳基因在那兒，不腹黑也不行。

錦娘剛走到冷華庭身邊，就聽到老夫人實在受不了地對著王妃道：「別總拿庶不庶出說事了，妳倒說說，那鋪子到底是給還是不給吧，老三在這兒鬧著，妳要不給，我可走了，讓老三鬧妳去。」

王妃在椅子上調整了下坐姿，不緊不慢道：「可不是媳婦想要拿庶出的說事，不是您說錦娘是庶出的，不懂事、不知禮，會給王府丟人現眼嗎？如今媳婦也是在教她呢。」故意繞開鋪子的事不談，就揪著庶出這事來說。

剛按下火氣的三老爺又氣得眼睛發紅了起來，偏又不敢對王妃發脾氣，若不是冷華堂還站在身邊，他又要衝到老夫人跟前去了。

老夫人快被王妃的話氣死，偏生鋪子的事又必須得王妃應承了才行，她在府裡沒實權，只是憑著長輩的身分壓王妃，又不能拿王妃如何。王妃還算好說話，若是一會子王爺回來了，這事根本就不可能成，指不定王爺一發怒，又會拖了老三去小黑屋，那還不心疼死自己？

只好放軟了語氣，對王妃道：「錦娘那孩子其實也是不錯的，我那話也不過是在敲打敲打她，讓她以後能知事一些而已，什麼庶不庶出的，真沒啥子區別的。」

這轉變也太快了吧，老夫人可真不愧是鬥智鬥勇慣了的，如此能伸能屈，轉彎又快，怪不得能在這水深如海的簡親王府裡混得如此風生水起，那話圓得一點也不覺牽強。

她頓了頓，老太太語氣和藹又親切。「鋪子的事，妳就應了吧，反正也是公中的，老三也是實在揭不開鍋了，不然也不會急頭白臉地找我來鬧了。」

王妃聽她說得溫和，也笑了笑道：「母親，這事媳婦也不能作主的，得問過王爺了才行。三弟妹那日可是教了媳婦我一件事呢，咱們做女人的，就得以自家相公為天，凡事都不能越過相公去。三弟妹，妳說對吧？」

三太太聽了王妃的話，差點就要打自己的嘴巴。沒想到王妃也是個記仇的，又拿了自己的話來堵自己。她也知道若是王爺回來了，這鋪子的事定是難成，三老爺最怕的也是王爺，就是今天來鬧，也是瞅著王爺跟著皇上去圍獵了才來的，這會子王妃說是要聽王爺的，她是半句話也說不得了，誰讓自己那天那樣理直氣壯地頂了王妃啊，真是搬了石頭砸自己的腳。

老夫人聽王妃話說得軟綿綿的，意思卻是半點也沒鬆動，一時無計可施，眼珠子一轉，追了一句。「妳當真作不得主？」

王妃冷靜地說道：「做不得。這件事，媳婦真得問過王爺了才行。」

老夫人也不再二話，突然兩手一拍，嚎啕大哭了起來。「老爺啊，你為什麼要走得這麼早啊……丟下我一個老婆子在人世間受苦，兒子不孝，王爺又不是我生的，誰還將我一個老婆子看在眼裡啊……老爺，你為什麼不也帶了我去呢，讓我去了乾淨啊……」

三太太這會子可是機靈得很，立即站了起來去勸老夫人。「娘啊，您別哭啊，雖說王爺不是您親生的，您可還有二伯和老爺呢，我和二嫂可也是您嫡親的媳婦，您說，您要什麼，我們就是傾了全力也要滿足了您啊……」說著，自己也拿了手帕拭淚，一副唯恐天下不亂的樣子，臨了還不忘回頭瞥了眼二太太，只是二太太仍是一張僵木的臉，冷清清的，似乎這屋裡的事根本與她毫無關係，她只是一個局外人似的。

王妃一聽就慌了，心知今天若是應了老夫人，以後老三一家便會更加為所欲為，變本加厲，公中這點財產必定會盡數讓他蠶食殆盡去。

可是讓老夫人在自己屋裡這麼鬧著，讓外面的人看見，還不定會怎麼想呢？

王妃一時陷入了矛盾中，急得一頭汗來。錦娘看了就急，生怕王妃就此心軟了，低頭想了想，又去看冷華庭，只見他眼裡有火苗直跳，想要發火，又拚命忍著的樣子，不由伸手去拍了拍他的肩。冷華庭抬頭看了她一眼，眼裡露出一絲希冀，錦娘微怔。這眼神……是希望自己去幫王妃嗎？

三老爺這會子不氣也不跳腳了，看著他老娘戲演得逼真，他就覺得勝利在望，悠哉地歪靠在椅子裡，饒有興趣地看著，只當老夫人聲音一小，他便會帶著哭腔來一句。「娘……幫我。」

老夫人立馬又帶勁地哭了起來，邊哭邊訴說著自己的慘況，直說得自己比那街邊乞討的婆子們還可憐，數落著自己對王爺如何如何好，說王妃是如何如何不孝，說王爺對待庶弟是如何如何狠心，又是唱作俱佳，令聽者動容，聞者心酸。

邊上的上官枚見了就冷笑道：「這事確實得說清楚了，怎麼說也是公中的財產，不能說給誰就給誰了，就是給，也要讓母妃能服眾是不？奶奶，您平日裡可總是教導孫子女，掌家管事，就是講一個理字，對吧？」

冷華堂也道：「這鋪子既是父王管著的，確實也得父王回來了才能作決定的。奶奶，母妃也沒說不給，只說讓父王來作主，這可是沒錯的。」

三老爺一聽急了，扯起脖子又要鬧，錦娘卻是在他前一步說道：「其實還有一個辦法的，既能讓王爺滿意，又能讓三叔服氣，只是——」

三老爺一聽立即接口道：「只是什麼，姪媳，快快說說看。」

錦娘笑道：「只是錦娘一個晚輩，若是說錯了什麼，各位叔嬸不要介意才是。」

老夫人正愁找不到法子，聽了也不哭了。「妳這孩子，都是一家人，就算說錯了什麼都不會介意的，來，說說看。」

錦娘看沒人反對，便說道：「其實很簡單，就讓三叔去跟父王說，想做些事了，讓王爺把鋪子給三叔管半年，若是三叔能將鋪子管好，鋪子裡每月的盈利能超過王爺管理時的利潤，那便說明三叔原也是個有才的人，能將公中的財物管好，每月自鋪子裡抽出幾成利給三叔作為辛苦費，以後三叔若是能繼續管好，那再向王爺討，王爺也有了給三叔鋪子的理由，就是對著族裡的那些叔伯們也有話說了不是？」

這話一說出來，三老爺便垮了臉。他哪有那閒工夫去管理鋪子啊，每日裡要遛鳥，要尋新鮮女人，要逛窯子，要與朋友一起喝酒，還有一屋子的小妾等著他去寵幸調戲，他很忙啊……

一直沒有說話的二夫人卻是開了口，說道：「娘，媳婦倒覺得姪媳這法子不錯，三弟也是該正經地做些事了，老那麼遊手好閒也不是個事。公中也就這麼些產業，他也沒少敗，若他真想要那鋪子，就得好生地管著，不能貪拿，還得盈利，那才是正經的。」

「那就這樣辦吧，明兒我讓人請了那掌櫃的來，領了老三去鋪子裡看看，老三就接手先管著，想來王爺應該也不會反對的。」一錘定了音，王妃對老夫人盈盈一拜，算是揭過了婆媳之間剛才的不愉快了。

老太太就坡下驢。「那就如此吧。老三，你可別再鬧了，再鬧，我就死給你看。」

三老爺無奈地應了，想著有半年時間呢，就算管不好，也能在那鋪子裡撈不少好處的，呵呵，最多半年後，又交個空鋪子給王爺了便是。

正想得得意，又聽錦娘道：「這鋪子既是公中的，自然帳房先生得派了公中的去管著，這樣對王爺、對族裡、對三叔都要公正一些，每月娘還可以派了人去查帳，若是有大的虧損，就得立即將鋪子收回來，不然損失的可是咱們王府的財產，丟的也是王府的信譽，你們說對吧？」

王妃一聽，正是這個理，忙笑著應了，三老爺的臉立即黑得有如鍋底，卻又不好意思說自己沒有本事管那個鋪子，如今當著眾人的面，這條件也算對他不錯了，再提條件，怕是連老夫人也不會站在他這邊了，只好咬牙應了。

最高興的倒是三太太了。三老爺若是肯認真做事，那也是她的福音，怕就怕三老爺仔細不了幾天。不過，總要試試才是，若是以往，不管府裡誰去勸他，他定是會罵的，沒想到，那個不起眼的姪媳婦倒是提了這麼個好主意，那孩子其實還是很心善的呢，自己先前倒是錯看她了，也有些對不住她。

於是她紅著臉，訕訕走到錦娘身邊，小聲小氣地對錦娘道：「姪媳啊，昨兒送妳的人還行嗎？」

錦娘被她問得一愣，笑了笑道：「還行呢，謝謝三嬸。喔，對了，我一會子帶了我屋的那兩個人給三嬸送去。」

她話雖說得小聲，三老爺卻是耳尖聽到了，一聽有兩個送到他院裡，那眼袋黑垂的雙眼立即放出光來，衝口問道：「姪媳，是什麼樣的兩個人？」

錦娘一聽倒笑了，對三老爺道：「姪媳自娘家陪嫁過來的，那兩個都是很標致能幹的，應該能入得了三嬸子的眼的。」

「那快叫了過來我看看。」三老爺一聽，鋪子的事立即便忘到了九霄雲外，猴急地就想要錦娘喚了人來。

錦娘倒是樂意得很。平兒那丫頭不就是想做姨娘嗎？今兒便可以如她的願了，只是昨晚被相公打成了豬頭，不知今天還能見人不？

四兒立即便去了，卻只帶了春紅一人來。她附在錦娘耳邊道：「平兒姊姊在尋死呢，被秀姑扯住了，死活也不肯跟奴婢來，怎麼辦？」

那就先等一陣吧，或許讓她得知了春紅被收了房，定然就會動心的。

春紅早就知道今兒會被送人，所以一早便打扮得漂漂亮亮的，一進屋，三老爺那雙死魚眼便黏在了她身上沒有錯開，春紅皺了眉看去，就見到三老爺色迷迷的模樣，像是要將她生吞活剝了似的，立即就冷了心。

「真是個美人啊，姪媳，這麼好的人，妳不留給庭兒嗎？哈哈哈，妳定然也是個小器沒有度量的，呀呀呀，妳們都學學妳們三嬸子才是，她才是最為大方賢慧的呢！」三老爺說完便向著春紅走去，一把攬了春紅的纖腰，說道：「小美人，跟了三老爺我，以後便是吃香的喝辣的，再也不用為奴為婢了。」說著，變戲法似地自懷裡掏出一根金釵，插到春紅的髮髻上。

春紅見這老爺好不大方，說得又好，雖然不是很情願，但也只得認命了，嬌羞地看了三老爺一眼，垂下頭去。

看得三老爺骨頭都酥了，攬著她，招呼也不打一個便走了。

三太太黯然地與老太太和王妃行了禮，也跟著走了。

二夫人看錦娘的眼神便更加悠長了，似笑非笑地對王妃道：「嫂嫂，妳可真是福氣，娶了個能幹的媳婦兒，若不是她，老三怕是還要鬧上好一陣呢。」

「二弟妹謬讚了，她呀，就是有點小機靈罷了，妳可別誇她，一誇她怕是就要翹尾巴了。」王妃如今看著錦娘就覺得舒心，這個媳婦還真是聰明得緊呢，一下就擺平了三老爺和老夫人的胡攪蠻纏。

「哪裡是謬讚，她分明就是個好的。聽說，她的詩作得還不錯呢，錦娘，哪一天妳來二嬸屋裡坐坐吧，二嬸與妳一起談談詩、論論琴，怎麼樣？」二太太淡笑著對錦娘道。

錦娘自是要謙虛幾句，道：「那恭敬不如從命，哪日得了空，定當去拜訪二嬸子，也跟二嬸子學學詩詞琴棋，到時，二嬸子可別嫌我笨喔。」

錦娘推著冷華庭走在回院裡的路上，好一陣，冷華庭都沒有說話，兩人靜靜地走著。臨近寒冬，風吹在臉上如刀子一般，削得疼。

「妳去二嬸子那裡，可要小心些，二嬸子……可不是個簡單的人物。」冷華庭冷不防地對錦娘說道。

錦娘聽了倒是並不意外。那日認親時，便覺得二太太與這府裡的眾人是有不同的，並非因她清冷高傲的性子，而是那洞察一切的眼神，機敏而銳利，當她的眼睛看過來時，總讓覺得微微心慌，彷彿什麼事也不能瞞過了那雙眼睛。

今兒在王妃屋裡，一眾的人吵吵鬧鬧，各有表現，只有二太太一人冷靜地端座於椅子上，冷眼看著喧鬧的一切，只在最後關鍵時刻才說了幾句話，那幾句話看似簡單，卻起著一錘定音的作用。

她一邊思考著，一邊推著冷華庭往自己住的院裡走，冷謙不知從哪裡閃了出來，像個忍者似地嚇了錦娘一跳。剛要說他幾句，就聽四兒猛抽了下氣，怒目瞪著冷謙。

「冷侍衛，你有點聲音好不？這樣會嚇死人的。」

冷謙毫無表情地看了四兒一眼，目光寒氣逼人，看得四兒不由打了個冷戰，低了頭，小聲嘀咕道：「幹麼整日裝木樁子啊，突然杵了出來，還不讓人說。」

錦娘聽了不由好笑。冷謙就是那樣一個人，對誰都是沒表情，這要在現代，就一個標準酷男，像四兒這樣的小丫頭應該是最萌酷男的了。

聽四兒還有繼續碎碎唸下去的勢頭，錦娘忙岔開了話題，對冷謙道：「阿謙，可是去了將作營？」

冷謙接過錦娘手裡的扶手，微一躬身，算作行禮。「回少奶奶的話，在下去過了，圖紙也給了將作營的大人，最遲後天，就能將椅子做好。」

錦娘聽得一喜，低了頭就對冷華庭道：「相公，那後日你便有新輪椅坐了。我保證，那個推起來肯定要輕鬆得多。」

幾人說說笑笑地回了院子，就見秀姑慌慌張張地走了出來，一見錦娘回了，忙將她拉到了一邊去，說道：「少奶奶，平兒那丫頭尋死覓活的，這一大早弄了好幾回來，可怎麼辦啊？」

錦娘冷笑道：「妳給她送根繩子，或者送把小刀，喔，加包毒粉去吧。」

秀姑聽得一怔，不解地看著錦娘。「少奶奶，這……不合適吧？」

錦娘笑了，問道：「她死幾回了？是不是每次等妳們都在的時候去死的？真要死，昨兒晚上就死了，還等到現在？」

秀姑聽了低頭一想，覺得也真是那麼回事，不由笑了，說道：「還是少奶奶明白，我這就去了。唉，好生生的日子不過，總要想著上杆子地爬，也不秤秤自己的斤兩。」

說著就去了，冷華庭已經被冷謙推回了屋裡，錦娘忙跟了進去，人還沒落坐呢，就聽外面豐兒來報。「二太太使了人來，說是少奶奶娘家來人了，正坐在二太太屋裡呢。」

錦娘聽得詫異。自己娘家人怎麼不直接來找她，反倒去了二太太屋裡？二太太與孫家也很熟嗎？

錦娘仍是帶著四兒出了門，一出穿堂，秀姑又迎了過來，笑著附在她耳邊道：「少奶奶真神了，東西一送過去，她果然就不鬧了，只是臉色很不好看，但老實多了，小丫頭餵的藥也肯吃了，不過，她說要見少奶奶一面。」

錦娘歪頭想了想，自己與平兒還真是沒什麼話說了，況且正要出門呢，沒時間理會她，便道：「我沒空。她若想通了，明兒走時，我再送她一副金五事兒，也算是圓了主僕一場的情分吧。」說著，就跟著先前來報信的丫頭往前走了。

二太太住在東府，與王府的院子也是連著的，只隔了一道牆。錦娘過了一個月洞門，便進了東府，只見東府裡的景致與王府裡並不相同，這裡講究布局對仗工整精巧，對稱的同時又獨具匠心，用小小的布景來點染，整個畫面便變得生動起來。

在前頭引路的小丫頭就一臉驕傲。「二少奶奶，這園子裡的景致可是我家二太太親自設計的呢，前兒裕親王殿下來了，也是讚不絕口呢。」

錦娘聽了又是一震，沒想到二太太胸中有如此丘壑，怪不得相公告誡她，二太太是個不簡單的人呢。她不由端正身子，腳步輕慢起來，也收起了看景的心情，認真地跟在小丫頭後面走著。

轉過幾道長廊，又走進一座假山旁，小丫頭道：「二太太的院子就在前面，快到了。」

二太太的院子座落在一片翠竹環繞的幽靜之處，那竹子上點點斑跡，竟是少見的淚竹。聽說此類竹子只在南方才有，也不知道二太太是如何將此竹移栽至此處的。京城氣候寒冷，竹子難以成長，但此園之竹蒼翠蓊鬱，生機勃勃，幽雅美麗，錦娘忍不住讚嘆。「真是個好地方啊，這竹子怕是費了妳們太太不少心思吧？」

「二少奶奶您錯了呢，這淚竹可不是我們二太太種的，是我們三少爺種的，三少爺最是喜歡淚竹，每日下學歸來都會來此處畫竹的。」小丫頭眼睛亮亮的，說起她家三少爺時，一臉嚮往。看來，那位沒見過的三少爺怕也是位少女殺手吧。

「烟兒，妳又在胡說什麼？」

錦娘正在想，迎面便走來一位白衣男子，聲音柔和親切，如一道和風一般拂面而來，錦娘抬眸看去，不禁暗嘆，還真是一位謫仙似的人物呢。那男子五官算不得特別俊秀，比起冷華庭來，他只能算得上是普通，但他氣質悠然清淡，如月如竹，最是那微微一笑，像點亮黑夜中一盞小燈，燦然溫暖，讓人望之親切，立即便會放下心防，將他當作一個可以信任之人，這樣的人也太……危險了。

錦娘在心裡告誡著自己，越是看著溫和親切之人，怕是越腹黑啊。有了冷華庭的前車之鑑，錦娘如今看人也不敢只看表面了。

「烟兒，還不快快介紹這位夫人。」溫潤男子臉上帶笑地看著眼前女子。

「啊呀，三少爺，您不是去了學裡嗎？」那烟兒愣了下，失聲叫了起來，笑得眉眼如花，一轉神又覺得自己有些失態，紅著臉又說道：「這是王府裡的二少奶奶呢，啊呀，也是喔，二少奶奶嫁進來還沒多久呢，您當然是沒見過的。」

那溫潤男子一雙如珠似玉的眼溫和地看著錦娘，笑容掛在唇邊。錦娘很懊惱地發現，他笑時左頰上竟然有一個淺淺的小酒窩，可愛又溫和。要不要都長得如此過分啊，還讓不讓自己這種平凡長相的人活啊？過分，太過分了！自己都沒酒窩呢……錦娘不由腹誹起來，越發覺得挫敗。

「啊，原來是二嫂，華軒見過二嫂。」冷華軒躬身一揖，很正式地給錦娘行了禮。

他就是二太太的兒子冷華軒，怪不得眉眼間與二太太有些相似。錦娘也回了個福禮，笑道：「常聽說三少爺才情卓越，今日得見，倒真是見識了，如此嬌貴難養的淚竹竟然也讓三弟養得如此蓊鬱，嫂嫂我真是大開眼界了。」

冷華軒聽聞仰頭一笑，笑容清朗如和風明月，錦娘卻有些詫異。難道她說錯了嗎？

「嫂嫂謬讚，只因華軒的娘親喜愛此竹，所以華軒才起了這心，不過，此處的淚竹卻是二哥小時候種下的，並非華軒之功，華軒只是護侍了這些竹子多年而已，卻並非是讓它們生根之人。」冷華軒看著錦娘的眼睛，認真地說道。

錦娘聽得一怔，有些茫然，半晌才反應過來。他口中所說的人是冷華庭，不由激動地問：「你是說，此竹乃相公移栽至此處的？」

「嫂嫂說得很對，二哥小時常帶著華軒玩耍，那時，娘親說喜歡淚竹，卻苦於不能常常看到，二哥便不知從何處弄來了淚竹竹根，費了番心思才栽活此竹。」冷華軒說此話時，溫潤的眼裡有一絲黯然，接著說道：「只是，後來……二哥他，再也不肯來這裡了。」

不肯來這裡？是因為中毒以後嗎？難道冷華庭的中毒與東府有關？可是東府要害冷華庭做什麼？就算冷華庭沒有了世子之位，也不可能讓冷華軒接替啊，前面還有個冷華堂擋著呢，這事說不過去啊。

「嫂嫂，娘親正在屋裡等妳，華軒就此別過。」冷華軒看到錦娘發愣，微微一笑，揖了一禮後告辭走了。

烟兒引著錦娘繼續往前走。正堂裡傳來了一陣接一陣的笑聲，看來，二太太與人相談正歡呢。錦娘抬步走進，卻是怔住了。

二太太坐在正位，而她左下首之人竟然正是孫芸娘，另一位是寧王長女、郡主冷婉。她們……怎麼會在二太太這裡？

錦娘還是對二太太行了一禮，又對冷婉道：「郡主，好久不見。」

冷婉掩嘴一笑，說道：「嫂嫂好久不見，那日婉兒可是第一次見識二嫂嫂的詩文呢，真是驚才絕豔，才華橫溢啊。」

錦娘笑著正要說話，便聽到孫芸娘冷哼一聲，臉撇向了一邊，錦娘淡笑著走近她，行了一禮道：「大姊，近來可好？」

芸娘微轉過來，斜了眼睛睨她。「可比不得三妹妹如今，聽說三妹妹與妹夫感情甚篤，琴瑟和鳴呢。」

「大姊說笑了，不知大姊今天怎麼會來了二嬸子之處，一會子若是有空，便到妹妹那邊用飯吧。」錦娘不想與她計較，尤其是在二太太屋裡，就算在娘家有何矛盾，也不用在婆家裡吵給別人看吧？

二太太聽了便道：「既是來了我這裡，哪裡再去妳處的道理。今兒孀娘作東，妳也一塊兒在此用飯吧。」

孫芸娘卻是對二太太笑道：「多謝二太太，不用留用飯的，一會子芸娘便要與婉妹回府。婉妹約了雲繡坊的雲師傅來呢，若是用得飯來，怕是會錯過。」

二太太一聽，便眼睛一亮。「怎麼，婉兒要向雲師傅學習繡藝嗎？」

冷婉俏臉微紅，微抬了身說道：「婉兒想趁著年歲還小，多學些東西總是好的，雲師傅正想要收徒，若是找她做師父，婉兒的繡藝定會突飛猛進呢。」

幾人又說了幾句，孫芸娘便對二太太施了一禮道：「太太，聽聞太太院裡的淚竹長勢優良，芸娘想讓妹妹陪著去觀賞觀賞，不知可否？」

錦娘想，終於要進入正題了，讓自己去陪著，怕就是想與自己說些私話吧。

二太太果然善解人意，忙笑著讓錦娘陪了芸娘出去。

「妳不願意陪著我出來嗎？」孫芸娘似笑非笑地看著錦娘，歪了頭說道，語氣仍是如在孫家時咄咄逼人。

錦娘先是愣了一下，隨即笑道：「多日不見，大姊倒仍是一如既往地直爽啊，好不容易看妹妹一次，妹妹又怎麼會不願陪伴大姊呢？」

孫芸娘一聽，倒是笑了，微瞇了眼道：「妳道是我如今也不能再像在娘家裡一樣欺負妳了吧，不過，妳那小心肝明白得很呢，哪一次又真是我欺負了妳去，最後得了便宜的總是妳。如今妳也嫁得好人家，妹夫雖說……身體有疾，但聽說對妳尚好，如此也算是幸福了。」

錦娘聽她話裡有些辛酸，想來她與寧王世子夫妻關係仍是不睦吧，不由也沒了那爭強的心，陪了笑道：「以往在家的那些事，就當是不懂事，算是過眼雲煙了，妹妹如今也真心地盼著姊姊過得好呢。」

「妹妹說得不錯，以往的事就當風吹雲散了。方才妳想的也沒錯，冷大人有意向婉姊兒提親，說的正是冷大人長子，簡親王府三公子，冷華軒公子。」芸娘倒不繞彎子，直直地說了出來。

錦娘聽得有些詫異，隨口問道：「寧王會同意？」

芸娘聽了便笑。「說起來，這事原是婉兒的主意。她自小便是喜歡軒公子的，只是寧王以前嫌棄冷大人只是庶子，又無爵位，並不太願意，後來也不知道得了個什麼消息，寧王知道後，倒是肯了，又聽說給軒公子說親的人家較多，倒是巴巴地讓冷婉過來與二太太敘舊。二太太原也跟寧王府沾了親的，是寧王妃的表親，婉兒藉了話來看表姨，又怕人說，便拉了我一起來。」

得了消息？什麼消息會讓寧王捨得將女兒下嫁身分普通的冷華軒呢？錦娘不由沈思起來，開口想問，芸娘卻搶先一步道：「我並不知情，婉兒也不知情呢，這話我還是在妳姊夫喝醉時，聽到的。」

錦娘正想再說什麼，便隱隱地聽得竹林深處有人說話，聲音像是在哭訴似的。

芸娘也是一臉異色，兩姊妹難得地齊齊做了個噤聲的手勢，躡手躡腳地往竹林裡走，果然那聲音在對面假山後，隱隱約約地有個女子在哭的聲音。「少爺、少爺，你不能不管奴婢呀，奴婢……奴婢可是有了身子了……」

錦娘一聽，心嚇得快要跳出來了，直想拉了芸娘就躲。芸娘卻把她一拽，又瞪了她一眼，附在她耳邊小聲道：「還真是個好消息呢，妳相公在府裡過得並不如意對吧，妳這個做娘子的，總要想著法子幫幫他才是，一味地膽小能成什麼事？」

錦娘被她一罵，倒也清醒起來。也是，反正她們又不是故意的，人家既然做得，就不怕別人知道了，於是拉著芸娘往假山後靠。

便聽得那男子壓了嗓子說道：「妳不要糾纏了，爺給妳些銀子就是，如今我也是要娶親之人，在正室奶奶進門前，可不能收了妳，更不能讓妳生下孩子，不然，我可是會丟盡臉面去。」

男子聲音太低，雖然聽得到說什麼，但那聲音像故意壓著，辨不出來。

就聽那女子又哭道：「可是爺，這可是您的親骨肉啊，您捨得棄了嗎？素琴死了不要緊，但絕不能害了爺的骨肉啊！」

這丫頭可真會說話，只抓著男人的骨肉說事，句句都是站在男人的立場上，連自己的命都可以不顧，又是那樣地一往情深，男人就算再狠的心，怕也會軟化了。

果然，那男人遲疑了起來。芸娘便想拖錦娘繞過去，若是能親眼看到那男子就好了，誰知沒起幾步，一不小心踢到一塊石頭，她痛得直咬牙，但一聲也不吭，無奈那石頭卻被她踢滾下去，發出聲音，假山那面的男子聽了便冷喝一聲。「誰?!」

芸娘嚇得顧不得痛，拖了錦娘就往另一邊躲。兩人提了裙狂奔，總算回到剛才的位置。那男子繞過來時，她們已經沒了蹤影。

錦娘不停地喘著氣，也覺得前所未有的刺激。芸娘一雙眼睛卻是滴溜溜地轉著，不知在打什麼主意，這時，冷華軒一襲白衣，風度翩翩地自竹林另一頭走來，手裡還拿了個小包袱。

錦娘和芸娘兩個不由面面相覷，同時張了口，無聲地說道：「會是他？」

第二十二章

冷華軒神情泰然自若，仍是一副雲淡風輕的樣子，眼神也是溫潤可親，哪裡有半點驚惶？錦娘便想，要嘛剛才那男人不是冷華軒，要嘛……就是這個冷華軒太會演，城府深不可測。

不過，錦娘真不相信有如此溫暖眼神的人，會是那始亂終棄，連自己親生骨肉也要扼殺之徒。

正尋思間，冷華軒已經提了個包袱遞過來。「二嫂，這是小弟特意請了一位異士尋來的藥草，聽說對二哥的腿疾有好處，請妳帶去給二哥吧。」

錦娘聽了更覺意外，笑道：「為何不親自送去給你二哥呢？」

冷華軒聞言眼神微黯，臉上露出一絲苦澀的笑來。「二哥……怕是不太喜歡華軒，所以，還是請嫂嫂帶去的好。」

錦娘心裡微怔。冷華庭對冷華堂戒備得很，先前聽冷華軒說，他與冷華庭自小關係很好，不然也不會幫著他移栽淚竹了，怎麼如今又不想再見冷華軒呢？他們兄弟幾個之間，曾經發生過什麼不愉快的事情嗎？

見錦娘半晌沒有吱聲，冷華軒神色更黯，溫潤的眼睛裡帶了一絲傷感。「難道嫂嫂也不肯幫我嗎？我實是……很想二哥能早日康復的。」

溫潤如玉的男子，墨玉般的眼睛裡藏著深沈的哀傷，錦娘不由為他的神情動容，下意識就伸了手去，接住那個包袱，芸娘卻突然問道：「三公子，你才從府外進來的嗎？可見到我那丫頭玉容，方才她跟二太太的丫頭去玩了，怎麼還不見回呢？」

錦娘被她的話怔住，轉頭看她，只見芸娘目光微閃，對她眨了眨眼，對還沒反應過來的冷華軒又道：「明明看見她們兩個走這林子裡去了的，怎麼不見回轉呢？那丫頭，可是越發地貪玩懶了。」

冷華軒順著她手指的地方看去，一臉茫然。「世子夫人，在下方才可是從書房處過來，並未去過那一邊，所以……沒有碰到妳家丫鬟。」

芸娘便失望地喔了一聲，抬頭舉目，仍是對著那座假山處眺望，似在尋找她口中所說丫鬟的身影。

錦娘微哂，對芸娘的機智佩服得五體投地。若剛才那個男子真是冷華軒，又如此快便相遇，他很可能會懷疑，如此一說便是嫁禍給兩個丫鬟了。

「既然公子沒碰到，那或許她們已經轉回去了，咱們還是快快回屋吧，外面還真的冷呢。」芸娘笑著說道，拉了錦娘的手繼續往前走。

冷華軒躬身讓路，自己並沒跟著錦娘姊妹一起，倒是轉了彎，去了別處。

錦娘與芸娘兩個走到二太太院外時，便看到了個長相甜美的丫鬟正從另一面走來，神情憂鬱，秀眉緊蹙，一雙圓圓的杏眼紅紅的，似是才哭過一般，再看她鬢髮微亂，腳步踉蹌，與錦娘和芸娘擦身而過也似沒有見到一般，眼神癡凝有如失魂。

錦娘與芸娘又交換了下眼色。看來，這個丫頭正是那假山後的女子。芸娘等那丫頭前去，突然喚了一聲。「啊呀，公子爺……」

那丫鬟聽得身子一僵，果然轉過頭來，雙目四顧，只看到錦娘和芸娘兩個陌生之人，看兩人的穿著打扮不俗，忙低了頭退到一邊，讓路給錦娘兩個。

二太太屋裡，冷婉與二太太正談得興起，見芸娘回來，嫣然一笑，幾人又說了會子應景的話。

芸娘沒坐多久，看天色不早便提出告辭，二太太也沒強留，只是邀了冷婉下次再來。冷婉神情有些失望，不時地會看一下門外，終是被芸娘拉出了門。

回到屋裡，玉兒打了簾子進來。「二少奶奶回來了，爺正吵著要找您呢。」

錦娘聽了心便軟軟柔柔的，有如鋪了一層雪紗，輕渺舒柔，還帶著絲甜蜜，眼睛也笑成了彎月，起了身說道：「相公可是在書房？」

玉兒點了點頭，說道：「這會子冷侍衛正推了爺回來呢，少奶奶您等等，爺一會子就該來了。」

冷華庭很快就進來了，俊美的臉上被風吹得紅潤，更添了幾分豔色，錦娘見了又錯不開眼了。今天很怪，只是離開了個把時辰的樣子，卻有點想他……

「妳沒在東府裡發花癡，這麼快就回來了？」可冷華庭一開口，錦娘就有種想要跳起來揍人的感覺。這廝最會的就是往她頭上澆冰水，不惹得她火冒三丈絕不罷休。

「是呢，我今兒見了三少爺，他可真是一位謫仙般的人物，唉呀呀，真是飄逸出塵。最好看的是他左臉的酒窩，笑起來可愛又溫和，讓人生出親近之感，不像某人啊，雖說美，卻長得像個妖孽。相公，你說是謫仙好看，還是妖孽好看呢？」不氣死你ㄚ的，今天我就不姓孫了！

冷華庭氣得對天翻白眼。竟然對著別的男人也發花癡?!丟下自己一個人傻子樣地等她，回來還在自己面前炫耀，真是太過分了！看她一臉的調皮樣，他就想去捏她的鼻子，無奈手被綁著動不了，不由又吼了句：「快些過來給我換藥，別磨磨嘰嘰的了！」

錦娘笑著過來推他，兩人便進了屋，又如昨日一般，搬了個小凳子坐在他跟前，開始幫他解紗布。

「喔，對了，相公，方才三弟還託了個包袱來呢，說是裡面有些他從外面求來的藥，或許對你的腿疾有用，你要不要看看？」錦娘邊幫他解著紗布邊說道。

「不看。」冷華庭冷冷地回道。錦娘抬頭看了他一眼，想問，又忍住了。這個答案她早已預料，看來，他們之間肯定是出過問題的，只是現在問他，他必定是不願意回答的，於是低了頭，繼續做事。

包了一天了，一隻手解開，皮膚便有些發白、起了皮。錦娘看了一陣心疼，語氣也帶著埋怨。「看吧，起皮了，裡面就難得長出好皮了，包這麼久一直沒透氣……你也真是的，不是讓你早點解了嗎？要是我總不回呢，你不是要一直包下去？那會潰爛發炎的……」

錦娘還在碎碎唸，冷華庭看著她認真又專注的樣子，還有細碎的抱怨聲，心裡就像吹了一天的寒風，突然喝了杯熱茶，溫暖又解渴，暖得發燙。

「妳若一直不回，我就一直包著，直到妳回來為止。」他瞇了眼，聲音冷冷的。真彆扭。錦娘抬頭，卻觸到他那雙柔情似水的眼，心不由自主地怦怦跳了起來，耳根也不爭氣地開始發熱。天啊，等等臉一紅，又要被他罵花癡了。

錦娘好不容易移了眼眸，低頭不敢看他，卻聽他又道：「娘子，軒哥兒真那樣好看嗎？」語氣裡竟帶著絲不服氣，還有……一絲酸意。

錦娘噗哧一聲笑了出來，故意歪了頭，左右搖晃，不時地還皺了皺眉，好半天才說道：「說起來吧……相公你還真美，你這樣的美人世間少有，三少爺可真比不上你，不過……三少爺是俊，是有氣質，你懂嗎？就是長相雖然普通，但氣質絕佳，就像個世外仙人似的，還……」

「妳是說我美得像女人，對吧。」不等她說完，冷華庭舉起沒解紗布的那隻棒槌手，猛地去戳她腦門，咬牙切齒地說道。

錦娘聽了笑得更歡，一伸手，也捏了他的鼻子道：「是呢，你就是個絕代佳人，若是穿了女子衣服出去，定然會傾國傾城，迷到一大群好色男人。」

他手一揮，將她的手打掉，收了她正在解紗布的手，轉身自己推著輪椅就往外走。

錦娘一陣錯愕，追了過去，卻見冷華庭氣得臉色蒼白，嘴唇都在發抖，額間青筋暴起，眼裡也露出戾氣，那樣子有如遇到強敵的困獸，隨時準備與人廝鬥一般。

錦娘嚇住了，知道自己玩笑開大了，或是某句話觸到了他心底的傷痛，讓他出奇地憤怒。

「相公……你生氣了嗎？我只是開玩笑呢。」錦娘走過去要推他，他卻再次手一揮，連著手上的紗布一起亂舞。「走開！」聲音再冷不過了。

錦娘真的被嚇住了，看他臉色很難看，心知這會子他定是不想再見自己，便吶吶地往外走。「我……我去娘那裡了。」

她現在亟需找個人瞭解，為何他聽了剛才那幾句話會如此震怒，再或者，他先前的溫柔是不是裝的，是逗她的，他的心裡其實根本沒有她？

一時心亂如麻，也不再看他，提了裙便大步往外走。

當那抹纖細的身影在門口消失時，冷華庭更加煩躁了，推了輪椅就往窗邊去，原本就受傷的手掌更是沁出了血。他抬眼看窗外，就見錦娘正向院外走去，神情黯淡，而且，一步一回頭，走了幾步又停下，一臉的躑躅，想要回轉，又猶豫著，歪了頭向屋裡張望。

看著那樣的她，如火般灼燒的情緒慢慢地平息下來。她剛才……只是開玩笑，他明明也知道的，可是，那個人曾經也如此說他，他竟然還……

冷華庭手握成拳，眼裡露出了恨意，抬頭閉了眼，強忍著內心的痛，再睜開眼時，院裡的那抹人影又不見了。他不由有些失落，後悔剛才對她太過粗魯，怕是也很傷心吧……一會兒她回來，一定要說幾句好話哄她，她是個心軟的，哄哄就會好的。他這樣安慰著自己，一時又牽掛了起來。天這麼冷，她還跑去母妃屋裡做什麼？母妃這會子正在休息呢，去了也見不著人……

「相公，窗邊很冷的。」身後突然傳來她輕柔的聲音，帶著絲小心翼翼的味道。冷華庭強抑心中的喜悅，低了頭，儘量讓自己神色顯得平靜一些。

錦娘出了門，走了一半又還是放心不下，轉了回來，就看到他在窗前發呆，神情孤獨而哀傷，就像一隻奔馳在草原上的獨狼，正在獨自舔舐自己的傷口，心裡某處最柔軟的地方便開始有些生痛了，靜靜地走過去，握了扶手，將他往屋裡推。

「不是要去娘那邊嗎？怎麼又回了？」他儘量使自己的聲音不發顫，問話時，也沒有看她的眼睛，只怕一看，便洩漏了內心的那份脆弱和依戀，手卻下意識地要去握她的。

「相公，你的手出血了！你怎麼……得再上點藥。」錦娘感覺他的手不似平日的乾暖，有點黏濕之感，忙握起來看，果然那傷口被他弄裂了，她不由又氣又心疼，拖著他的輪椅往床邊去。

冷華庭再也抑制不住心裡的喜悅，勾了唇任她拖著，她又忙著去打水、去拿藥，他便看著她氣急敗壞又慌張地跑來跑去，心裡如灌了蜜似的。

他終於肯老實地任她上藥了，錦娘總算鬆了口氣。這一次她沒包那麼多層紗布，只是稍稍地裹住了。

這時，四兒打了簾子進來。「少奶奶，王妃屋裡的劉嬤嬤來了。」

錦娘一聽愣住了，便對四兒道：「妳去告訴她，我歇著了，不見客。」

四兒聽了便出去了，沒多久，就聽到外面屋裡有了吵鬧聲，錦娘不由皺了眉。這個劉嬤嬤也真是膽大包天，竟然敢直往自己屋裡闖。錦娘怕冷華庭聽著不耐，便笑了勸道：「我讓四兒使了人，將那婆子拖出去。」

「吵的不是劉嬤嬤，是妳的陪嫁丫頭。」冷華庭冷笑著說道，又瞪錦娘。「早就說了，早些打發她算了，妳偏生心軟留著，看吧，指不定會給妳鬧出啥事來。」

錦娘仔細一聽，還真是平兒的哭聲。她還來做什麼？自己不是說得很清楚了嗎？就聽平兒在外面喊道：「少奶奶，妳怎麼也得見奴婢一面吧，奴婢打小就服侍少奶奶妳，早就對少奶奶妳脾性瞭如指掌，對妳的身體狀況更是清楚，有奴婢在身邊服侍著，妳也能放心些不是？少奶奶，求求妳了，不要趕走奴婢……」

四兒一聽平兒這話裡有話，什麼叫對少奶奶的身體也瞭如指掌？平兒她竟然敢……威脅少奶奶?!她說這個，無非就是告訴少奶奶，她知道少奶奶有那不足之症，竟然想要拿這個做籌碼？太無恥大膽了。

想到這裡，四兒便上前拉了平兒往外拖，斥道：「少奶奶對妳也不錯了，別再折騰了吧，再鬧可就得更加難看了，連咱們在孫府裡的最後一點情分也會被妳鬧騰乾淨去。」

平兒一聽，哭紅了的雙眼睜圓瞪著四兒。「妳說什麼風涼話呢，沒落到妳的頭上，妳當然不鬧，要是也把妳配個半老頭子，看妳高興不？妳是想我走了，少奶奶身邊就只得妳一人了吧，四兒，沒想到妳也是這種捧高踩低的東西，虧我以前一直對妳好，妳不幫我求求少奶奶，還來編排我？」

四兒被她說得差點氣死，怒道：「妳——還真是油鹽不進，不知好歹，別當人家都是傻子，妳剛才那些話是啥意思我明白，也不秤秤自己的斤兩，妳有那講價的本錢嗎？」

秀姑原在後面給錦娘熬藥，聽到正屋裡吵得厲害，便端藥過來了，瞪平兒。「話不是都說清楚了嗎？妳怎麼還在鬧？非要扯破了臉皮，大家都不好看嗎？」

平兒見秀姑來，就像看到了救星一般，甩了四兒就往秀姑身上撲。「秀姑、秀姑，妳是打小看著平兒長大的，平兒是什麼樣的人妳最清楚，求求妳，去幫平兒勸勸少奶奶吧，平兒在少奶奶身邊服侍慣了，不想走啊！」

秀姑聽了，伸了手去扶平兒。「別鬧了，春紅過去後，日子過得也不錯呢，妳要是去了，那位分也不會比春紅差。妳是個有想法的，我和四兒都知道，只是，有的人不是妳能妄想的，就是留下來，也不可能有那機會，別哪一天再惹怒了爺，怕是粉身碎骨都不知道呢。」

平兒的眼裡就露出一絲恐懼來，哭泣的臉上有一刻的僵木，半晌才又喃喃地說道：

「我……只是想留在少奶奶身邊而已，那些不該有的小心思，以後絕不會再有了，那個人不過是個好色的老俗物，平兒，也是好好的清白人家的女兒啊……」

錦娘在屋裡再也待不住，趁冷華庭不注意走了出來，對平兒道：「妳若是個規矩的，去了西府也不一定會被收房，只要好生辦差，我便去幫妳求了三太太，讓她給妳配個好一點的人就是，也不算是糟蹋了妳。」

平兒見錦娘出來，眼睛一亮，鬆了秀姑就往這邊撲。「少奶奶，平兒保證一定會老老實實的，求您了，別送奴婢走。」

錦娘冷了臉道：「不可能，一會子三老爺那裡就會來人領妳去了，我原想著親自送妳去的，可妳總是鬧著，我也沒那個心情了。」

平兒眼裡便露出絕望來，一時呆怔地從地上爬了起來，抹了一把臉上的淚水，連連冷笑道：「妳還真是狠心，既是如此，妳做初一，那便別怪我做十五了。」

錦娘冷冷地看著平兒道：「不就是想拿我的身體說事嗎？除了這個，妳還有什麼能威脅到我的？」

平兒臉色發狠，怨毒地看著錦娘道：「是嗎？不能威脅嗎？怕是有些事，妳也難以料到呢……」

劉婆子自那天說要查帳就嚇得不行了，想了好久，還是決定來找二少奶奶求情，可二少奶奶不見她，正自想著要怎麼賄賂了院裡的丫頭，讓自己溜進去，便聽到有人在鬧，聽那意思，竟是二少奶奶的陪房呢。

那丫頭像是在威脅二少奶奶，難道，二少奶奶有把柄被那丫頭抓著？

劉婆子眼睛一亮，聽了會子後，就悄悄地自院子裡退了出去，嘴角帶了一絲得意的笑。

「娘子，這樣的人還留著做什麼，叫了人來，直接拖出去打死。」冷華庭不知何時自己推輪椅出來了，冷著臉對錦娘喝道，一副極不耐煩的樣子。

錦娘一見，也顧不得平兒了，幾步便衝過去，一把抓起他的手，嗔道：「相公，你的手……不是不讓你自己推車了嗎？」

冷華庭被她弄得有些臉紅，微羞著看了她一眼道：「誰讓妳老跟個不相干的人磨嘰，把我扔一邊不管。」一幽怨的語氣如賭氣的孩子一般，再加上粉面桃腮的豔麗模樣，一屋子的人都被他吸引住。

平兒這會子又看癡了眼，怔怔地也不知道快些逃，冷華庭一瞥眼又看到了她那花癡的模樣，頓時又要找東西砸，但桌上只有那一碗藥，他只好氣得衝著秀姑喊：「沒聽見爺的話嗎？一個一個都想反了不成？」

秀姑聽得一震，慌忙大喊：「來人，拖出去打！」

立刻便有兩個身材粗壯的婆子走了進來，一人一隻胳膊，拖了平兒便往外走。

平兒這下嚇破了膽，衝著屋裡喊叫。「爺，你不能如此對待平兒，不能啊！」兩個婆子也不管她怎麼叫，只管拖著她走，平兒抵擋不過，扯了嗓子就罵。「孫錦娘，妳這隻不能下蛋的母雞——」四兒一直緊跟著，手裡早就準備好了帕子，聽她果然要胡說八道，一把搶過去拿帕子就往她嘴裡塞，將她的嘴堵了個嚴實。

平兒再也說不出話來，兩婆子拖著她去了院子裡，那邊就來了兩個行刑的婆子，舉著塊黑幽幽的木板子，一臉的凶神惡煞。

正要開打，就見王妃帶著王嬤嬤來了，一進院便看到了這一幕，不由沈了臉，對那正要打板子的婆子道：「且慢動手。」

錦娘看到王妃來了，忙上前行禮。「娘，不是說您在休息嗎？大冷的天，您怎麼過來的？快快屋裡坐，豐兒，再拿個火盆來。」

說著就托起王妃的手領到正位上坐了，又去推了冷華庭坐到王妃下首。

王妃看著她賢慧懂事的樣子，有些難以開口。王嬤嬤才說她有那方面的病，以前也沒聽說過，不會是謠傳的吧？若真問了，只怕會傷了她的心。

四兒沏了茶上來了，王妃端了放在桌上，眼裡漾著笑道：「院子裡出了什麼事呢？」

錦娘聽得一滯。王妃怕是為了平兒那幾句話來的吧，這消息傳得還真快……不由看了王妃身邊的王嬤嬤一眼。

「庭兒討厭那丫頭，總傻子一樣看著小庭流口水，髒死了。」正暗想著怎麼回答，卻聽冷華庭一副撒嬌的樣子對王妃說道。

他的眼裡純真依舊，清澈無辜，看不出半點撒謊的樣子，王妃不由一怔，轉念又想笑。

庭兒還是這樣任性，自小見不得別人總看他，脾氣又大，有人盯著他看便會發火。

「庭兒，就算討厭，也不能打死人家啊，罰罰就成了啊。」王妃笑著哄道。

冷華庭便將頭一偏，不再對著王妃，兩隻手開始扯自己手上的紗布，一副生了氣，拿了紗布撒氣的樣子。

錦娘看著想笑，卻又怕他真扯了紗布，握了他的手，哄道：「別扯，才上了藥膏呢，扯去了，一會子又得纏，你又嫌我纏得難看。」

王妃看了冷華庭的樣子便嘆了口氣，對錦娘道：「庭兒這手為啥要包呢，傷了嗎？」

錦娘聽得一滯。王妃不會連冷華庭的手傷成那樣也不知道吧……心裡不由發酸起來，那可是長年累月才會有的傷口啊，王妃作為他的母親，竟會不知……究竟有人在真心關心他沒？也怪不得他在王妃面前也要裝了……

正要說明，冷華庭倒是搶了先。「就是摔的，前日小庭不小心摔了。」說話時，鳳眸裡還濛上了一層水霧，一副委屈傷心的樣子。

王妃聽了就心疼起來，又氣，怒道：「這屋裡的人呢？怎麼不看著點二少爺，平日裡看著一大堆，真有起事來怕是都躲懶偷閒去了吧。」看向錦娘的眼裡也有了怨責。

錦娘好不委屈，卻又不好當面戳穿冷華庭的話，只好訕笑著，不知道要如何回話，卻聽冷華庭又是氣鼓鼓地說道：「可不是，這院裡有些人越發不聽我和娘子的話了，都以為自己得了主子的寵，便不知道天高地厚呢。適才那院裡的丫頭竟是連娘子也罵，哼，我的娘子，要罵也只能我罵，任誰也不能欺負她，何況還是個不知羞恥的醜丫頭。」

「妳下面的人竟然敢罵妳？這還得了，是得打才行。」王妃不由怒道，看著錦娘，又有點恨鐵不成鋼。「聽說還是妳身邊得力的，妳平日定是太寵著她們了，鬧得現在她們氣焰日升，都騎妳頭上去了。」

錦娘聽了，忙喏喏應是。

王嬤嬤輕咳了聲說道：「王妃說得是呢，二少奶奶年紀輕，會被那不知輕重的下人們欺了也是有的，今兒這動靜可真不小呢，不知究竟是罵了什麼讓少奶奶這般動怒呢？」

錦娘聽了便皺起了眉，就連冷華庭也有些不耐地瞪著王嬤嬤，王妃心裡掛著王嬤嬤開始說的那個消息，笑道：「也是，若那奴婢只是口無遮攔，衝撞了妳，大不了叫了人牙子來，賣了就是，犯不著打死的，好歹也是條人命呢，又服侍了妳多年，妳又是個新婚的，大喜的日子剛過，血氣太重可不吉利。」

錦娘聽了再不好推辭，一雙眼便求助地看向冷華庭，冷華庭無奈地輕吁一口氣，對王妃道：「既是對娘子不吉利，那就不打死。只是死罪免了，活罪難逃，秀姑，妳讓人拉了那個醜女人去後院柴房裡關幾天，不許給飯吃，免得院裡其他人以為娘子是好欺負的。」

秀姑聽了就出了門，對那四個婆子說道：「少爺說了，先拖到後院的柴房裡關幾天再說，快，將人拖下去。」

王嬤嬤見王妃始終不問那件事，不由心裡著急，抬眼一瞥，看到桌上有碗藥，便笑著問：「這藥是二少爺的嗎？只怕是放涼了呢。」

王妃聽了也看了過來，問道：「庭兒怎麼這個時辰喝藥？」

錦娘在心裡嘆了口氣，老實地說道：「是兒媳的，兒媳身子確實有些不適，吃了好幾個月藥，倒是好轉了很多。」

王妃聽了，很迫切地問道：「究竟是何病，要吃幾個月的藥？」

錦娘猶豫了下，還是坦然地對王妃道：「先前在娘家時，宮裡的劉醫正說媳婦宮寒，又勞累過度，所以有不足之症。不過他說，只要按了他的方子吃藥，不出半年就能好的，所以，媳婦便一直在喝藥，還……真是好了很多呢。」

王妃聽了，驚得從椅子上站了起來。真是怕什麼是什麼，還真是不足之症，那就是很難懷胎啊？這可不行，自己可是只有庭兒一個孩子，好不容易娶回的媳婦竟然有不足之症，這讓王妃好不氣惱，衝口就罵道：「妳……妳真是豈有此理！既然不會生，嫁過來做甚？」

冷華庭一聽就惱了，衝著王妃喊道：「又不是不能好，娘子才說好轉了呢，娘妳嚷什麼，嚇著娘子了怎麼辦？」

王妃被冷華庭喝得一怔，沒想到兒子會為了媳婦來喝斥自己，頓時心中一慟，鼻子就酸了起來。「庭兒你……你罵娘？」

冷華庭脖子一硬，歪著頭，橫著眼對王妃道：「誰讓妳罵娘子了，我不讓任何人罵娘子，娘也不行。」說著，眼圈一紅，倒先王妃一步哭了起來，還拿手去揺扶手。「庭兒……

庭兒好不容易娶了娘子……娘子對庭兒好，娘卻欺負娘子，妳是壞人，我不喜歡娘，不喜歡娘！」就像個丟了最心愛玩具的孩子，哭著鬧著找大人要，不給便不罷休的樣子，那眼淚像不要錢似的，噴湧而出。

王妃最看不得他哭，他一哭就慌了神，聽他口口聲聲說不喜歡娘，心裡更是慟。當年庭兒得病，她也是有過錯的，若是那年她多關注些小庭，小庭也不會……

一想到以往，王妃便覺愧意難當，忙哄冷華庭。「小庭乖，娘不罵錦娘，不罵了，快別哭了，哭得娘心疼啊。」說著一把攬住冷華庭的頭，將他護在懷裡。

一邊的錦娘看得目瞪口呆。他還真會哭呢，那眼淚說來就來，都不用醞釀的，真是人才啊，不過，心裡又甜又感動，原以為他聽到了也會震驚的，就算不會休了自己，也會生氣的，畢竟自己是瞞了他們的，可是……可是他非但沒有生氣，還想盡辦法護著自己，讓她的心如浸在蜜水裡一般，感動的同時，更多的是甜蜜幸福。

「那娘，咱們快去請好太醫來，要好好醫治娘子，她傻乎乎的知道啥啊，別是吃錯了藥也不知。」冷華庭從王妃懷裡探出頭來，眼裡水汪汪的，卻更加清亮美麗，抽噎著對王妃道。

王妃一聽這倒是正理，媳婦一直自己在吃藥，怕是吃的還在娘家時下的方子，如今也過去這麼久了，方子要不要改、好轉至什麼程度了都不知道，最怕的是誤診呢，便撫了撫冷華庭道：「庭兒想得很周到呢，一會子娘就讓人去太醫院請人去。」

一時，立馬就派人去宮裡請太醫，又對錦娘道：「那丫頭是個禍害，留不得，你們倆也別管了，我想法子處置了。」說著便起身走了。

送王妃出去後，冷華庭便一把拽住錦娘，終於擰到了她的鼻子，咬牙切齒道：「醜就醜了，偏還笨得可以，早就說過讓妳把那耍心眼、上杆子想往上爬的都清理了，妳偏是心軟，這下得了教訓吧？」

錦娘猝不及防被拽倒在他懷裡，鼻子被擰得生痛，聳著鼻子就哼哼裝出一副難受的樣子。冷華庭到底還是捨不得她，鬆了手，將她扶正，說道：「以後眼睛放厲害點，再莫心軟了，這府裡頭，妳不心狠，人家就以為妳好欺，終有一天會被人害了去，知道了嗎？」

錦娘聽著就心酸。他說這話也是因為自己曾經受過此苦吧，或許，如今他這個樣子也是被逼的吧……想到這裡，不由又挨近了他些，將他抱進懷裡，哽了聲道：「放心吧，相公，以後我會學乖的，絕不會再讓人害到我，也不能……再害到你了。咱們一起努力，要在這府裡過得快快樂樂的，好嗎？」

第二十三章

冷華庭心裡暖暖澀澀的，頭埋在她懷裡，鼻間聞到她幽幽的少女清香，溫暖而甜蜜。他貪戀這一刻的寧靜與美好，一時不願動，回手環抱住她的腰，在她懷裡拱了拱。「娘子，我們會過得快樂的。」

他窩在她懷裡說話，錦娘沒有聽清楚，低了頭問：「什麼？相公，你說什麼？」

冷華庭窩在她懷裡罵了聲。「小笨蛋。」從她懷裡探出頭來，將她一推，指著桌上的藥道：「快把藥喝了。」

錦娘喔了一聲，乖乖地端了藥，有點涼，但喝慣了的苦味，倒是一口氣沒停，咕嚕咕嚕全灌了下去。冷華庭變戲法似地向她嘴裡塞了一顆東西，吃著酸酸甜甜的，入口即化又清香好聞。

「真好吃，是什麼？」錦娘吃得眼都瞇了，伸了手還找他要。

「沒了，就一顆。」冷華庭打掉她的手，笑著說道。

錦娘去扯他的衣袖，抓了袖袋就翻。剛才也不知道他從哪裡弄出來的，她還想吃。

「說了沒了，明兒再給妳吃。」冷華庭衣袖一攏，一手推開她，輕輕哄道。

錦娘有些失望。「小氣，是什麼東西，怎麼不多做一些？」

「宮裡特製的，府裡沒人會做，是劉妃娘娘賞的，也不是天天能有的東西。」冷華庭說著便自己推了輪椅往屋裡去，錦娘一見忙在後面幫著。已經是第二次聽說劉妃娘娘了，簡親王府與劉妃娘娘是啥關係？

心裡想著，嘴裡卻感嘆地說道：「劉妃娘娘還真是好呢，先前還賞了那麼多點心給你，這個也是其中的一種點心嗎？」

冷華庭聽了，回手就在她頭上敲了一下。「劉妃娘娘是我的姨母，當然對我好了。」兩人進了屋，錦娘一下又想起冷華軒送的好幾包藥來，問冷華庭。「相公，三少爺拿來了的藥，你真的不試試，聽說對你的腿疾有用呢。」

「扔了吧。」冷華庭一聽，冷冷道。

錦娘聽了便很是詫異，很想問為什麼，可是看他一臉的不耐煩，想來就算問了，他也不會說，便打算著一會子讓秀姑拿到外面去，到藥店裡查驗查驗，看那包藥有沒有問題，若真是好藥，怎麼著也得哄他吃了才好。

看看天色也不是很早了，錦娘便去喚玉兒和珠兒來打水服侍冷華庭洗漱，珠兒卻不在，只有玉兒一個人進來。錦娘覺得詫異，隨口問道：「珠兒呢，怎麼只有妳一個？」

玉兒聽了便回道：「好像說是她老子娘病了，應該是回去了吧。」說著去耳房打水了。

接著，錦娘便幫冷華庭洗腳和按摩穴位。

脫去長襪，露出裡面泛黑的皮膚，錦娘不由倒抽一口氣。似乎比早上還要黑了，她便急了，將他的腳按到熱水裡，吸著鼻子問道：「疼嗎？」

冷華庭看到她眼裡閃著的淚光，忙安慰道：「每日便是這樣，到了晚間便更黑一些，不疼的。」

但錦娘手按下去時，他還是忍不住抖了一下，錦娘見了，力氣倒放得更大了一些，仍如上次那樣，自足三里處按起、直到湧泉一個循環，每一次都使了大力，眼看著腿上暴起的血脈流動加快，顏色也變淺淡了些，冷華庭的臉色卻是更加嚴肅，似在極力地忍受著痛苦。

但他看她的眼睛卻是溫情脈脈，眼裡帶著絲寵溺，不時拿了帕子幫她擦著額間冒出的細汗。

錦娘緊張地注視著那黑色血脈流動的方向，問道：「可不可以施針導脈？或許能將毒血放掉一些。」

冷華庭聽了搖搖頭，說道：「以前曾經試過一次，但毒素入得太深，若要放血，便會失血太多，人會受不了的。」

錦娘一想也是的，只是這毒素總在身體驅之不去，終不是個事，又想起前世見到脈管炎的病症。前世錦娘的父親便得了脈管炎，也就是靜脈曲張，因動脈血管硬化而引起的，症狀也是腿部皮膚發黑，血管變粗，而且自皮下暴起，皮膚下肌肉一塊塊硬化，嚴重者便會發炎潰爛，皮膚一層層壞死，導致截肢也是有的。但冷華庭的腳傷又與脈管炎不盡相同，脈管炎一般是老年人得的機率比較大，年輕人一般是很少得的，而他又一直說是中毒所致……

於是她問：「你這……是突然中毒的嗎？」

冷華庭聽了便仰著頭，閉了閉眼，濃長的秀眉緊緊蹙著，神情很是痛苦，似是不願意回憶當年的事情。

半晌，他才睜開了眼，斂去眼中痛色，平靜地對錦娘道：「當年並不知道是中毒，以為是突發的急症，原是要死了的，後來有人教了我一套練氣之法，將渾身的黑氣壓到腳上，才算撿回了一條命，只是這雙腳卻是再也不能站起來了。後來細想，那毒應該是慢慢滲入體內的，是有人在我的吃食裡放了毒藥，每日一點，日積月累，到了一定的程度後便突然爆發了。」

錦娘的心一陣陣緊縮，抽痛著。可以想像，當年才十二歲的他，經歷了多麼大的痛苦，又是如何在死亡邊緣掙扎，要多大的勇氣才能在病體灼痛的情況下，咬牙練功自救……兩行淚不覺滑向臉龐，一滴一滴，無聲地滴到冷華庭的腳上，像是滴在他乾涸得近乎枯萎的心田，靜靜地滋潤、浸染、澆灌著。

他便是再裝得冷靜漠然，也忍不住動容。以前只是他一個人痛，王爺王妃就算知道，也只能眼睜睜地看著，而且，他們兩個的心裡，某些事總是比他還要重要一些，若不是他病發，他們還不會注意到自己，甚至還在無休止的爭吵……

如今，雖然還是痛，但痛時不再孤單，至少有一個人，她陪著痛。

「沒有請人醫治嗎？大錦朝那麼多名醫，他們全沒辦法？」錦娘抽泣著，淚眼矇矓。

「父王幾乎找遍了全大錦，還去了西涼，仍是無人能醫，只能束手無策。我自己倒是找到了控制的方法，只是，每隔一段時間便會發作一次。上次妳也看到了。」冷華庭拿了帕子去拭她的眼淚，隱隱有些心疼。他不想她痛苦的，所以，很多事情都不想告訴她知曉，他只想她能過得輕鬆快樂一些，可是……自己這病不好，她怕也難得真正展顏吧。

錦娘聽了腦子裡飛快地轉了起來。他說是慢性中毒的，那麼，能在他的食物中下毒的只會是身邊親近之人，當時他不過十二歲，定然是不會察覺的，但如今他早就敏銳如狐，應該找出了當年那個下毒之人才對，為何……

「可找出是何人下毒？」錦娘心裡想著，嘴裡下意識就問了出來。

冷華庭聽了，眼裡便閃過一絲戾色和無奈，啞著嗓子說道：「當年父王和母妃確實很震驚，將院子裡的人都查了一遍，但太醫一致診斷不是中毒，只得了怪病，而且還說大錦境內確實有人得過同樣症狀之人，所以父王也有些懷疑我是真的病了，不過倒是將院子裡的人全換了，最親近的幾個直接拖出去打死了，卻也沒有查出任何蛛絲馬跡來。」

錦娘一聽大錦境內還有得同樣病症之人，眼睛一亮，問道：「那相公知不知道，那與你病症相同之人，他們後來怎麼樣了？」

冷華庭聽得眼神一黯，沈默了半晌，抬眸定定地注視著錦娘，眸裡有著心痛、無奈和不捨，伸了手輕輕地撫著錦娘的臉龐，聲音也帶著絲沙啞，深吸了口氣才道：「錦娘，若是我死了，妳就改嫁吧。」他沒叫她娘子，而叫的是她的名字，錦娘。

「不——」錦娘猛地一把推開他，站了起來，痛呼道：「你……你才還說要和我快快樂樂地過一輩子的，你……你說話不算數。」她的心因他說的那個死字而痛得一滯，似是要停止跳動了一般，雖然只是在一起生活了一段時間，可她的心早就被他俘虜了，他的一顰一笑、他的毒舌嬉罵，自她還在娘家時便無聲地關懷，傾盡全力的護佑，一點一滴，情懷似絲，早就細細密密地織成了網，將她兜了個嚴實，如今她也付出一顆真心，他卻說，若是自己死了，就改嫁吧，要她如何不痛，又情何以堪？

冷華庭看著她傷心如此，心也跟著抽痛起來，仰天長嘆。「或許，當初根本就不該迎妳進門。妳個笨丫頭，還非要我親自接妳下轎，早知道如今難以割捨，我就任妳去使了性子，將轎子抬了回去。沒有進門，也算不得嫁了，妳再嫁他人，也還是能平安度日的，如此，卻是害了妳了。」

「你說什麼傻話?!我既是嫁了你，當然得你親自接我下轎，親自與我拜堂。我孫錦娘原就是苦命之人，在娘家也沒過個一天安生日子，嫁了你，我從不後悔，而且，我絕不會讓你先走於我之前，因為我是個自私的人，我不願意承受失去的痛苦……你若憐惜我，就要快快好起來，不然我便會恨你，就算去了另一個世界，也會恨你！」錦娘撲到他身邊，雙手抓住他的雙臂搖晃著。他的話快要讓她氣死了，什麼叫害了她，娶都娶進來了，他還想反悔嗎？這個傻男人，怪不得當初他不肯親自去迎她下轎，原來早就存了這心思。

冷華庭沒想到她會說出這樣的話來，一把將她擁進了懷裡，不讓她看到自己眼裡的淚水。他其實並不喜歡哭，人前的眼淚不過是他的武器而已，可是，她……她一再讓他感動，讓他心酸。

緊緊地將她擁進懷裡，他半晌才哽著音說道：「說妳傻，妳還真是傻，醜就醜了，反正我也看習慣了，怎麼還能這麼傻呢，傻得……讓人心疼。」

「相公，我不會讓你死在我前頭的，絕不，我要治好你，一定能治好你。我相信，天無絕人之路，總會有辦法的。」錦娘半跪在他身邊，頭擱在他的肩頭，語氣很堅決地說道。

她的話像一盞明燈，又像顆細小的火種，點亮了他心裡的希望。冷華庭慢慢推開她，靜靜注視著她的眼睛，目光專注又灼灼，半晌才道：「好，我信妳，我相信我的娘子一定能找到好辦法，就算找不到，有生的日子裡，我也會好好陪著妳走下去。」

錦娘抿了抿嘴，癟著唇道：「你說話可要算數，以後再也不能說死呀死的，連這個字也不許說，不然，我就恨你。」說完，她破涕為笑，拉了他的手，正色道：「相公，你是不是見過那些與你病症相同之人？」雖然問他這些有點殘忍，可她必須確認這種病的晚期症狀是什麼樣子，這樣她才能肯定，他得的會不會是脈管炎。

冷華庭輕輕地揪了揪她的小鼻子，含了笑道：「從腳趾頭處開始潰爛，慢慢漫至全身，肌肉全都壞死，只剩下黑色的骨頭，最後，慢慢潰至全身，死狀很恐怖。」他說得很平靜，像是早就知道有那麼一天，已經麻木了似的。

錦娘卻是聽得心驚肉跳。她不能想像如他這般美得天怒人怨的人，若全身潰爛會是什麼樣子……不，她不能想，也絕不許那種事情發生。

不過，他的回答倒是讓她心中一喜，既然太醫確診他得的便是那種病，那她就有辦法，只是也不知道這個世界裡能否找到治療的草藥？不過，事在人為，辦法是人想的，她相信自己。

「相公，那能讓我看你的藥方子嗎？」

冷華庭便讓她推了自己去了床邊，在床頭多寶格子裡拿了張方子出來遞給她看。

錦娘見方子上寫了幾種中藥，也不知道那些有什麼功效，不過，前世她父親醫治此病時，吃過不少西藥，治標不治本，好不了多久便又復發，後來就改吃中藥，倒是慢慢好了起來。那方子她也看過，而且常拿了方子去幫父親抓藥，所以記得內容，與這方子裡的藥幾乎沒有一味是相同的。

「相公，這方子既然無用，不如咱們停了吧。」錦娘眼睛亮亮地看著冷華庭。

冷華庭微怔了怔。還真是個傻姑娘，自己吃了多年的藥，她開口就說停，難不成她是神醫再世？不過，她的眼神太過熱切，跳躍著滿滿的期待，還有一絲自信，加上她能準確地說出他的病症……其實，就算這些都沒有，單就她那份心，他也由她。就算弄錯了那又如何，最多再加重些病情就是了，只要她開心就好。

「好。」他眼裡挾了笑，很乾脆地回道。

錦娘的眼睛更亮了，將他扶到床上坐好，自己便去找了紙筆，將記憶中的藥方寫下來，再拿給冷華庭看。「我記得毛冬青、銀葉草、復春、右歸這幾種藥，咱們先試幾副好不？」

這幾味冷華庭倒是知道的，只是這幾種草藥也太過尋常了些吧，不過，藥能對症就好，不一定貴重的藥便能治好病。他很乾脆地點頭。「好。」

錦娘聽了既興奮又感動，微紅了眼，低著頭嘟囔道：「你……你不怕我亂給你吃藥嗎？也不……也不想一下就應了，要是我害了你，怎麼辦？」

「妳都說了，絕不會讓我死在妳前面，我還擔心什麼？」冷華庭聽了不由哈哈大笑起來，笑聲爽朗暢快，將那臉上原有的一抹豔色染得更加動人，添了幾分豪邁和……蒼涼，對，是有蒼涼之意，不過，是置之死地而後生的勇氣。

這樣的他讓錦娘凝了眼眸，半點也不肯錯開，半晌才道：「是啊，反正咱們是要同生共死的，就冒一回險又如何？」說完，自己也跳上了床，靠在他身邊坐著，看著他道：「自明日起，你的生活起居、飲食全都要聽我的，我就不信，你這病治不好。」

冷華庭將她往懷裡一攬，笑著說道：「好、好、好，自明日起，我便全聽娘子的，娘子說什麼，我便做什麼，好嗎？」

錦娘聽得眉花眼笑，窩在他懷裡不肯動，皺皺鼻子說道：「那可說定了，自明日起，可不能再捏我的鼻子了，真的會變醜的。」

他聽了便又笑了起來，低頭去看她，卻見她竟偎著自己睡著了，想來，剛才那句怕也是在囈語吧。他不由寵溺地撫了撫她一頭的秀髮，幫她取了簪子，抱著她一起向被子裡滑去。

嬌軟溫香抱了滿懷，偏生又不能碰，這丫頭，也太信得過他了吧，還是……她對自己放心得很？冷華庭笑了笑，在錦娘的額頭輕輕吻了吻，擁著她睡了。

第二日，錦娘一骨碌自床上坐起。昨天太累了，也不知道怎麼就睡著了，一看自己身上，只穿了中衣，腦子裡模模糊糊的，也不知道外面的襖子是自己脫的還是……

一低頭，卻見冷華庭正惺忪著眼，身子半側而躺，神態慵懶，精緻的五官華美得令人嘆息。「太妖孽了……」錦娘起來的第一句話便不自覺地從嘴裡蹦了出來。

「怎麼不說妳自己太醜了？」冷華庭白了她一眼嘟囔道。他還有些未醒，聲音帶了絲溫柔，聽著很是舒服。錦娘被他罵慣了，可還是有些不滿。自己哪裡就醜了，雖說不得傾國傾城，但也是清秀佳人一個好不？

珠兒和玉兒進來了。玉兒進了耳房，珠兒便到床邊服侍冷華庭穿衣。錦娘隨意地瞟了珠兒一眼，卻見珠兒正好也看過來，四目對碰間，珠兒目光一閃便移開了去，眼裡流露出一絲慌亂，錦娘不由微愕，便問道：「珠兒，妳昨兒回家了嗎？」

珠兒聽了，乾笑道：「回少奶奶，奴婢的娘病了，奴婢便回去了一趟。」說話時，眼睛卻不看錦娘。

正在給錦娘梳頭的四兒回頭看了珠兒一眼，說道：「沒想到珠兒姊姊倒是個孝順的，娘病了該多待些時日才是，怎麼就回了？」

珠兒聽了便笑道：「少爺這裡也離不得人，爹娘……家裡也還有哥哥嫂嫂在呢，我也只是送些錢物回去就好了。」邊說邊扶穿好衣服的冷華庭下床，冷華庭微推開她，自己伸腳下地，走了半步後，穩穩地坐到了輪椅裡。

珠兒看著就怔了眼，眼睛張得大大的。「少爺……你……你的腳……」

冷華庭不等她說完，便冷冷道：「這陣子好些了，只是還不能走而已，沒什麼大驚小怪的。」語氣也不若平時單純，完全像個成年人說話那樣。

珠兒聽了，更是震驚得無以復加，半晌也沒出聲。那邊玉兒也是凝了眼，但神情卻與珠兒完全相反，似是早有預料一般，眼神卻是欣喜，還帶了絲激動。不過，她比珠兒老成多了，只是笑著端了水盆走了過來，淨了帕子遞給冷華庭。

珠兒仍在那兒呆怔著，錦娘又看了她一眼，就見珠兒一副若有所思的樣子。冷華庭都自己推輪椅了，她也沒說幫下手，錦娘就沈了臉。總覺得珠兒最近怪怪的，不對勁，但她是冷華庭的人，他不說，她也就不好說什麼了。

吃了些東西後，錦娘便將昨天自己寫的方子交給秀姑，讓她去給冷華庭抓藥，自己推了冷華庭去了王妃屋裡。

王妃早等得急了，見他們來了，自己便迎出來。「錦娘，快來，劉醫正等妳多時了。」

進得屋裡，劉醫正果然正坐在堂屋裡，錦娘忙上前去給他行禮。

劉醫正哪裡肯讓她拜下去，忙起來也躬身回禮。「二少奶奶，多日不見，身子可好了？」

錦娘微笑著回道：「託劉醫正的福，身子還算康健。」

劉醫正又問冷華庭。「二公子身子可好一些了？」

「老劉頭，我的腳還是很疼。」冷華庭冷著臉，對劉醫正一點也不客氣。

劉醫正聽了並不介意，笑著對王妃道：「二公子仍是如以前一樣，快人快語呢。」

王妃倒有點不好意思，笑著對劉醫正道：「聽錦娘說，她在娘家時，原就是劉醫正你給她診的脈，所以就請了你來再給她複查一下，看看可是有好轉了。」

劉醫正點了點頭，那邊碧玉便拿了脈枕出來，劉醫正三指搭於錦娘右手脈上，閉目傾聽，半晌也沒說話，臉色卻一點一點轉黑，睜開眼時，一臉驚訝和憤怒，氣乎乎地對錦娘道：「少奶奶可是按了下官的方子吃的藥？」

錦娘聽了便道：「是啊，一直是按了您開的方子抓藥吃的，從未間斷過啊。」

王妃聽了心便往下沈，急切地問：「可是出了什麼事情？」

劉太醫聽了錦娘的話也是皺了眉，沈吟了會兒才道：「二少奶奶，這病原是有好轉的，但最近……像是又有了反覆，按說若真是照著下官的方子吃藥，斷不會出現此種情況才是，幸得今日叫了下官來，不然，不然……」

「不然如何？」王妃接道。

劉太醫對王妃揖了揖手道：「莫怪下官說得嚴重，不然，少奶奶怕是終身難孕！」

此言一出，驚得錦娘從椅上站了起來，而一直面無表情的冷華庭聽了也是赫然變色，衝口道：「此話怎講，你個劉老頭，不要危言聳聽啊！」

劉太醫也覺得奇怪，便對錦娘道：「還好，發現得早，還能及時補救。不過，下官心中疑惑，還請少奶奶拿了近日熬過的藥渣來，讓下官查驗查驗，若少奶奶真是按著下官的方子抓藥吃的，絕不會出現如今這種症狀，早該痊癒了才是。」

錦娘聽了便警覺起來，想起昨日平兒威脅她的話來，什麼叫總有自己怕的時候，難道……

王妃立即使了碧玉親自去錦娘的院子裡，正好秀姑又熬了藥正放涼著，碧玉便連著藥渣一起拿過來給劉太醫看。劉太醫翻了藥渣，又聞了聞藥湯，臉色更加黑沈起來。

「二少奶奶，這是改了方子？這藥裡缺了一味益母草，先前的紅蔘也改成了白蔘。紅蔘乃溫，白蔘是寒，二少奶奶原就宮寒，怎麼能再服白蔘？還有，益母草便是護宮的，卻缺了這一味主藥，當然會加重病情。藥服得越久，病情只會越重，唉呀呀，真真是亂套了。」

錦娘聽了心裡便有絲了然，正要說話，王妃卻道：「請問劉醫正，媳婦之病可還能好？」王妃最擔心的便是錦娘的生育問題。

「能，有下官在，王妃儘管放心，上次給少奶奶診過脈後，下官便回去仔細研究過此病，倒讓下官找到了一味好藥，對此病有很大的好處，下官這就開方子，只是……」劉太醫笑著回道。

「只是媳婦院裡定然是有那起子壞心眼的人。來人啊，將今天熬藥之人，還有，為媳婦抓藥之人一併抓了來，我要嚴審。」王妃冷笑著接過劉醫正的話。

錦娘聽得一震。她的藥向來是秀姑熬的，秀姑是不可能會害自己的，見碧玉帶了人就要去拿人，錦娘急了，忙道：「娘，這事我覺得有蹊蹺，昨兒那個叫平兒的丫頭，您可是還留著？」

王妃聽了也是目光一閃，說道：「我惦記著妳的病，倒沒著急那事呢，對，說不定就是那妮子弄的。碧玉，妳先把那些都叫了來，先審著。青石，妳帶兩個婆子去，將那個叫平兒的丫頭拖來，我倒要看看她究竟是誰的人。」

不久，碧玉已經將秀姑、四兒、豐兒幾個都叫了過來，她們都是一頭霧水，就是秀姑，一進來也是眼巴巴地瞅著錦娘，不知出了何事，不過看王妃臉色嚴肅得很，她們都不敢多言，全低眉順眼地站著。

王妃沈了聲對秀姑幾個道：「妳們幾個全是少奶奶陪嫁過來的人，原想著，應該是最忠心妳家少奶奶才是，可是，卻一連出了好幾個大膽妄為之人，昨日是衝撞了少奶奶，竟敢公然威脅少奶奶，今日又發生了一件更讓人不齒之事。我來問妳們，少奶奶的藥都是誰負責熬的？」

王妃的話首先便讓秀姑黑了臉。少奶奶的藥出了問題？怎麼可能？她便躬了身，站出來說道：「回王妃話，二少奶奶的藥是奴婢熬的。」

王妃聽了，臉上就露出絲冷笑來，說道：「秀姑，妳可是少奶奶的奶娘，整個院子裡的人，怕只有妳與少奶奶最親近才是，那妳說說，這藥是妳熬的，為啥會少了一味主藥，又將紅蔘換成了白蔘？」王妃聲音溫柔，並不嚴厲，卻與生俱來便有上位者的氣勢，壓得秀姑有些透不過氣。

「王妃，奴婢也不知道，奴婢既是少奶奶的奶娘，自是凡事以少奶奶為重，又怎麼害少奶奶呢？奴婢若是知道是哪個天殺的要害少奶奶，奴婢就是拚了這條老命，也要撕了她！」秀姑聽得又氣又傷心，哭著說道。

王妃正要接口，那邊青石慌慌張張地跑來了，一進門也顧不得行禮啥的，對王妃說道：「主子，不好了，奴婢才去後院柴房拿人，一開那柴房的門，關在那裡的那個丫頭竟然被人勒死了！」

王妃聽了青石的話，驚得從椅子上站起來，顧不得再去查問秀姑幾個，對錦娘道：「怎麼會這樣？我們過去看看！」

錦娘尋思，若自己的藥真是平兒動了手腳，那殺了平兒的人定是那背後之人，見事情敗露便使了人去滅口。但那人會是誰呢，而為何又正好在劉醫正查出自己的藥有問題時，便立即下手？

消息得知得也太快太準了吧，反應靈敏，下手動作也是快得令人咋舌，難道王妃屋裡也有內奸？

後院的柴房外，四個婆子正看守著柴房，王妃一到，有兩個婆子便嚇得跪了下來。

王妃也沒看那兩個婆子一眼，與錦娘一同進了柴房。說是柴房，其實就是間四面無窗，只得一扇門的黑屋子，裡面並沒有一根柴火，陰暗而潮濕，有股刺鼻的霉味。

平兒仰躺在地上，眼睛瞪得快要鼓出來了，臉上肌肉痛苦地扭曲著，頸間一根細細的紅繩直勒進了喉管裡。看來，是被那紅繩勒斷喉嚨而死的。

她身上並無掙扎的跡象，只是臨死時的眼神是極為驚異，看來，那個動手之人應該是平兒認識的，或者說，是讓她感覺很安全之人，在平兒沒有防備之下猝然下手。

除此之外，柴房裡並無其他的可疑物品，錦娘於是讓外面的婆子點了燈進來。藉著燈光，錦娘看到平兒的左手奇怪地彎曲著，像抓著什麼東西。她不由彎下腰，去扳平兒的左手，但平兒握得死死的，怎麼也扳不開。王妃見了忙道：「別碰她，死人有啥好碰的，不吉利。」

錦娘聽了卻仍用力，終於扳開來。平兒手心裡卻是空空如也，什麼也沒有，只是她四根長長的指甲裡卻是夾著血肉碎渣，錦娘看了忙小聲對王妃道：「娘，有問題。」

王妃聽了也過來蹲下，細細地看了平兒的指甲，對錦娘微微頷首，錦娘了然地站起來。

一會子內院總管帶了仵作來，錦娘便與王妃退出了柴房。

仵作查驗一番後，報道：「死者死亡不過半個時辰的樣子，應該是被勒死的。」卻再無下文，看來也沒什麼新發現，錦娘便向那仵作要了那根細紅繩，便請王妃讓仵作退下了。

外面那兩個婆子早嚇得如篩糠一般抖著，王妃也不問她們，只讓另兩個婆子帶了她們一併回自己的院裡。

錦娘跟著王妃，冷謙推著冷華庭，一起回了王妃院裡。

一到屋裡，王妃也不問那兩個婆子，真接對碧玉說道：「來人，先將這兩個拉出去打了十板子再說。」

那兩婆子聽了嚇得面無人色，納頭就拜。「王妃、王妃，奴婢冤枉，奴婢兩個被人下了迷藥，不知怎麼就暈了，方才青石姑娘過來時，奴婢們才醒，實在是不知道那平兒是如何死的。」

王妃聽了一怔，問道：「迷了？人死不過半個時辰，妳們會正好就迷那麼一會子？來人，拖下去打。」

其中胖一點的婆子一聽，嚇得忙嚷嚷道：「是奴婢兩個貪嘴，奴婢兩個原是昨夜子時接的班，辰時，那平兒鬧得很，奴婢兩個就躲了會兒懶，到了一邊的石亭裡坐了會子。也不知道誰那麼好心，在那石亭裡擺了一壺燒酒，還有兩盤點心，奴婢……奴婢見天寒地凍的，就吃了那酒，暖暖身子，誰知那酒也沒吃多少，就那樣睡過去了，醒來時，平兒那丫頭已經死了，奴婢們真的是不知道是誰害平兒，更不敢下那黑手殺人啊！」

王妃聽了，臉上露出一絲譏笑，對那婆子道：「肯說真話了？早說也會少受些苦不是？

來人，將這兩個怠忽職守的婆子拖下去，各打二十大板，不許用藥。」

立即來了四個婆子，將那兩個婆子拖下去，沒多久，院子裡便響起了淒慘的嚎叫聲。王妃是故意讓人別堵了那兩個婆子的嘴，就是要讓屋裡這一干人等聽的。

果然王妃自己屋裡的，加上錦娘屋裡的幾個陪嫁，聽著外面的慘叫聲，一個個嚇得臉色煞白，膽小的柳綠更是渾身發抖了起來。

王妃便指著柳綠道：「妳過來，說說看，平日裡，少奶奶的藥都是誰從藥房裡抓的，都有誰經手？」

柳綠一聽自己被點了名，嚇得一哆嗦地跪下來，對著王妃就一頓胡喊。「王妃饒命、王妃饒命，奴婢全招了！」

第二十四章

錦娘聽得愣住了。王妃不過看她膽子最小，要詐她而已，她怎麼就不打自招了呢？平日裡，柳綠雖然也有著小心思，但還算本分，做事也認真，並不太與院子裡的其他幾個走得近，尤其春紅走了後，她便更加沈默了，這如今怎麼……

王妃聽了柳綠的話，臉上露出一絲滿意的笑來，卻是手掌大力向桌上一拍，柳綠嚇得一震，也不等王妃繼續問，就噼哩啪啦地說了起來。「這藥確實是奴婢去藥房抓的。奴婢在少奶奶出嫁前，便被孫家大夫人叫了去，要奴婢……要奴婢想著法子為難少奶奶，奴婢也是沒法子，奴婢是孫家的家生子，老子娘和弟弟都在那個府裡呢，若是不依，大夫人必定會拿奴婢的家人出氣的，所以……所以奴婢就拿掉了少奶奶藥裡的那一味……益母草，求王妃開恩啊，奴婢這樣做，只是讓少奶奶的病好得慢一點，但並不會害了少奶奶啊！」

「只是拿掉了一味藥，並沒有換？妳好生想清楚了，不要一會子我再問妳時又改口，那時可就晚了。」王妃端著茶，很閒適地喝了一口，淡淡地對柳綠道。

柳綠聽了便重重地對王妃磕頭，哭道：「沒有，奴婢並沒有換掉少奶奶的藥。奴婢既已承認拿去了一味藥，您定是要罰的，若真是奴婢換的，又何必怕多了這一點呢？總是虱子多了不怕癢，可是，奴婢真的沒換啊！」

王妃聽了便點了頭，說道：「來人，拖出去打二十板子。」

柳綠被拖下去後，王妃又看向秀姑、四兒、豐兒、滿兒幾個。這幾個她以前也瞭解過，對錦娘倒是忠心得很，只是那秀姑不是太得力，作為媳婦院裡的管事嬤嬤，就得精明能幹，哪裡能讓人在她眼皮子底下害了媳婦還不知道呢，太是粗心了，四兒那丫頭王妃倒是見過幾回，沈穩而聰慧，辦起事來也有條理，倒是個不錯的，值得栽培。剩下那兩個只是二等的，平日裡也只是打打下手，而且，聽說是孫家老太太給的人，應該錯不到哪裡去。思量了半晌，王妃對錦娘道：「還有一味藥的事沒有查出來，不過，娘看也不是她們幾個做的，只是，嫌疑還是有的，妳就自己處置了吧。」

錦娘聽了自然高興，便向王妃福了福，說道：「謝謝娘，這幾個人媳婦自會帶回去好好管教，再也不讓她們出半點紕漏了。」

王妃見錦娘處處以她為先，乖巧又溫順，雖然氣她老實心軟，被人害了還不知道，但對她的態度還是很滿意的，於是揮手讓秀姑幾個退下，只留下了四兒。自己身邊也只留了碧玉，連青石都支使出去了。錦娘一見便知道，王妃是想與她合計平兒遇害一事，這會子將人都使出去，只留下自己信得過的，便是心裡也有了防範，所以也放下心來與王妃交換意見。

「妳好像是有些發現？」王妃看著錦娘問道。

「確實，平兒的左手指甲裡有血肉碎渣，定是臨死時將那人抓傷了。天氣太冷，大家都穿得多，因此這傷口不是在頭臉部分，便是在手上，所以我想，咱們大可以暗中查一下，看看府裡有誰這兩天這兩個部位受了新傷，說不定會有些眉目呢。」錦娘想了想，說道。

王妃聽了眼睛一亮。「只是，世子院子裡，再加上劉姨娘院子裡，還有老夫人處，人也不少，一個一個地都去看，還真是難，總不能明著說要查人吧？那若是查不出，反而將事情鬧大了，怕是老夫人又要拿妳的病來說事，倒是麻煩了。」王妃皺著眉對錦娘說道。

「娘，就要到上陽節了吧，不如咱們破費點，給每個僕人賞點小東西，讓他們都到您院子裡來領，總能看到那受傷之人的。」錦娘歪著頭想了想。

「嗯，這倒是個好主意，就這麼辦，一會子我便通知人開始做上陽節專吃的點心，到時每人一小盒，都到我院裡來領，讓幾個機靈點、信得過的人看著，我就不信了，那個人還能躲到哪裡去。」王妃聽了高興地說道。

錦娘與王妃又商議了一些細節問題，便與冷華庭回了自己的院子。

錦娘和冷華庭幾個一出門，王妃便進了自己的屋子，對跟進來的碧玉道：「去，找人查一查，看是誰在後院石亭裡放了酒？再有就是，那空壺裡還有殘酒沒，若是有點心渣子也弄些來，讓人驗驗有沒有迷藥。」說完，王妃深吸了一口氣，像是自言自語，又像是對碧玉說。「我……再不能犯當年的錯了，庭兒曾經因我的疏忽而受傷，如今他既是如此在乎錦娘，那就好生地護著這個媳婦吧，至少，庭兒能開心一些。」

碧玉聽了有些動容，輕喚了聲。「王妃，那年也不怪您的，何不去對少爺說清楚，或許，他能理解您，不會再怨怪您呢。」

王妃聽了眼圈便紅了，嘆了口氣道：「怎麼說，都是我錯了，若是我肯多花些時間在庭兒身上，他……也不至於被人毒害至此，他恨我也是應該的。這些年，他誰都不信，不只是他的父王，就是我，他也是防著的……」說著，聲音就有些哽咽了起來，轉而又欣慰地笑了笑。「還好，娶了個媳婦能中他的意，只是太單純心軟了些，還得磨練磨練啊。」

錦娘與冷華庭一進自己屋裡，秀姑和豐兒幾個還有些沒有回神，都有些木木的，見到少爺和少奶奶進來，竟沒有一個上來服侍的。錦娘不由愣了。她們幾個應該也是嚇壞了吧？卻沒有看到玉兒和珠兒兩個，不禁有些奇怪，問道：「玉兒和珠兒呢？爺回來了，也沒看到出來服侍爺淨面。」

滿兒聽了，便與豐兒幾個相視一眼，卻沒有說話，看得出她們眼裡有些委屈和不平。錦娘倒也明白，都是在一個屋裡服侍的，為什麼只有她們幾個被懷疑，院裡原來的老人便一個一個都無事？自己以前也上過班、做過下屬的，這種不公平待遇讓人很難受。

一直沒作聲的冷華庭卻道：「叫了妳們去，其實也就是要撇清妳們。明著查總比暗著懷疑的好。」

四兒和秀姑聽了都是一怔，仔細一想，還真是那麼回事呢，除了原就有問題的柳綠，王妃不是連罵也沒罵她們幾個嗎，很輕鬆地放了她們回來。不過，再一想，出了這麼大的樓子，她們幾個又都是少奶奶最貼身的，受些委屈原也應該。

錦娘推了冷華庭進了屋，又獨獨叫了秀姑進去。

「今兒的事，我也不想再說什麼了，妳是打小兒就服侍我的，那藥既是妳親自熬的，總也要有些感覺才是，紅蔘與白蔘還是有很大的區別，若藥房裡的人沒有配錯，那便是這院子裡的人換的。如今柳綠是承認拿走了一味藥，平兒又死了，若是平兒換的，那平兒屋裡就應該還有白蔘，那換下的紅蔘她也絕不會丟掉，一會子妳去查一查吧，連帶著每個屋子都搜上一搜，就說是我的一根金步搖丟了，來個徹底的大清查吧！」

秀姑聽得臉上一陣紅一陣白，尷尬得很，但少奶奶的話也說得不是很重，算是留了情面，要是換成別的主子，怕是要換人了，於是躬身下去辦事了。

錦娘又叫了四兒進來，與她一齊進了裡屋，拿著冷華軒給的那包藥交給她，讓她務必儘快問清藥裡的成分是什麼，又把自己昨天寫的方子也交給她，讓她一併抓了藥回來。

一會子，珠兒和玉兒不知從何處逛了進來，錦娘正在給冷華庭脫外衣，看了珠兒一眼道：「妳老子娘可是好些了？」

珠兒被問得一怔，訕訕地說道：「好多了，謝少奶奶關心。」

錦娘便拿了二兩銀子給珠兒。「同時病了兩個人，家裡一定也艱難吧，來，拿去用吧，雖說不多，總是個心意。」

珠兒錯愕地看著錦娘，遲疑片刻後過來，伸左手接了，右手卻攏在廣袖裡，並沒伸出，錦娘便抖了抖冷華庭脫下的披風，道：「幫我掛起。」

珠兒便不得不伸出雙手來接，錦娘一瞬不瞬地盯著她的雙手，果然那右手手背上有幾條血痕，看著很醒目。

冷華庭也看到了，長臂一伸便捉住了珠兒。「珠兒，妳的手怎麼了？」

珠兒想要縮回去，無奈冷華庭的手如鉗子一般夾得緊緊的，哪裡還動彈得了？忙紅了臉道：「爺，是不小心劃到的，不是什麼大傷。」

錦娘仔細看那傷，很明顯是四個指印劃出的長條。可恨現在沒有血型檢驗，不然要驗出真假還真是容易得很。

「早上辰時，妳去了哪裡？」錦娘不想再拐彎抹角，直截了當地問道。

珠兒一驚，臉色更紅了，低了頭道：「奴婢哪裡也沒去，就在……就在自己屋裡呢。」

錦娘便冷笑起來，抓過她的手問道：「在自己屋裡？誰人作證？還有，妳手上的傷從何來？」

珠兒的臉色就變得難看了，對錦娘道：「這傷是……是……」是了半天也沒說出個所以然，眼睛卻一直死盯著玉兒。

錦娘嘴角的笑意更深了，瞇了眼看她。

玉兒被珠兒看得好不自在，只好低了頭，很小聲地說道：「回少奶奶，這個傷……是奴婢剛才不小心抓的，原是和珠兒姊姊搶個荷包來著，結果……」

錦娘聽了便冷哼一聲，說道：「妳傷得可也太巧了一點，怎麼遲不傷、早不傷，偏偏這會子傷了，還是在手上，妳們兩個可還真是姊妹情深啊。早上妳在自己房裡，有何人可以作證？」

「玉兒啊，玉兒看著我進去的。」珠兒想都沒想答道。

這會子玉兒的頭低得更低了，眼睛根本不敢看錦娘，錦娘便道：「玉兒，妳也是真的就看到了，對吧？」

玉兒聽了猛地一抬頭，又看了錦娘一眼，眼裡便閃出淚來，吸了吸氣，又轉過頭去看珠兒，好半晌才道：「珠兒，我……我……」卻是泣不成聲，一副既怕對不起珠兒，又不願意再騙錦娘的樣子。

珠兒聽了便愣住，定定地看著玉兒，不可置信地喝道：「妳……妳什麼呀妳，妳說實話便是，幹麼支支吾吾的。」

錦娘見了便笑起來，眼含譏笑地看著珠兒。「妳也別逼她了，剛才她已經幫妳圓了一次謊，也算是盡了妳們姊妹情誼。」

冷華庭聽了就很不耐煩，對錦娘吼道：「跟她們磨嘰那麼多做什麼，直接送到娘那邊去省事。」

錦娘一聽也對，便讓四兒叫了兩個婆子來，押了珠兒和玉兒兩個一同去了王妃屋裡。

錦娘這回沒有跟著去，只覺得心裡憋悶得很，像是胸口堵了塊軟木塞一樣，上不得、下不得，又吐不出、吞不下，很難受，便一個人坐到了窗前，看著窗外的殘枝枯葉發呆。

冷華庭靜靜地推了輪椅過來，與她一同坐著，緊緊地握住了她的手。隔著一層紗布，錦娘也能感覺到他手心裡傳來的溫度，歪了頭，靠在他寬厚的肩頭，閉著眼睛寐著，嘴裡卻說道：「相公，你以前要一個人面對這麼多事情，真是難為你了。」

冷華庭伸手溫柔地摸了摸她的臉，輕輕說道：「現在有了妳，就不覺得為難了，娘子，妳做得很好。」

錦娘聽了便睜開眼，眉眼微挑。「我以為，我真的很笨呢。」他難得誇讚她一次，她就想討點口頭的好處回來。

「還好啦，雖然比我是笨了很多，又醜，但過得去就成，我又不嫌棄，所以，別難受了。不是說喜歡吃那個點心嗎？父王又差人送了些來，一起去吃吧。」錦娘聽了他上半句原要發火的，可一聽說有點心吃，不由眉開眼笑了起來，站起身來就將他往屋裡推，邊推邊問道：「是父王送來的嗎？怎麼我都不知道呢？」

冷華庭嘴角一勾，臉上綻出睡蓮一般高潔秀美的笑來，看得錦娘又怔了眼，微低了頭罵道：「你自己便像個妖孽，當然時時罵別人醜了，我哪裡就醜了，怎麼說也是個小美人好不？」

冷華庭聽了便哈哈大笑起來，一時間，心中的鬱氣消散了好多。錦娘看著他爽朗的笑臉，心裡便像注入力量一般，又有了鬥志，只要努力，她相信，他們兩個會有美好的未來的。

沒多久，四兒拿了藥回來，手裡還捏著一張單子。錦娘看了便疑惑了，冷華軒拿來的藥裡面，竟然有兩味是與自己開的藥相同的，為何冷華庭吃了那麼久的藥，自己都不知道要對症下藥，怎麼他反而更清楚呢？

「相公，三少爺……比你小幾歲？」錦娘問冷華庭。

冷華庭一聽冷華軒的名字，神情便有點冷，沒好氣地回道：「妳打聽他的年紀做甚，就算有想法，怕是也晚了。」

錦娘卻是正了臉，對冷華庭道：「三少爺送來的藥裡，還真有兩味是對你的病症有用的，我是想問你，當年他比你還小，聽說你們小時候是最要好的，你發病時，他就在你身邊嗎？」

冷華庭閉了閉眼，臉上呈現痛苦之色，半晌才睜開眼，定定地看著錦娘，眼中痛色盡失，平靜地說道：「那半年，我一直與他同吃同住，感情比親兄弟還要親。當時，娘正與父王鬧著，府裡無人管我，劉姨娘又是個刻薄的，二嬸娘便將我帶了去，好生地照顧著，可是，回來後不出半年，我便毒發了。

「一開始，我也沒懷疑過東府，但後來一想，服侍我的人都是打小兒就在的，若要害，早幾年就害了，何必等我到了十二歲才動手？加之，教我功夫的人也說過，我那毒藥最多也是在一年之內中下的，所以……」

原來如此，看來，冷華庭中毒，東府的嫌疑還真是最大呢，只是當時王爺就沒發現嗎？

像是知道錦娘心裡的疑惑，冷華庭又接著道：「華軒與我同吃同住，每日並無分別，再加之我若去了，父王還有大哥在，世子之位也輪不到華軒，又是自東府回來後半年才發作的，更怪不到東府去了，只是我自己心裡懷疑罷了。」

錦娘原也是想到這一點的，總覺得二太太要害冷華庭有些說不過去，沒有立場和目的，但是……

「你後來便沒有再與華軒一起玩耍了嗎？或者，你從此便不再理睬華軒了，對吧。」錦娘又問道。

「華軒華軒，妳也叫得太過親熱了吧，怎不見妳如此叫我的名呢？」冷華庭聽了錦娘的話就開始皺眉，扯住錦娘的衣襟便將她拉下，一把揪了她的鼻子。

錦娘吃痛，一張手，便五指亂撓，找到他的癢處就不放過。

冷華庭受不住癢，鬆了她，卻還是回道：「自是不再與他玩耍了，而且，也不再去東府，我不喜歡那個地方。」

既是與冷華庭再不一起相處了，那麼，他是如何瞭解冷華庭的病情呢？不是太醫院都沒有找到良藥來醫治嗎？為何他偏偏就找到了，還……很對症？

除非，他原就知道他中的是什麼毒，更加知道解毒之法。但現在看來，只有兩味藥相同，而其他藥自己也不知道特性，若冷華庭真吃了，也不知道究竟是解毒還是加毒。要知道，一味藥不同，那藥效便相差萬里了。

錦娘心裡便有絲了然，抓起那包藥就丟入火盆裡，對冷華庭說道：「總有一天一定能找出真相的。人在做，天在看，那些作了惡的人，終會遭到報應的。」

兩人正說著，突然玉兒便哭著跑回來，也不經通報，真接衝進裡屋，對錦娘道：「少爺，少奶奶，珠兒她……她撞牆自盡了！」

撞牆自盡？聽到這個消息，錦娘感覺自己的心臟難以負荷。一天之內死了兩個丫頭，還是以前天天貼身服侍過的，心裡一下子難以承受，木在屋裡半天沒有反應。

冷華庭輕輕扯了扯她的衣襟，皺了眉道：「娘子，不關妳的事的。」他聲音柔柔的，帶著絲小心翼翼，似乎怕錦娘將珠兒的死歸咎到她自己身上。

錦娘回神，看他眼神也是悠長，心知他也心裡難過，畢竟是打小兒就服侍過他的，日日天天地對著，總會生出些感情來，便深吸了口氣，儘量使自己的語氣變得平淡。「相公，你……要不要去看看？」

冷華庭搖了搖頭。「妳過去吧，若是……還有一口氣，儘量醫治了。」說著，自己推了輪椅到窗前，鳳眼裡帶著絲憂傷，靜靜地看著窗外。

錦娘走近冷華庭，牽起他的手道：「一起去。若是她去了，你也算是送了她一程。」

冷華庭聽了卻是冷冷一笑。「我送她做什麼？不過又是一個叛主的東西，讓人治，不過是不能就這麼著死了，太便宜了些。娘子，我傷心，是因為過得太累。」

錦娘被他說得心裡悶悶的。是啊，任誰天天能生活在陰謀與算計當中，身邊最親近的人也不能相信，要時時刻刻地防著，當然累了……這樣一想，又覺得心疼了起來，伸手撫了撫他秀美的烏絲，哽了聲說道：「不怕，相公，有我陪著你呢。」

冷華庭燦然一笑，順勢將她拉進懷裡，在她額前親啄了下，說道：「嗯，是的，妳也別怕，有我陪著妳。」

兩人說著便一起去了王妃屋裡。

玉兒怔在屋裡，半晌也沒動一下，像是僵木了一樣。方才還以為爺為珠兒傷心，自己還暗自感傷了一下，以為服侍多年，總會有些感情的……沒想到，全然不是那樣，爺……也恨背叛他的人吧？

豐兒進來打掃，就看到玉兒像丟了魂似地站在少奶奶屋裡，不由多看了兩眼，忽然看到玉兒眼裡閃過一絲戾色，臉上露出猙獰的神色，那樣子與她平日寧靜沈穩的氣質完全不同，不由怔了怔，轉身悄悄地出去了，卻在門邊靜靜地留意著屋裡的動靜。等玉兒回過神，又是一臉哀傷走出來時，豐兒早去了桌邊，拿起抹布擦桌子。

王妃屋裡。珠兒果然並沒死，只是撞昏了，王妃正著人將她抬下去，找人醫治，見錦娘和冷華庭雙雙來了，只是點了下頭，仍是低頭思索著什麼。

錦娘覺得有點詫異，問王妃。「她可是承認殺了平兒？」

王妃皺眉看她一眼道：「沒有。當時她非說那傷口是玉兒抓的，玉兒一開始也是承認的，後來，娘說要打，玉兒便反了口，說是珠兒逼她作的假證，沒想到珠兒烈性得很，幾番說不清後，竟然撞了牆。看來，這事還有蹊蹺。」

錦娘也深有同感。不過，珠兒那話也實在難以讓人相信，玉兒也不可能就為了個荷包去抓傷她的手吧？

正暗自想著，外面有人來報，說是三老爺和世子爺一齊來了。

三老爺的聲音老遠就傳了進來。「王嫂，那鋪子我昨兒去過了，生意可真好啊，只是那掌櫃的太不聽調擺了，我得換個得力的去。」

「三叔，你都說了那鋪子生意好得很，那就表明現有的掌櫃差事辦得好呢，這樣的人才你不用，要換什麼？」冷華堂在三老爺身後扯著他，想把他拽回去。

三老爺哪裡肯依，仍自往屋裡走。「堂哥兒，你是不知道，那個狗奴才根本就不把我放在眼裡，老爺說啥他都是表面敷衍，實際兩面三刀，昨兒還找了王兄告我的狀，害得王兄又斥了我一頓，太憋屈了。」

王妃聽了就沈了臉，正要說話，錦娘及時對她遞了個眼色。

說話間，三老爺已經進了屋，抬手拱了拱，算是給王妃行了禮。冷華堂倒是很恭敬地給王妃行了禮，抬眸看到錦娘和冷華庭都在，微微有些詫異，隨即一笑。「小庭今兒感覺可好了些？」

冷華庭自他和三老爺進來時便冷著臉，此時更是扭了身子歪在椅子上，兩眼望著屋上的雕梁，像是沒有聽到冷華堂的話一般。

那邊，三老爺不耐煩了。「嫂子，那起子小人就是仗著是王兄派下的人，根本不將老爺我放在眼裡，陽奉陰違的，最是無趣，不行，我得換了。」

錦娘便笑著說道：「可不是呢，原是說三叔自己掌管城東鋪子的，看的就是三叔的才能，若是下面的人都不聽三叔的調擺，那三叔不是光頂著個管事的名，成了活擺設了嗎？這樣也看不到三叔的經營頭腦和本事了。娘啊，妳就聽三叔的吧，反正三叔就管半年，若是管得好，那自然是三叔有經商之才，那鋪子交到三叔手裡也放得下心；若是管不好，自然三叔試過了，也能死了那份心思，豈不更好？」

王妃聽了倒是笑起來，她有點明白錦娘的意思了，便道：「那好，老三，便依了你。不過，你得立下個文書來，鋪子裡的事，這半年裡你全權負責，一應貨物帳目全由你主管，府裡只派了個帳房去監管著，你可願意？」

三老爺覺得錦娘說得也很有理，平日裡，他在府裡雖是呼風喚雨，但幾個兄弟子姪都拿他當草包，沒幾個是信任他的才能，如今這也算得上是自己的一份事業，總要做出些成績來給看扁他的人瞧瞧才是。錦娘的幾句話挑起了他幾分雄心壯志，難得豪邁地說道：「簽就簽，看三老爺我怎麼將那鋪子經營得紅紅火火吧，總也要讓某些人有看走眼的時候！」說著，就斜睨了冷華堂一眼。

冷華堂無奈地笑了笑，又看了錦娘一眼，眼神幽暗深沈，也不知道在想些什麼。

三老爺簽了文書高興地走了。冷華堂卻還留在屋裡，有一句沒一句地跟王妃閒聊著。王妃有些不耐，屋裡還有好多事沒有料理呢，他總坐在這裡算個什麼事？

想要端茶送客，可庭兒和錦娘都在，總不能說趕走大兒子留下小兒子吧，因此不由有些煩躁。

沒多久，忽又聽見了三老爺大聲的吼叫聲。「二哥，你這是做甚？大嫂都已經應下了的事，你為何不肯？這與你又有何干！」

錦娘聽了不由探頭向外看去，果然一個小丫頭急急地來報，說二老爺扯著三老爺來了。

錦娘聽了便瞅了冷華堂一眼，果然看到他眼裡閃過一絲了然。難道二老爺是他通知的？他知道王妃會應了三老爺之事？

二老爺先一進門就道：「大嫂，城東那鋪子牽扯太多，不宜給老三經管，不然，出了事可真不好收場啊。」

王妃聽了便嘆口氣，看了三老爺一眼，說道：「這事我也是沒法子，老二你也應該聽弟妹說了，那日老三死活要那鋪子，母親也在，我也很為難啊。」

「嫂子，娘那裡我去說，老三這鋪子，妳還是收回吧。」二老爺想了想便道。

三老爺一聽急了，忍不住就嚷嚷道：「不行，憑什麼啊？就你能幹，我總也得有點事做了吧！以前你們逼著我做事，說我混，如今我正兒八經地想做點子事了，你們就一個一個地來拖我後腿，二哥，你是我親兄弟嗎？」

三老爺說得眼都紅了，扯著脖子，聲音都有點啞了。

二老爺聽了便罵道：「當初若是你聽了我們的，也不至於如今全都不信你了，鬧成現在這樣，全是你自己造成的！我若不看你是我親兄弟，我才沒那閒心去管你！」

轉頭又對王妃躬了一禮，說道：「還請嫂嫂收回成命。」

王妃很為難地看著三老爺，三老爺氣得臉都綠了，衝著二老爺便道：「王爺也沒你這麼看不起我，這事你管不著，王爺既是應了，就是信了我的能力，你看著吧，我一定能管好這鋪子的！」

又轉頭對王妃道：「王嫂，妳是個通情理的，老三我今天記下妳這份情了，那文書簽了就不能反悔，老三這就去鋪子裡換人去，看誰敢攔我？」說著，看都不看二老爺一眼，便向外面衝去，冷華堂急忙攔住他，勸道：「三叔，有話好好說，別生氣。」

那邊，二老爺氣得不行了，對冷華堂道：「堂兒你放開他，讓他走！我倒要看看，他撐不撐得過這半年？」

冷華堂聽了便放開三老爺，三老爺頭也不回地走了。二老爺倒是等三老爺一走，又恢復儒雅溫文的模樣，對王妃道：「老三是個魯莽的，他哪裡會做什麼事。王嫂，不如讓堂兒去看著他吧，堂兒該學學經商之事了，他畢竟是世子，將來是要承這份家業的。誰都清楚，光靠俸祿是撐不起這個家的，他作為將來的一家之主，就必須樣樣學全了。」

王妃聽了眉眼一挑，嘴角露出絲詫異來。冷華堂該學什麼，不該學什麼，自有他父親簡親王來安排料理，老二倒是關心得過頭了些吧？

冷華堂聽了二老爺的話神情倒是恭敬得很，一副聆聽受教的樣子。

「老二，你的話倒也有幾分道理，不過你也說了，堂兒是世子，他是學文還是學武，王爺都會安排妥當的。我想，學經商雖然好，但那畢竟上不得檯面，這事啊，還是問過王爺了才好。」

王妃這話說得不軟不硬，卻生生將二老爺的提議頂了回去，二老爺還不能多說什麼。

果然，二老爺聽後，沒作聲了。冷華堂聽了正要說話，錦娘卻搶先一步道：「娘，相公一直在家閒著無事，不如讓相公跟著三叔去鋪子裡轉一轉、看一看，總要學點東西回來才是，保不齊相公以後也能成為個好管事呢。」

王妃起先聽了就想，庭兒那性子根本就不肯出門，自病了以後，便哪裡也不願去，最是怕見生人，怕與人相處，性子變得越發古怪孤僻，要是她肯聽了錦娘的出去走走，學不學經商倒在其次，讓性子好轉起來才是好的。

王妃正要應下，二老爺倒是先開口了，冷冷地看了錦娘一眼，不屑道：「姪媳此話好沒道理，庭兒身有頑疾，怎能出去操勞，妳作為他的娘子理當勸他好生養病才是，怎麼能慫恿他出門胡鬧？」

王妃一聽便來了氣，什麼叫自己的兒子出去學東西就是胡鬧了，她的臉立即沈下來，冷笑道：「老二，庭兒只是腿腳不方便，出去學習經營帳務，又有人侍候著，哪裡就能累著他了？我倒不知，原來老二你說了大半天的經營之道原來是胡鬧，既是胡鬧，那堂兒便更加不能摻和了，免得王爺回來罵我誤了世子的前程。」

二老爺自知剛才的話說得太過火，王妃如此一說，他也不好再反駁，只是轉了眼去看在一旁靜靜坐著的冷華堂。

冷華堂仍是一派雲淡風輕的樣子，似乎二老爺和王妃剛才說的話與他無關似的，只是這會子二老爺看過來了，他才偏了頭去問冷華庭。「小庭，你願意日日去鋪子裡轉轉嗎？那裡人來人往的，很是熱鬧呢，你定然可以結識不少好朋友的，還有啊，也能學著做些買賣。」

這話聽著像是在關心冷華庭，其實是故意挑起冷華庭那彆扭又自閉的性子。冷華堂明知冷華庭是不願意見生人的……

冷華庭聽了世子的話，難得將目光停在他的臉上，歪了頭，像是在打量他，又像是在思考他剛才說的那番話，半晌才說道：「你說的是真的嗎？」神情純真，半點也看不出他的心思。

小庭有多久沒有正眼看過自己了？被那樣清澈又純潔的眼睛直直看著，冷華堂有片刻的不自在，一絲內疚悄悄爬上心頭，但很快又被他壓下去，也很認真地看著冷華庭的眼睛說道：「當然，大哥怎麼會騙小庭呢？」

二老爺嘴角也含了絲笑。誰都知道這個姪子是最不喜歡外出的，最不喜歡與人打交道的，堂兒還真是會說話呢。

「啊，那太好了，娘子，明兒起，妳就陪我去。」令人意外的是，冷華庭聽了竟是喜笑顏開，拍了手道，就像個明兒便要出去玩耍的孩子，語氣裡滿是期待。

冷華堂和二老爺卻是聽得一滯，兩人同時不可思議地看著冷華庭。他……怎麼轉性了？只有錦娘知道，這是她預料中的答案，也許他以前是憤世嫉俗，所以想要逃避外界的一切，把自己封閉在小天地裡，但如今，他答應過她，要在有生之年裡好好陪她走下去的，既然要好好走下去，當然就得好好地看沿途風景，過閒適的生活。

要過得好，當然錢與權，都不能少的。

第二十五章

二老爺與冷華堂走後，王妃便進了裡屋，錦娘見機地推著冷華庭一起進去了。

「昨兒確實有人送點心去了石亭，碧玉查問過各門的守園婆子，那個時辰有三個人去過後院，一個便是珠兒，另一個是個小廝，在回事處做事，是王爺身邊張管事的兒子茗烟，再有一個，便是世子院裡的杜婆子。」王妃一進屋就說道。

錦娘聽了便問：「娘可查清，那三人誰的嫌疑最大？」

王妃搖了搖頭。「守園的婆子道，珠兒去時手裡並沒拿東西，那酒和點心就不可能是她拿去的。而茗烟不過正好是奉了王爺的令，去後院的墨石齋取一本書冊，也只是湊巧而已。那婆子倒是嫌疑最大，當時雖沒看見她手裡拿東西，但衣服卻是穿得肥大得很，又是那邊院子裡世子妃娘家陪嫁過來的人……」

這個杜婆子的嫌疑還真是大呢！錦娘聽了便怔住了。真相就在眼前，她卻有些覺得不真實，若說這府裡最不想自己生下孩子的當然會是世子妃了，可她總覺得上官枚不是那麼有心計的人，或者說，她的智謀還沒有這麼高段，或者……她眼裡又浮現出冷華堂那張俊逸的臉來。

「大哥明兒不是要陪我們兩個去城東嗎？明兒回來後，自是感謝大哥的一片好意。錦娘嫁過來也有不少日子了，都沒有去拜訪過嫂嫂呢。」錦娘忽然笑道。
王妃便道：「那得備些東西才是。去人家院裡拜訪，當然得帶了禮物去的。」說著便去了內室，拿了個小盒子出來交給錦娘。「這是一副羊脂白玉的手鐲，當年還是我的姨母送給我的呢，我戴了好些年，妳拿去送給郡主吧。」
錦娘心知王妃這是在給她撐臉面，只好收下了。
一回到屋裡，秀姑正拿了包東西等著，還押了個小丫頭跪在地上，錦娘見了便有絲了然。看來，讓秀姑查的東西有些眉目了。
將冷華庭推進屋裡，秀姑便跟了進來。玉兒如平常一樣進來服侍冷華庭淨面，進了耳房再出來後，眼睛就是紅紅的。
「玉兒，放妳兩天假，回去歇兩天再來吧，反正爺這裡也有我。」
玉兒聽得一怔，回過神來立即行了一禮。「謝少奶奶恩典，玉兒……這就回去了。」說著，躬身退了出去。
見屋裡再沒別人，秀姑將手裡的包袱打開道：「平兒屋裡果然有一包白蔘和一包紅蔘，看來藥是平兒換的那是沒錯了。只是奴婢又在廚房丫頭金兒床上也搜到了一小包白蔘，問她時，她便說是自己吃的，奴婢自是不信，如今押在那兒，等少奶奶來處置呢。」
錦娘聽了便點點頭，又問：「其他人屋裡還查出什麼來了？」
秀姑便又拿出一根上好的玉簪來，說道：「這是在珠兒枕頭底下看到的，這簪子可不是俗品，至少值五十兩銀子呢。珠兒不是說她家裡老子娘都病了嗎？因著家裡並不寬裕，所以才送銀子回去給老娘治病，既是如此，又怎麼會有如此好的東西留著呢？就算是主子們打賞的，也可以賣了呀，但她卻是留在枕頭邊上，怕是因為太喜歡，所以時時都要拿出來看的吧。」

錦娘也覺得秀姑分析得有道理，不由看向冷華庭。「相公，可是你賞給珠兒的？」

冷華庭正拿了本書在手上看，聽她這一說，不由得翻了個白眼，嗔道：「我有那好東西必定只會留給娘子的，送給別人做什麼。」

錦娘聽他這話回得還算過得去，於是對他微微一笑，剛要說兩句好聽的話，就聽他又補充道：「人家都長得過得去，只有我娘子實在是太醜了，所以，有了好看的東西自然是要拿來妝扮娘子妳的。」

錦娘聽了，笑容就僵在了臉上，氣得頭皮發麻，衝過去毫不猶豫兩隻手捏了他的臉道：「是，就你好看，你最美，我是醜八怪，我現在就把你捏成個醜八怪，讓你陪著我做一對醜八怪！」

冷華庭也不反抗，任她捏著，原本俊美的臉被錦娘捏成了個餅，嘴唇也被她扯成了一條直線，活像個玩偶，錦娘越看越有趣，不由哈哈大笑了起來。

兩人玩了一陣，冷華庭才指著簪子道：「這是宮裡的東西，妳看那後面，是不是刻著將作營的標記？」

錦娘拿來一看，果然有呢，不由脫口問道：「珠兒怎麼會有宮裡的東西？」

「這種東西下人們是難得到的，府裡只有回事房的人才有機會得如此貴重的賞，看來，父王那個小廝怕是不那麼簡單。」冷華庭隨意地說道。

「相公，你的意思是，這個簪子是去後院那小廝送給珠兒的？他跟珠兒是什麼關係？」錦娘聽了也覺得詫異。這事怎麼越發複雜了起來？

「妳先去問過外面的那個小丫頭後，再去理了這簪子之事吧。」冷華庭看她的秀眉又皺了起來，不由有些心疼，輕聲說道。

錦娘一想也是，推了他又出了裡屋。叫金兒的那個小丫頭嚇得正哆嗦，低著頭，正暗自抽泣著。

聽到輪椅的聲音，那丫頭抬起頭來，眼睛一亮，對冷華庭道：「二少爺，奴婢是金兒，金兒啊，您還記得奴婢嗎？」

冷華庭臉色冷冷的，眼裡有絲茫然，似在回憶，又似不耐，卻沒有作聲。

金兒見了忙道：「您不記得了嗎？您小時候，常給奴婢糖吃的，還說奴婢是鼻涕鬼，其實，奴婢只是在被您弄哭的時候流鼻涕的。」

「妳是那隻鼻涕鬼？啊，我想起來了，原來長這麼大了，變了樣沒認出來，不過，還是隻鼻涕鬼。」冷華庭上下打量金兒，臉上便露出一絲笑意來。

「奴婢原是在東府裡頭辦差的，託了好多人才來這院子裡。奴婢會做一手好菜呢，想著以前二少爺總是給奴婢好東西吃，奴婢也想做東西給少爺您吃，也算是報答小時候您對奴婢的恩情，可是，秀姑今天突然抓了奴婢來，奴婢一直很老實的啊，從來也沒偷過廚房裡的東西，為什麼抓我？」金兒絮絮叨叨著，表情生動，卻也清純可愛，看著憨實得很，不像是那會耍心機弄計謀的人，就是錦娘看了也有幾分喜歡。

秀姑聽了，便對冷華庭道：「爺，奴婢也是奉了少奶奶的示下，在金兒的屋裡查出一包白蔘來，她又是廚房裡做事的，還是個生面孔，由不得奴婢不懷疑。」

金兒聽了便急了，也不等人問，便說道：「金兒體虛，又虛火內旺，要降火，那是金兒的婆婆花了好幾兩銀子買來給金兒治病用的，不信你們可以去問我婆婆，廚房裡的張嬸子也知道呢。」

錦娘聽了便道：「金兒妳且先起來，這事情太過巧了些，妳既是藏了白蔘在屋裡，也就有了嫌疑，也怪不得秀姑。只是清者自清，一會子再讓人給妳探個脈，若妳真是體內虛火，這白蔘又來的是正路，那就沒什麼事了，妳仍在廚房裡好好辦差就是。」

金兒聽了忙磕頭致謝，止了哭，直說少奶奶是好人，一派坦然天真的模樣。

冷華庭看著也有鬆了口氣的感覺，指著金兒的臉道：「快回去洗洗吧，瞧妳那張臉又成了鼻涕鬼，髒死了。」語氣裡卻是帶著絲歡喜。

錦娘不禁又抬頭看了眼那金兒，一張圓圓的小臉，皮膚很白，眼睛也是大而圓，卻靈動有神，小嘴也是微微向上翹著，雖不算很漂亮，卻是清新可愛，很討喜的樣子。

金兒笑嘻嘻地下去了。

錦娘便對冷華庭道：「這簪子的事要不要問過娘？」畢竟是王爺手下的小廝，自己去查問不太合適。

冷華庭聽了點點頭，卻是懶懶的，一副提不起勁來的樣子，喃喃道：「妳說阿謙這會子又去了哪裡，這傢伙最近總是神不知鬼不覺地鬧消失。」

他這話也轉得太快，讓錦娘一時沒轉過來，半晌才道：「怕是又去了將作營吧，方才還在的呢。不過，他不是向來就如此嗎？還真沒啥奇怪的啊。」

冷華庭向她翻了個白眼。「我的人，妳倒是比我還清楚呢。」說著推了輪椅往裡屋去，錦娘顧不得跟他置氣，忙在後面幫忙推著。「保不齊，這會子阿謙正拿了新做的輪椅回來了呢。」

錦娘的話音未落，就聽冷謙在外面道：「少奶奶可真是神了，在下可是真的拿輪椅回來了，少爺，快來試試！」

冷謙難得一次說這麼多話，冷硬的臉上也帶了絲興奮，搬著個大椅子就進來了。

四兒正好從後面出來，一見他這樣不管不顧地進了正屋，臉色便沈下來，嘀咕道：「這人真是，越發不守規矩了，這裡也是他一個大男人隨便來的嗎？」

冷謙聽了腳步微頓，有點不自在，搬個大輪椅愣在那兒，進也不是、退也不是，臉色變得更僵了。

四兒看他那樣子又想笑，抿了嘴，故意冷著臉，過去扯住他的椅子就往屋裡走，嘴裡罵道：「真是個木椿子，少爺和少奶奶正等著看新輪椅呢，你杵那兒就不知道動了。」

冷謙被她一扯，下意識又跟上了，到了裡屋門口，到底還是站住了，僵著臉不再進去，四兒看了噗哧一笑。

「阿謙，抱我上去。」冷華庭將冷謙新做來的輪椅上下看了個遍，越看越覺得沒什麼新奇的，感覺也就是換了根軸，後面像是加了個小支架，卻不知有什麼作用，倒也迫不及待地想試試，主要是想看錦娘的設想究竟是否奇巧。

冷謙熟練地將冷華庭抱進新輪椅，因著突然著了力，輪椅慣性地往後滑了下，就這一下，就讓冷華庭的眼睛都亮了起來。他興奮地用手自己推輪子，果然只輕輕一推，輪子就向前滾動起來，比起以前，至少要省一半的力氣。他又運了氣，左右搖晃著，輪子卻紋絲不動，穩穩地停住。

「娘子，這……是妳想出來的？」冷華庭忍不住激動地說道。

錦娘便得意地斜了眼去看他。「當然，這回相公不再說我是笨丫頭了吧？」

冷華庭看她那小人得志的樣子就想揪她，不過，這個椅子還真是做得獨具匠心，從外表看並沒多大改變，但內裡肯定是換了不少零件，而正是那幾處小小的改變，讓這椅子變得輕便靈活起來，就是轉彎也很輕鬆，若是要上臺階，完全可以將椅子升高，就算無人抬他，也能自己推著輕鬆而過了，所以，他真正想的，是想將她攬進懷裡，好好地……

不過就那一想，下腹部便傳來一陣燥熱，自己倒是先羞了起來，臉也跟著紅了，垂了眼睫不敢再看錦娘。

錦娘被他變化奇快的表情弄得莫名其妙。不過，這廝好像是在害羞呢……坐個椅子而已，用得著嗎？

冷謙可沒看出兩個主子間眉眼裡的情，他粗線條地握著扶手將椅子往後一翹，冷華庭猛然間向後一倒，頓時四腳朝天，冷謙又扶著椅子在屋裡飛快地打了個轉，又輕鬆地將椅子放正，冷華庭暈頭轉向地坐在椅子上，半天沒有回神，卻是看得錦娘哈哈大笑了起來。

還是第一次看到他也有害怕出糗的時候，那原本俊美的臉如今驚魂未定，又氣又急，卻是更加眩目，她又想去捏他的臉，真是妖孽呀。

「阿謙，你是不是找抽啊？」冷華庭咬牙切齒地瞪著冷謙。

冷謙頭皮一麻，慌忙解釋道：「少爺，阿謙只想把這椅子的功能給你展示一遍而已，並無其他意思啊。」眼睛一瞟，就見少爺一副要撕了他的樣子，忙又道：「你看，轉起彎來真的好方便，少奶奶可真是蕙質蘭心，將作營的華師傅可是把少奶奶誇上了天呢，非說要來拜訪少奶奶不可。」

冷華庭抓起一旁的繡凳就往冷謙身上砸。「你是笨蛋啊！少奶奶也是那些人能見的嗎？」

冷謙身子一閃便躲過那一擊。「可不，我只說是少爺自己想的圖紙呢，哪裡敢說是少奶奶？您也知道，九皇子也是有腿疾的，華師傅可沒少為九皇子的椅子操過心，這會子有了樣子，當然興奮得很。」

錦娘聽了便是眼睛一亮，扯住冷謙的衣袖就問道：「你說，華師傅打算再做這樣的椅子嗎？咱們做這椅子，可是要付錢的？」

「二百兩。」

錦娘一聽，兩眼只差沒有冒出金元寶來，拉了冷謙就往一邊去——

「娘子，我手疼……唉呀，怕是傷口裂開了。」錦娘還沒來得及細問冷謙，冷華庭卻突然呼起痛了。錦娘心一緊，忙丟下冷謙走了回來。「怎麼了，可是剛才用力了？我看看，得換藥了，說了讓你不要自己推椅子的嘛……」嘴裡碎碎唸著，手裡就開始解他手上的紗布。

冷華庭卻將手一收，窩了回去。「不用，只是有點疼，不用換藥的，不過，妳不能丟著我不管……」說著，鳳眼切切地看著錦娘，錦娘不由心一軟，下意識地點頭道：「嗯，哪裡會丟下相公。」一轉頭瞥見冷謙正輕手輕腳往外面溜呢，她忙叫住。「阿謙，我還沒問完呢。」

冷謙身子一僵，頓住腳，一偏頭，便看到少爺眼裡含著威脅，心一緊，抬腿又往外走。四兒見了就氣，大步走過去扯住他道：「你這木頭人，沒聽到少奶奶叫你嗎？」

冷謙都快被這小丫頭氣死了。不知道少爺正要拿他開涮了嗎？再不走等死啊！於是身子猛一用力，就往外閃。

四兒正揪住他的衣襟，哪知這渾人真的不聽少奶奶的話，硬往外跑，一個不留神，便被他往外帶了去，身子一歪便撲在了冷謙身上。一股男子的陽剛之氣混著汗味撲鼻而來，怪怪的，卻讓四兒一陣臉熱心跳，身子緊貼在他背上，能感覺他冷硬的身體在發僵，頓時臉一紅，手一推便站穩了，跺著腳嗔道：「真是渾人！」罵完，身子一扭，紅著臉便跑去了裡屋。

冷謙被四兒弄得越發尷尬難受，一回頭，便看到少爺一副看好戲的樣子，抿著嘴，差點沒笑出來。而少奶奶則是雙眼瞪得老大，對著他便來了一句。「阿謙，你娶媳婦了沒有？」

冷謙立即有種想要找個地洞鑽進去的感覺。

「唉喲，你幹麼又揪我？」錦娘話音剛落，就被冷華庭揪住了鼻子。如今他能將椅子升高，也不用扯她的衣襟將她拉下，直接就能揪住她的鼻子，毫不費力。

「哪有小媳婦直接問一個男子有沒有婚娶的，妳懂不懂禮儀啊！」冷華庭揪完便白了她一眼，一副恨鐵不成鋼的樣子。

冷謙被少爺這話說得更不自在了，扯了腳就又想逃，錦娘顧不得痛，忙喊道：「欸，你別跑，那椅子能賣錢，不如咱們自己做吧？」

錦娘這句話還真管用，立即又把冷謙從外面拉了回來，不過，臉色更黑了，咕噥著對冷華庭道：「少爺，你不會太苛刻少奶奶了吧，少奶奶……都缺錢用了。」

錦娘一聽，差點就要被自己的口水嗆到，瞪了眼就喊：「四兒，出來。」

冷謙一聽，抱頭就想跑，錦娘一把扯住他，道：「你還真是個渾人呢。阿謙，誰說我缺錢用了？快告訴我，那華師傅是不是會拿我的圖紙去做椅子，或是別的什麼東西？」

總算是問正經事，冷謙在少爺的眼色下，不經意地挪開身子，與少奶奶保持距離，沈了一會子才道：「好像是的。華師傅說，那軸承能用在馬車輪子上，還有軸也是，對，還有那鏈條，能用在軍用拖糧草的馬車上呢。」

錦娘聽了，眼睛越發亮了，這會子學乖了，不扯冷謙，一臉興奮地對冷華庭道：「相公，咱們可以自己賺錢的。華師傅要用我那圖紙，咱們便可以用那圖紙入股，只要造一個軸承出來，咱們就收一成的利潤，鏈條也是，不然咱們就不許他們用上去，這個得和父王商量商量去。」

冷華庭聽了倒是沒說話。這事不太靠譜，先前也沒說好，如今圖紙華師傅已經看了，保不齊早就照畫了一份，也算不得什麼秘密了，再去收錢，將作營能肯嗎？不過，看錦娘興奮和期待的眼光，他又不忍心說破。反正也就是試試的事，說不定將作營又肯了呢，再說以父王的人脈，一成拿不到，半成還是有可能的，畢竟這圖紙真是錦娘畫出來的，也算是對朝廷有功，父王臉上也好看不是？

這麼一想，他就點了頭，說道：「阿謙，原圖你可拿回來了？」

冷謙一聽便出了身冷汗，忙自懷裡拿出圖卷來遞給少爺。這可是少奶奶的閨房墨寶，怎麼可能讓之流落在外人手裡，別說是少爺，就是王爺知道了，怕也會怪責他吧。

錦娘看這事怕是有難度，又道：「阿謙，你去對那華師傅說，我還會很多東西呢，要是他肯出一成的利潤給我，以後我還能畫出別的圖紙給他們，保不齊比這個更有用呢。」

冷謙聽了便像看外星人一樣看著錦娘，半晌，看到冷華庭又黑了臉，才囁嚅道：「少奶奶，妳……真聰慧。」

冷華庭聽了便對他一掌拍去，斥道：「按少奶奶說的辦去。以前怎麼沒發現你囉嗦呢？」

冷謙如釋重負，如影子般一閃就不見了。

下午，錦娘收拾打扮了下，換了件紫色的長襖，銀邊繡，雙襟開衩，胸前兩排密密的盤扣，很掐腰，襯得她身段修長玲瓏，又插上了老太太送給她的那副玉頭面，顯得精緻又不浮華，一張小臉也是紅撲撲的，一個標準的清秀佳人。

起了身，她對秀姑道：「四兒抓了藥回來，妳親自熬了，小心些送給少爺喝了。記住，早晚一次，都是在飯前吃。別人若是問起，只說是我吃的藥，千萬別說是給少爺熬的。」

秀姑聽了微微一怔，見錦娘神色凝重，也不多問，心裡倒是感激少奶奶仍是對她信任有加，沒有因為先前換藥的事而存了戒心，便暗暗下決定，這回的差事可再不能辦砸了。

四兒不在，錦娘便帶豐兒去了世子妃院裡。上官枚正在屋裡生悶氣，聽人報錦娘來了，不由詫異得很，起了身去迎。

「什麼風把弟妹給吹來了？來，快快進來坐，外面冷著呢。」上官枚一改剛才的憂色，笑嘻嘻地拉了錦娘進屋。

錦娘就笑著拿出王妃給她的一對玉鐲。

「早就想到嫂子屋裡來坐坐的，可總是瞎忙著，母親又總在我跟前說嫂嫂賢慧能幹，讓我跟嫂嫂多親近親近。這不，得了空就來了。」說著，將王妃給的那對鐲子遞給上官枚。「這是我母親賞的，說是在寺裡開過光，戴著保佑百子千孫。今天第一次來見嫂嫂，我又沒什麼長物，就送嫂嫂了，還請嫂嫂千萬不要嫌棄了才是。」

上官枚聽了眼裡便露出一絲不屑來。好東西她還少嗎？不過，開了光，還會百子千孫，她倒是很喜歡這幾句討喜的話，到底還是笑著收了。

錦娘便趁勢道：「嫂嫂的手就是豐潤富態，戴玉好看，哪像我，戴什麼都像乾柴棍。明兒跟相公出府，我還是不要戴玉了，戴金的吧。」

上官枚被錦娘的話誇得眉開眼笑，但聽她說要出府，不由怔住，問道：「弟妹要和二弟出府？做什麼呢？」

錦娘聽了便隨口應道：「去陪相公學習經營之道啊，再者也是想去見見世面——呃，嫂嫂不知道嗎？大哥也要去呢，二叔說，怕相公出去沒人照應，讓大哥陪著安全一些。」

上官枚聽了臉色微暗，喃喃道：「相公也要去嗎？怎麼沒跟我說呢……」

錦娘道：「咦，大哥沒有對嫂嫂說嗎？喔，明兒我和相公還要回門子呢，不知道大哥會不會也跟我們一起去……說起來，我那二姊對大哥也是一片癡情，要不，以她嫡女的身分……」說了一半，似是反應過來不該在上官枚面前提這個，不好意思地停了嘴。

上官枚聽得臉色一白，默了默才乾笑著對錦娘說道：「唉呀，妳說妳大哥也真是，前兒不是應了我，要帶我去相國寺進香的嗎？我是與相國寺的慈眉大師約好了的，可不能爽約，怎麼這會子又要陪你們出門了。弟妹，可真是對不住，妳大哥也是個記性不好的，要不你們改天去？等我們上了香回來，再讓妳大哥陪你們去吧。」

錦娘聽了臉色便微黯，語氣非常可惜地說道：「唉，我們的日子是不能改的，明兒可是要看三叔怎麼管理鋪子呢，回門子也是一起，既然大哥有事，那我們就自己去吧。」

上官枚見錦娘通情達理，很好說話，語氣變得更為親熱起來，正說得興起，便有丫頭稟報。「世子妃，舅老爺來了，說是要見您呢。」

上官枚眉頭便皺了起來，對那丫頭斥道：「哪個舅老爺？是姨娘屋裡的親戚吧，告訴他，我正見客呢，沒空。」

錦娘聽了就覺得奇怪。劉姨娘家的親戚來了，怎麼不去找劉姨娘，反而來找上官枚了呢？

第二十六章

一會子，外面又匆匆地跑進報信的丫頭。「世子妃，奴婢幾個攔不住，舅老爺非要進來見您呢，說是今兒見不著您，他便不走了。」

上官枚氣得臉一沈，對那丫頭道：「去，請劉姨娘過來，讓她把她那什麼兄弟快些帶走了。什麼東西，也不拿鏡子照照，真以為一人得道便雞犬升天了。」

這時，外面變得吵鬧起來，聽見有一男子拔高了音在喊：「我要見世子！你們這起子奴才，竟然敢對本大爺動手？一會子我外甥回來了，看我不叫他好好收拾你們！舅老爺也敢攔，什麼東西……」罵罵咧咧地，聲音離得越發近了。

上官枚的臉色更不好看了，睨了侍畫一眼，侍畫忙打了簾子出去，對那吵鬧的人道：「喲，舅老爺，這裡可是內院，您一個大老爺在這裡鬧，算哪門子事呢？」

那男子笑著說道：「我道是誰呢，原來是侍畫姑娘，幾日不見，倒是越發的水靈了。」

那聲音還帶著調笑的意味。

外面的侍畫聲音都氣顫了，對那男人道：「看您是劉姨娘兄弟的分上，給您幾分面子，您莫要給臉不要臉。來人，找幾個力氣大點的人來，請了舅老爺出去。」

那男人聽了便是冷笑。「小蹄子，別以為是世子妃身邊得力的就眼高於頂了，爺肯誇妳，那是看得起妳。今兒爺是有正經事來找世子妃的，妳快快去稟報世子妃，那事已經辦妥了，快些拿錢來了事。」

錦娘冷眼旁觀著，心裡卻隱隱感覺到了一絲陰謀氣息。那舅老爺聽著像是幫著做了件什麼見不得人的事，看上官枚的樣子，定然是不想自己知道，又恨那人明目張膽地來要錢，所以氣得臉都青了。

又聽那男子大聲道：「呃，側妃妹妹，妳來得正好，叫堂兒快些給錢，我昨兒手氣不好，錢都輸光了，人家可是討上門來了呢！」

「你——就算要錢，也找我去就是，怎麼吵這院裡來了？你、你真是越發無用了，我怎麼會有你這麼一個廢物哥哥呢？」聲音嬌媚細柔，一聽便知道是劉姨娘的聲音。她還果然來得快呢。

屋裡，上官枚聽了便咬牙切齒道：「三天兩頭地來呢，仗著劉姨娘是他妹妹，在外面就打著世子的幌子到處騙吃騙喝，沒錢了就來這裡鬧，偏世子又是個孝順的，拿他也沒辦法，多多少少總是要給一點的。只是今天我一個人在家，他也來鬧，真真被氣死了。」

那男子明明就說幫著做了件事才來討錢的，上官枚故意避開不說……難道……

外面，劉姨娘正拿了錢給那男子。「錢給你，你早早回去吧，別又讓娘擔心了。」說著就把那男子往外拽，那男子卻嚷道：「妹妹妳也是個沒用的，如今兒子都做世子了，咱的娘還在外面回不得府，妳怎麼也得跟王爺說說，讓他去勸勸老頭子，把咱的娘請回府裡去吧！

那樣，妳在這府裡也體面不是？」

「你胡說八道什麼呢，我母親可是保國公夫人，哪裡是在什麼外面住著?!你再亂說，小心妹妹我從此不再理你！」聽劉姨娘的聲音像是氣得不行了，似是死命在拽那男子。

那男子卻是冷笑道：「原來妹妹眼裡也只認得權和錢，連自己的親娘都不要了啊。」

劉姨娘氣得就哭了出來，上官枚越聽越覺得沒臉，再也忍不住，倏地站了起來，抬腳就往外走去。

錦娘自然也跟著出來。

「什麼亂七八糟的人在我院裡鬧呢？侍書，去叫了人來，打將出去。」上官枚氣沖沖地說道。

劉姨娘正被自家兄弟氣得哭著，這會子媳婦出來，也不給她見禮，一出口便是要打了她的哥哥出去。雖說哥哥是很渾，但畢竟還是堂兒的舅舅，媳婦這話句句是在打她的臉，哪裡將她挾進眼裡半分？

看侍書真的去叫人，她又氣又傷心，拔高了聲音對侍書罵道：「小賤貨，妳還真敢去叫人呢，當我是死的嗎?!這院裡我才是長輩，當家的也還是我呢！妳敢去叫人，我明兒就叫人牙子來賣了妳！」

侍書與侍畫一樣，也是上官枚的陪嫁丫頭，平日裡也沒將劉姨娘放進眼裡過，這會子聽她罵得難聽，不由氣紅了臉，雖不敢對罵，卻仍是去叫人了。

那男子看了便怒道：「什麼狗屁王府！讓人做事時，便是客客氣氣拿人當大爺，這會子事做完了倒是又拿人當狗了。妹妹，哥哥不為難妳，我走了，以後妳那兒子啥事也別找我，我攀不起妳這門親戚。」說著，一甩袖子便走。

這時，匆匆跑來了個四、五十歲的婆子，容長臉，身材高大，她一把扯了那舅老爺的手，說道：「唉呀，劉大爺，你怎麼吵到世子妃屋裡來了？奴婢一直在找你，來來來，奴婢那兒有好酒，奴婢那老口子也在，再炒兩個小菜，喝幾盅去。」

那男子這才緩了臉，說道：「我只道杜嬤嬤是世子妃院裡的，便以為是世子妃託著辦的事，當然來找世子妃了，早知道直接找杜嬤嬤就是了，也不必惹人瞧不起。」說著，橫了劉姨娘和上官枚一眼，跟著杜嬤嬤走了。

劉姨娘看了就傷心，雖是氣哥哥沒用，但也知道哥哥其實還是有骨氣的，每次來鬧，不過也是為著親娘，想給娘親一個名分，都六十歲的人了，還是個外室……正傷心，一瞥眼看到上官枚身邊的錦娘，不由大驚。她怎麼會在這兒?!剛才哥哥鬧著的那一幕不是全被她看了去？一時間，覺得又氣又羞，只覺得自己的臉面都給丟盡了，不由更恨上官枚不懂事了。

她板著臉走近上官枚。「郡主娘娘，妳可真是尊貴啊，好歹我也是妳的婆母、堂兒的娘親，妳見了我可是行過禮了？」

眼看著上官枚婆媳還有得鬥，錦娘不想再摻和，便告辭出來。

回到院子裡，冷華庭果然也在屋裡，正拿著本書翻看著。錦娘想起臨走時讓秀姑熬了藥的，也不知道他喝了沒，看他神情慵慵的，便去問秀姑，秀姑告訴她，少爺聽說是少奶奶讓熬的藥，很爽快地喝了。

錦娘這才放了心。雖然不知道那個方子會不會一定對症，但總要試試不是嗎？在沒有更好的藥方的情況下，先試試這個，保不齊真起了作用了呢？

她想起劉姨娘哥哥的事，也是一肚子的疑問，便推了冷華庭進了裡屋，這會子想起進門還沒看到四兒，便問：「四兒呢？不是說讓她服侍你的呢？」

「阿謙氣了她，她賭氣回自己屋裡了。」冷華庭淡笑著說道，一雙鳳眼有趣地盯著錦娘看，錦娘被他瞧得不好意思，微嘟了嘴道：「我臉上長花了嗎？幹麼老看著我？」

冷華庭便笑了起來，笑容如黑夜中幽幽綻放的曇花，美得優雅，錦娘錯不開眼，腦子裡又浮現出「蜜月」一詞來，頓時臉上如染上了一層紅霞，嬌美如桃，淡雅如菊。兩人相互對視，目光黏在一起就分不開了，早忘了要說什麼、說了什麼。

良久，冷華庭才啞著嗓子道：「娘子，咱們……是不是該歇息了？」

錦娘被他這句話弄得更加羞澀，頭一低，終於將目光移開去，臉更紅了，聲若蚊蚋。

「那個……相公，天色……好像還早呢。」

她這樣子，無疑更是誘人，冷華庭直覺得喉嚨一陣乾，身體也燥熱起來，心也跳得厲害，扯著錦娘的手一把就將她拉進懷裡，再也忍不住，俯身就向那嬌豔的紅唇貼了上去。

柔軟清涼的觸感，卻讓錦娘渾身如觸電一般地發麻，忍不住就伸了舌去舔自己的嘴唇。

冷華庭其實也不懂情事，但她的唇太過誘人，他本能地就想要含住、輕咬，卻沒想到她輕滑柔嫩的舌頭舔了過來，讓他渾身一僵，身體的熱便如火一般燃燒起來。他一下吮住了她調皮的舌，有樣學樣，將舌頭伸進她的嘴裡，芳香馥郁，甜美如甘泉，他再是忍不住，吮住那份甜美便不肯鬆開，直到錦娘輕聲嬌喘，自己也有些呼吸不過來時，才依依不捨地放開她。

懷裡的小人兒媚眼如絲，嬌豔如花，嬌喘連連，卻又如癡如醉地看著自己，本就沒平復的燥熱再度燃燒，似要將他灼成一團火。身體的反應讓他有些難以應付，喉嚨裡咕噥了一聲，突然一發力，抱起錦娘就飛身躍起。錦娘一陣頭暈目眩間，人已到了床上，而他健碩修長的身軀正壓在自己身上，一隻手已經在胡亂地解著她的衣襟，頭附在她的肩窩，正細細密密地吻著她的耳根和臉頰。酥麻感再次襲擊著錦娘的理智，她差點忘了自己這身板才只有十四歲，發育還並不成熟，卻跟著他的節奏熱烈地回應起來。

兩人在床上滾來滾去，衣衫半解，頭髮散亂，但最終，冷華庭還是喘息著停了下來，聲音乾澀沙啞的磁性，艱難地說道：「娘子……我身體有毒，我怕……」明明就是情動已深，還在極力克制，他也是正常的男人，又是對著自己心愛的妻子，要什麼樣的毅力才能控制得住……錦娘仍在喘息著，心卻一陣抽痛。他是怕毒難治癒，無法陪她走完這一生，所以寧願讓她守住清白，好繼續以後的路程吧。以前他便如此傻氣地說過一次，沒想到，他那打算並未放棄……

「相公，會好的，我一定要治好你的病。」錦娘愛憐地撫著他的額，手一伸，摟住他的腰，一個翻身壓在了他的身上，神情執著而認真。「相公，有了你，錦娘眼裡便看不見別的男人，就算你毒發又如何，我說過，不會讓你先行的。我自私，不願忍受失去的痛苦，所以，你要記住我說的話，一定要好起來。」

說著，她俯身親吻著冷華庭的額頭和鼻尖，溫柔如水，情意綿綿，手也在他身上不老實地亂摸，弄得冷華庭更是意亂情迷。激情如火，她卻突然苦了臉道：「其實……我的月事來了呢。」說著，一個骨碌翻身爬起，笑得不見眼。

冷華庭如一匹奔馳的駿馬突然被人拉住了韁繩，一身沸騰的血突然被抑住了，又或者是正在高歌的戲子被掐住了喉嚨，冷華庭難受得快要爆炸，又被她這話弄得哭笑不得，生生忍著只想要撕碎她的衝動，一把掐住她的小腰便十指亂舞。錦娘也是怕癢，他又是學過氣功的，自然知道最癢的穴位，一時笑得喘不過氣，連連求饒，好相公、好哥哥……什麼好聽的話便蹦出了嘴，只求他能饒了她。

冷華庭玩了一陣也累了，四腳一張，便仰躺在床上，才想起問她。「在世子妃屋裡遇到什麼有趣的事情了？」

錦娘便將在上官枚屋裡看到的事情對他說了一遍，冷華庭聽了，嘴角便含了絲冷笑，對她道：「一會兒便讓阿謙去吧，阿謙手下還有幾個死士，身手也不錯，明兒應該就會有結果。」

錦娘原就是這個意思，只是聽得他說起冷謙的手下，有些詫異，便問道：「阿謙是不是也有職位的？」

冷華庭勾唇一笑，揪了下她的耳朵道：「這話妳是早就想問了吧，他是六品帶刀侍衛，當然有職位，不過，他如今的主要職責便是保護我。」

錦娘聽了更加不解。雖然知道簡親王權高勢重，但也沒大到能讓六品帶刀侍衛專職保護自己兒子的地步吧。

「阿謙的父親原就是父王的部下，但阿謙只是一個外室生的兒子，母親過世後，雖被帶回了府，卻差一點被嫡母害死。某日他被打得奄奄一息時，是我救了他，從此便跟著我了，若不是要在他父親跟前掙個面子，他還不會去考武舉，更不會當官了。不過，好在父王利用人脈又將他要回了府，而且對外也只用侍衛身分。娘子啊，我將阿謙的事情全告訴妳了，妳……以後可不可以離阿謙遠一點，也不要在我跟前總提他？」原本沈重的話題讓他扯得酸溜溜的，錦娘不由又好氣又好笑，白了他一眼。「我這不是想多瞭解你嗎？瞭解你，你身邊的人當然也得瞭解啊。」說著，頓了頓，又道：「我不過是看四兒像是對他有意思嘛，總得問問他的情況才是。如今我身邊得力的人也不多了，總想著四兒能找個好的歸宿，可現在看來，怕是難成了。」說話間，眼神就黯淡了下來，清秀的小臉布了一層無奈。

在這個講究等級和身分的社會裡，一個六品的官員又怎麼可能娶一個奴婢為妻？最多也是納之為妾吧。她自己心裡不願意丈夫有別的小妾通房之類，當然也不望四兒給人家做小，想著四兒難得有了中意的人，卻要芳心錯付，心裡自然是難受了。

「別操些心了，早些安置了吧，不是說明兒還要跟著我出門嗎？」冷華庭見了就將她扯下來躺著，在她小臉上亂揉了一把。不想看她憂愁的樣子，她的眉頭一皺，他的心就會沒來由地跟著揪起，所以，只想揉去了她的愁，將她呵進懷裡。有些事情，他們也沒有辦法改變的。

第二日，錦娘想著可以出門，一早就起來了。

四兒聽見屋裡有動靜就進來了，服侍洗漱。四兒有些心不在焉，給錦娘梳頭時，也是有一下沒一下的，錦娘看著就在心裡嘆氣，扯著話題說道：「春紅去了三老爺那兒，也不知道過得怎麼樣？聽說三太太人還是很厚道的，該不會對她太差才是。」

四兒聽得一怔，回了神說道：「再好又如何，終歸是做小的，沒意思。」

錦娘說這話原就是要探她的心思，四兒果然是個有志氣的，這下鬆了一口氣，笑道：「妳說得也是。給人做小，再好也沒意思，明兒我給妳尋個好的來，那人一定要一心一意待妳，不能有大也不能有小，只得妳一個如何？」

四兒聽她這話說著說著就到了自己身上，心裡原又有事，這時便羞惱了，跺了腳嗔道：「少奶奶，妳是不是嫌奴婢笨手笨腳，想找新的人來服侍妳，沒事一大早兒就編排我？」

錦娘看她真急了，不由笑道：「看看，不過就是說要給妳找個好人嘛，我就說說罷了。

我可是少不得妳呢，就是給妳找人，也不能把妳放出去了，妳呀，這輩子就跟了我吧。」

四兒聽得一怔，隨即又羞紅了臉，正要再說什麼，這時玉兒也進來了，玉兒的臉色看起來有些憔悴，像是心事重重的樣子。冷華庭早在錦娘起來時就醒了，衣服也自己穿好了，正歪坐在床邊看錦娘逗四兒呢。

按說玉兒這是進來晚了，她一見少爺衣服整齊地坐著，臉上不由生出一絲慌亂。「少爺，奴婢……起晚了些。」

冷華庭無所謂地擺擺手，玉兒便很見機地去了耳房打水，錦娘見了就道：「相公，咱們屋裡是該添人了，一會子去娘那兒，我跟娘提一提，總玉兒一個人服侍著，也辛苦。」

玉兒打了水出來，正好就聽見這話，不由微怔，手上的水差點就潑了。錦娘見了，就沒再說什麼。

用過早飯，錦娘帶了四兒，冷謙推著冷華庭去了王妃院子裡。

一大早的，卻見二太太、三太太、四太太都在，不由愣住。今兒是什麼特殊的日子嗎？怎麼到得這麼齊全？這陣仗一下子就讓錦娘提了心。這幾個沒見時還好，如今都打過交道，沒一個是好對付的，還一下全來了。

進去後，一一給幾位太太們行了禮，錦娘就推著冷華庭老實地站到了一邊，低眉順眼的，也不去看她們任何一個。

二太太在她進門時，嘴角就帶了笑，這會子見她這個模樣，笑意越發深了，對王妃道：

「嫂嫂，我瞧著她就是個老實的，就算出了門子，也不會鬧騰什麼事來。再說了，派幾個得力的人跟著，咱們府裡的人，誰會敢胡亂衝撞？」

錦娘聽得一震。這幾位來，竟是為了自己今天出府的事嗎？

果然王妃聽了二太太的話正要說什麼，那邊四太太就冷笑起來。「二嫂這是說哪裡話，我可沒說姪媳不是好的，只說這事不合規矩。哪家少奶奶會跟著男人到外面去拋頭露面的？還是去那種地方，城東那鋪子裡可是人來人往的，三教九流、亂七八糟的人都是，又是做生意的地方，妳總不能說為了她不讓人來買東西吧！」

三太太仍是一副怯怯的樣子，聽了二太太和四太太的話，睃了眼王妃後道：「四弟妹言之有理，女人家還是待在家裡，相夫教子才是正經。」

王妃原也不想錦娘跟著去，錦娘院裡才出了不少事，那幾個府裡又都盯著自己院裡，就巴不得自己院裡有事她們才痛快了。自己這些年隱忍著、裝糊塗，但暗地裡又沒讓她們討到什麼好處去，心裡不甘之下就改了道，來盯著錦娘了。做王府的嫡媳可真難呢，只是連她也弄不懂，如今世子是冷華堂，世子妃上官枚才是府裡將來的正經主母，要找麻煩也得是去找她的才是，總盯著自己兒媳幹麼？

難道真覺得自己好欺負嗎？想到這裡，王妃心裡便起了絲惱意。自己院裡的事，總讓她們來操心做什麼？便道：「錦娘是陪著庭兒去，有相公在身邊，會有什麼閒話給人說？再說了，他們倆不過是跟老三學學經營之道，庭兒總窩在屋裡也不是個事，出去玩下也好。弟妹們就不用擔心了，我這點子事還是照應得過來的。」

這話說得有點重了，屋裡三位太太的臉上便有些不好看了，就是才為錦娘說話的二太太也有些冷了臉。王妃這話明擺著就是說：這是她院裡的事，由不得她們幾個來操心。鋪子原就是王府的產業，雖屬公中，錦娘和冷華庭去又不打著接手管理的名號，只是看看又有何不可？再說了，錦娘是王妃的兒媳，怎麼管教是她自己的事情。

二太太畢竟是有過才名的，涵養就要好一些，雖然不豫，但也沒有說什麼。

四太太原就是個尖刻的人，一聽這話就來氣了。「王嫂這話說得，我們這不也是關心庭兒嗎？庭兒大婚也沒多久，院裡就接二連三地鬧出幾樁命案來了，還都是姪媳陪嫁貼身的呢，要說孫老相爺也是以儒治家，最是講究禮儀規矩的，怎麼跟著姪媳的人就成這樣了呢？」

言下之意，孫家原是治家嚴謹的，府裡人按說都是好的，只是錦娘不會馭下，自己有問題，所以跟著的身邊人也是沒規沒矩、以下犯上之人。

錦娘聽了這話不由冷笑。這幾個人看著是衝著自己來的，其實，是衝著王妃和相公來的吧。相公若只是個庶子身分，沒有繼承世子之位的可能，說不定她們也不會如此關心自己了，或許冷華堂曾經與她們有過什麼協議，冷華堂繼位能給她們帶來很多好處，所以才如此替他擔心，生怕自家相公哪一天突然好了，又要回了世子之位？再或者，她們便是害了相公之人，怕相公哪一天身體變好，得了勢後報復她們？

錦娘便似笑非笑地看著三太太和四太太說道：「四嬸子，您這話說得姪媳也好生納悶呢，要說，那幾人也是跟了姪媳好多年的了，以前怎麼沒發現一點的不好呢？若說那本性就壞的，怕是一早就現了原形，姪媳也不用選了她們幾個跟過來了。姪媳也沒想到，好好的人怎麼一到了這王府就變了呢？唉呀，不會是那些新進我院子裡的帶壞了她們吧，一會兒回去，我得好好清理清理，把那愛管閒事、話多囉嗦的都打出院子裡去。」

三太太、四太太一聽這話，臉都變了。這姪媳也太大膽了些，她們兩個可都是送了人去錦娘的院子裡的，原也是她們的人過去後，錦娘院子裡就接二連三地出事，她這話不是明擺著說是她們的人有問題，一去就挑唆那院裡的人鬧事嗎？不異於就是在打她們的臉，也太過分了吧！

她們兩個同時看向王妃，媳婦這樣對長輩不敬，王妃也該教訓幾句吧？誰知王妃像沒聽見似的，正端了茶在喝著，嘴角還帶了絲笑意，一副事不關己的樣子。

二太太聽了錦娘的話也是笑了起來。這個姪媳，看著柔弱老實的樣子，說起話來可像刀子一樣利著呢，看來，並不是個肯吃虧的主啊。

三太太還好，看王妃那樣子就是個護短的，就算自己再氣，王妃也不會給她出氣的，總有那受不了的人出來說道的。果然，四太太就是個暴性子，錦娘話音一落便氣得站了起來，脫口對錦娘斥道：「姪媳，妳這是什麼意思，是怪嬸子我不該送人給妳了？倒是我的人帶壞了妳院裡的人？」

「吵死了，妳們是想合著夥來欺負我娘子吧，還嬸子呢，一個一個地以大欺小。我娘子天天乖乖地待在院裡，招誰惹誰了？那幾個醜八怪全是妳們自己要送進來的，我才不要呢，娘子若說打出去，庭兒待會兒回去，一準讓阿謙全扔出去。」

四嬸子的話一落，冷華庭就對四嬸子吼，一張俊美的臉脹得通紅，一副要將四嬸子生吞活剝了的樣子。

四嬸子被他氣得直發抖，可全府都知道冷華庭的性子就像個十二歲的孩子，都習慣了他這樣，一般都不與他計較，四嬸子就是再氣，也只能生生地忍著，只是對王妃說：「王嫂，妳看……妳看庭兒……」氣得話都說不利索了，又覺得實在沒臉，轉過頭又罵錦娘。「都是妳帶壞的！以前庭兒也沒這麼大脾氣的，到底親娘出身太差，就是再好的門第又能教出什麼樣的姑娘來呢！」

這是連自己的娘親一起罵了呢。錦娘冷笑一聲，拉起冷華庭的手，感激地看了他一眼，回道：「就不知四嬸子這連人家的娘親也要罵的教養又是何人教出來的？相公哪裡就被帶壞了，他只是心疼我呢，難道眼睜睜地看著自己的娘子被人欺負也不作聲，那才是好相公嗎？」語氣裡淨是驕傲之色。

王妃聽了不由心裡一甜。錦娘不管是什麼時候，總先想著護著庭兒的面子，難得庭兒也時刻想著要護著她，兩個在一起，一點也不肯吃虧，看來，以後自己可以少操些心了，不由也跟著笑了起來，卻是不好再激怒四嬸子，忙來打圓場。

「四弟妹，他們兩個都是孩子呢，妳一個長輩和他們計較什麼？妳就算氣死，他們也不懂事，還不知道妳氣啥，沒得丟了面子又氣傷了身。算啦，來、來、來，都好久沒有打過馬吊了，難得今兒來得這麼齊整，開一桌吧。」

那邊二太太原就覺得幾個人為著錦娘要出門一事過來鬧沒必要，這會子好了，鬧得最凶的碰了個滿頭包，沒臉不說，還讓姪媳生了膈應，何苦來哉？不過，經過這回，倒是看出那姪媳真不是個好惹的……一聽王妃在打圓場，忙也順著話說道：「我也好久沒玩過了，成日待在園子裡，很是無趣。來，四弟妹，咱們今兒得贏了王嫂的錢回去，跟個小輩計較什麼，沒意思。」

三太太原就是個怕事的，剛才看到冷華庭發怒她就有點怕。他可是連庶母也敢打的二愣子，王爺和王妃又都是護短的，再逼他，保不齊也會抄了東西砸自己幾個人身上來呢，一聽王妃說打馬吊，她原是不想的，這幾月的私房錢都被三老爺挖光了，荷包裡才幾兩銀子，不過王妃那手氣可不是一般的差，一會子能贏點也不錯。這樣一想，三太太便笑咪咪地去拉四太太。「唉呀，弟妹，妳還不知道庭兒嗎？就孩子脾氣，來，我今兒也手癢呢，一塊兒玩吧。」

如今幾個嫂嫂都在勸她，也算給足四太太面子了，四太太剛被錦娘氣得又要回罵，這會子也只好順坡下驢，彆彆扭扭地跟著王妃去了東廂房。那裡，青石早就擺好桌子，一應用具也齊了，只等著開場。

錦娘其實很想跟著去看看的，前世她可是個小賭鬼，最喜歡打麻將了，也不知道這裡的馬吊跟麻將有什麼區別呢？

不過，今天首要的事情便是出府，到了這個時候冷華堂還沒來，看來怕是真被上官枚給纏住，出不來了。心下一寬，還是跟進了東次間，躬了身對王妃道：「娘，昨兒大哥說要帶相公去的，這會子還沒來，應該有事去了，那媳婦就跟相公先走了，您和嬸子們慢慢玩吧。」

王妃正在起牌，聽了微覺詫異，轉頭看了錦娘一眼，見她眼裡全是笑，想來怕是她又使了什麼小手段讓冷華堂去不成了，這樣正好，便裝了一副不耐煩的樣子，對錦娘揮了揮手道：「去吧去吧，妳大哥是世子，他忙著呢，哪有那麼多閒時跟著你們去鬧？」說著就捏了張牌打了出去。

錦娘笑著正要退出來，就見二太太優雅隨意地看了過來，清清冷冷的眼神卻含了股冷冽之氣，銳利得像要看穿人的內心一般。錦娘不由一噤，微垂了眼瞼，悄悄退了出來。

果然剛出東次間的門，便看到侍書過來了。她一見錦娘還在，不由鬆了口氣，對錦娘道：「二少奶奶，世子爺使了奴婢知會您一聲，世子爺今兒有事，不能陪二少爺和二少奶奶去城東了，改日一定陪二位再去一次。」

錦娘微微一笑道：「無事的，昨兒聽嫂嫂說過了，說是要去相國寺拜佛呢，那可是大事，耽擱不得的，一會子妳去跟王妃說聲吧。」

侍書曲膝行了一禮道：「怪不得我家郡主說二少奶奶是個通情的呢，果然如此，那您慢走，奴婢這就去稟報王妃。」

第二十七章

冷華庭還等在正堂，見錦娘總算出來了，便白了她一眼，嗔道：「磨磨蹭蹭的做什麼？快點走了，不是說還要回門子嗎？」

錦娘確實是打算今天回趟門子的，又覺得時間倉促了些。好久沒有見到二夫人和老太太了，還有軒哥兒，是不是也長大了些呢？最想見的，當然是貞娘。再過一個月，便是貞娘的嫁期了，靜寧侯府雖然離得也近，但在出嫁前見面總是要方便許多，誰知道她那個婆家裡會不會也很複雜。

冷謙早等在外頭了，少爺一出來，他就接了手。也不知道他怎麼氣著四兒了，見了他總是裝沒看見，冷謙也無所謂，給冷華庭披了件錦裘，又拿了個暖爐放在他懷裡，才推著他疾步往前院去。

馬車早就備好了，只等著他們來，也沒用車伕，冷謙自己全負責了。冷華庭上了車後，又拉著錦娘上去。這邊，四兒沒人拉，瞪著坐在車駕上的冷謙直抽氣，冷謙實在是被她瞪得沒辦法了，只好伸手拎了她的肩，輕輕一提，便將她甩進了車廂。

四兒還沒坐好，就聽到鞭子一甩，兩匹高頭大馬就甩開蹄子跑了起來，差點沒將她摔個四腳朝天，氣得在馬車裡就想罵，卻顧及著少爺也在車廂裡，只好咬牙切齒地獨自磨牙。錦娘偎在冷華庭身邊，被他一雙長臂圈得實實的，看著四兒就想笑，卻見四兒橫了眼過來，忙掩住嘴，儘量不讓自己笑出聲來。

馬車很快就到了城東。王爺知道他們會來，一早就使了人在鋪子外面守著，兩旁站了不少護衛，只等錦娘和冷華庭一下來就圍住他們，將他們與人群隔開。不過，這裡原就是鬧市區，確實是人來人往的，好不熱鬧，就算圍得再嚴實，還是有那眼尖的，一眼瞄見冷華庭就開始發癡。一時間，又如前次錦娘進門時一樣，抽氣聲、嘖嘖稱讚聲、調笑聲此起彼伏，錦娘聽著就煩，不由擔心地去瞅冷華庭的臉。

還好，他這回平靜得很，並沒有露出太大的不耐。她不由寬了心。但願他不再排斥與人群接觸就好。一個大男人，總要一步一步走到人前去，才能有機會成功的。

他們並沒見到三老爺的人，倒是一個身材胖胖，四、五十歲的中年人正躬身站在鋪子門前迎著，一見冷華庭來了，忙走了上來，給冷華庭打了個千兒，說道：「二少爺，老奴等候多時了。咦，世子爺沒有來嗎？」說著眼睛就往馬車去瞄，見無人跟著，便笑了笑道：「昨兒聽王爺示下，說是世子爺和二少爺二少奶奶一齊過來呢，既然世子爺沒來，那二少爺就跟老奴進鋪子去吧。這外面人雜得很，沒得污了少奶奶的耳朵，衝撞了二位主子。」

「你是這鋪子裡的掌櫃嗎？」錦娘看這中年人穿著不俗，又一直以奴自稱，看來定是這王府自家派來的管事才是。

「奴才富貴，正是這鋪子裡的掌櫃。」那中年人笑著回道，但說話時眼神卻是微黯，轉了頭去又似在自言自語。「只是明兒怕就沒了這差事了，唉！回家抱孫子也好。」

錦娘聽了就想笑。三老爺果然要換掌櫃了，只是不知道他怎麼還在這裡，而不是三老爺自己帶的人來主事呢？

鋪子果然很大，座落在京城最繁華的地段，占地幾百平方公尺，裡面各色布疋擺滿了貨架，以中低品質居多。錦娘是第一次進這個時代的商店，古色古香的木製貨架，絳紅的漆面擦得光亮，鋪子裡乾淨整潔，櫃檯也並不高，檯面上整齊擺著一綑綑的各色布料。錦娘慢慢地看將過去，用手摸了摸布疋的質地，多以細棉居多，也有摻了絲混織的，就更加細軟柔滑，也有印花的，暗底子條紋的，不過大多是純色居多。這個時代的印染還不先進，繡技卻是很好，很多人家買了純色布回去自己繡上各種花紋，更好看一些。

也有些是摻了銀絲織成了面料，價格就要貴出好幾倍，但摻金絲的卻不多，只有幾疋。掌櫃介紹那是備著個別有錢的客人來買的，卻不是主貨，不過就是為了顯得店裡貨品齊全，好吸引更多客人來就是。

錦娘看這位名為富貴的掌櫃對各種布料的價格、質地，哪種身分的客人喜歡購買等等如數家珍，說話又討喜，開口便帶笑，正是做掌櫃的絕佳人選，怪不得二老爺和世子冷華堂都一律反對三老爺換掌櫃。她笑著問道：「掌櫃的在這鋪子裡幹了多少年頭了？」

掌櫃見二少奶奶終於問到他這個問題了，眼睛一亮，便開始泛淚花，激動地說道：「回二少奶奶，老奴在這鋪子幹了可是有二十年了啊，從一個小夥計做起，好不容易才熬到現在這個位置，經歷了幾個主子，總算王爺接了手，鋪子裡也日漸紅火了，三老爺卻來了，要讓老奴回家榮養。老奴幹得正起勁啊，真是捨不得、捨不得呢，這裡的一個貨架，一塊小招牌，一個小小的擺件，樁樁件件都有老奴的心血呢，老奴放不下啊……」說著，哆嗦著手去擦眼角的淚。

錦娘聽得也是動容。前世，自己的父親就是這樣一位工人，在廠裡幹了一輩子，因為生病不得不提前退休，那時父親整日閒在家裡，就像掉了魂似的，沒事總要到廠裡轉一圈，看看自己的老同事，看看曾經工作過的地方，就是那台陪了他幾十年的設備，他也時不時地回去摸摸，擦擦上面的灰，所以她很能理解富貴的心情。不過，三老爺原就是個渾人，為所欲為慣了，越是忠於鋪子的老人，便越會看不慣三老爺的作派，這樣的人肯定是不合三老爺的眼的。

「富貴叔，你是這鋪子裡的功臣啊。」錦娘由衷道。

「二少奶奶……謝謝您，可是，快別這麼叫老奴，真真是折煞老奴了。」一句富貴叔，讓富貴激動得老淚縱橫，更是對那功臣一詞感到欣慰。有了主子這樣一句話，他就算離開鋪子，也是值得的了。

冷華庭被冷謙推著，也是很新奇地在打量著鋪子。錦娘問起鋪子裡的事情時，他聽得很認真。他原是天之驕子，從來便是茶飯無憂，十二歲以前根本沒有來過這種地方，十二歲以後更是很少出府，所以這裡的一切對他來說都是新事物，都是他要學習的，不過，更讓他驚奇的是他的小娘子。她每一句問話似乎都有深意，雖然只是與老掌櫃聊了一會兒，但鋪子裡的大致經營狀況似乎就已瞭解了。

「在這鋪子裡，你就是老前輩，今兒我與二少爺原就是學習經商之道來的，富貴叔在這方面可是我們的師父，很多我們不懂的就得找你學呢。」錦娘說得很真誠，目光裡也帶著尊敬。這是她的習慣，尊重有才能的老者。

富貴聽了既驕傲，又有些不好意思。「二少奶奶，看您說的，老奴知道的不過是些見不得檯面的東西，哪裡如您詩——」

「富貴，二少奶奶說得沒錯，以後我有不懂的就問你，你不要藏私喔。」一直安靜的冷華庭突然含笑說道，富貴有點受寵若驚地看向他。都說二少爺長得跟天仙似的，今天看了才知道，就是天仙也沒二少爺長得俊啊！那眉眼，比畫出來的天仙可美多了，但又聽說二少爺脾氣壞得很，動不動就會挖了那盯著他看的人的眼睛，所以自二少爺進來後，富貴儘量不讓自己的眼睛往二少爺那兒瞟，他實在是害怕啊，可這會子，二少爺竟然也說要向自己學呢……而且，二少爺哪裡凶了，明明那雙眼睛比孩子還要單純，這樣的人，會是那心狠手辣的嗎……

「二少爺，您快別這麼說，您要是不嫌棄老奴粗俗，有什麼您儘管問，老奴自是知無不言、言無不盡。」富貴恭恭敬敬地給冷華庭又行了一禮，含淚說道。

「那好，富貴……呃，我也不加那個叔字了，省得你不自在。若是三老爺真辭了你，你也別回去了，以後就跟著我們回府，先幫二少爺管一些事情吧，保不齊還會有機會讓你出來管鋪子的。」錦娘要的就是富貴的這句話。他們兩個勢力單薄，如富貴這樣的人才最是應該招攬，而在別人最失意的時候伸出的那隻手，便是最有力也最有價值的。

富貴果然聽了很高興。三老爺說是讓他榮養，但是所給的月銀卻是少得可憐，家裡還有兒子老婆要養，以前鋪子裡的收入還是很可觀的，他就成了家裡的頂梁柱，突然丟了差事，讓他失落的同時也很無助，這會子二少奶奶明說了要請他去府裡當差，自然是喜出望外，下襬一掀就準備要下拜。

錦娘可受不了一個和自己父親相仿的老人給她下跪，忙要阻止，冷華庭卻將她一扯，拉到旁邊去，生生受了富貴那一禮。

「二少爺，以後，您就是富貴的新主子，富貴就是您的奴才，謝主子不嫌棄富貴老邁無用，肯收留老奴。」富貴真誠地說道。

冷華庭這才俯身，雙手托他起來。「富貴，是我家娘子看中你，所以，以後你一定要聽娘子的話。聽少奶奶的話，就是聽爺的話，爺一定不會虧待你的。」

雖然他的話語帶著孩子氣，但富貴蒼老精明的眼裡卻閃過一絲了然的笑意，轉身又對錦娘一揖手，順著冷華庭的話說道：「二少奶奶，以後有事儘管差遣老奴就是。」

錦娘微笑著點了點頭道：「富貴叔，你放心，以後需要幫忙的事多了呢。今兒我們就是來學習的，一會子你就帶著二少爺在鋪子裡轉轉吧，對了，三叔呢，他今天沒來？」

富貴一聽到三老爺的名，臉色就沈了沈，指了指鋪子後面的廂房，說道：「在廂房裡呢。裕親王世子來了，正在與三老爺交談。」

怪不得，他們都到了好半天，也沒看到三老爺的影子。不過，富貴那是什麼臉色？似乎很不齒的樣子，難道三老爺與裕親王世子還會在那廂房裡做什麼苟且之事？這也太不可能了吧，光天化日呢……錦娘正暗自揣測，冷華庭又握住她的手就一掐，指著另一邊的貨架道：「我們去那邊看看。」

這一邊的布料大多都是細棉，質地又要比先前看的那些次一些，不過……錦娘突然靈機一動。「富貴叔，你說這些布大多都銷往宮裡的吧？」

富貴點了點頭，小聲道：「這事也算不上什麼秘密了，告訴給少奶奶也無妨。」少奶奶非要加一個「叔」，富貴也沒辦法，最主要的是少爺聽了並無不豫，而他……聽著也感覺與少爺和少奶奶親近了許多，所以也不再在稱呼上堅持了。

錦娘當然早就知道這事了，不過，她想說的並不是這件事。「富貴叔，我是想，這布應該還可以想辦法賣給京裡的大戶人家。你想這京裡，有頭有臉的人家屋裡，哪家不是養著幾十上百個奴僕，四季的衣衫所需的布料可也是個大數目呢，若是將這一部分貨源也抓住了，咱們這鋪子的利潤怕是會翻倍地賺呢。」

富貴聽了眼睛一亮。少奶奶好聰明的腦子，以前他們怎麼沒想到這一點呢？京裡大戶人家可真是多了去，若是都在自家鋪子裡進奴僕們四季衣裳的布料，那可也不是一筆小數目啊……只是，如今是三老爺管著，這種事又得管事的出去交涉聯繫，大戶人家一般都會在固定的鋪面裡進貨，而且各家也都有自己的鋪子，有的根本就不在外面買，直接就在自家鋪子裡拿貨了，所以要拉到這個貨源，可得有頭臉的人去交涉才行……三老爺可不是那會求人的人……

咳，想這個幹什麼，反正自己都走了，這個主意告訴了三老爺也是白搭……

「富貴叔，你在這京裡的人脈怎麼樣？那些大戶人家的管事們是不是與你都相熟？」錦娘看富貴叔的眼神黯淡下來，也知道他顧忌三老爺，因此一個更大膽的想法便在心裡形成。

那天，孫芸娘不是說，自己陪嫁的那間鋪子就在附近嗎？若是交給富貴叔打理，也走中低檔布料的路子，又利用富貴叔在這行裡混出的人脈，加上簡親王府的大牌，相信生意一定能做起來才是。這家鋪子聽著就像是個火藥筒，就讓三老爺鬧騰去吧，何況還有冷華堂也盯著呢，犯不著自己和相公也去插一腳，可別錢沒賺到，還惹了一身臭回來，那就得不償失了。

這樣一想，錦娘便附在冷華庭的耳朵邊嘰哩咕嚕地說了一通，冷華庭聽完，鳳目清亮璀璨，默默注視著錦娘，半晌，他手一勾，將她剛直起的頭又拽了回去，也有樣學樣地在她耳邊說道：「娘子以後賺了錢，不會丟下為夫我跑了？」

錦娘被他說得一滯，兩指就要揪他的耳朵，就聽他又道：「娘子若是要跑，還是帶著為夫一起跑吧，天涯海角，為夫都跟著。」

錦娘鼻子有些發酸。他太過敏感，剛才有一瞬，自己確實也閃過這樣的念頭，將自己陪嫁的那間鋪子生意做大，有了錢後，就和他一起搬出王府，自己單過，遠離那些是是非非和陰謀攻訐，過著平淡快樂的日子，沒想到一眼就被他看穿了。聽他說要天涯海角地跟著，她就想哭，他那麼要強的一個人，能說出這樣的話來，讓她心中如何不感動？

富貴見明明好生生地在說話，這會子少奶奶和少爺突然在咬耳朵，他在一邊站著就有些不自在，輕咳了一聲道：「這京城裡各家的管家管事，老奴自然是熟的，做了這麼些年，又是簡親王府的牌子，怎麼著那些人都會給老奴幾分面子的。」

錦娘聽了，臉上便綻開一朵燦爛的笑來。「那好，富貴叔，今兒三叔可是給了您明令，讓您明兒不來了？若是這樣，明兒您就幫我去看鋪子吧，我的鋪子也就在城東頭，離著這裡也不遠，只是比這間小多了，您可別嫌棄啊。」

富貴一聽，略微渾濁的雙眼便像點亮的油燈一般，燃起了一束火苗，激動得又要下拜。「謝少奶奶、謝少奶奶！老奴定當全力以赴，為您打理好鋪子。」有了少奶奶的鋪子，再按少奶奶的思路，同樣是做中低檔布料的生意，又並不與這間鋪子的生意相衝突，還能讓他做回老本行，富貴的心情怎一個「激動」了得？

三人正說話間，就聽廂房裡傳出三老爺拔高了的聲音。「世子爺，別的事兒好依你，這事不成。那老東西忒不識抬舉，我說的話他沒一句聽的，陽奉陰違，這樣的人，說什麼我也得辭了！」

富貴一聽便知三老爺說的就是自己，不由冷笑一聲，對冷華庭和錦娘行了一禮，抻了抻衣襟，昂頭挺胸地去了廂房。錦娘看了冷華庭一眼，冷華庭眉眼一挑，說道：「一起去吧，總要看看三叔都在做些什麼。」

一進去，只見富貴正對三老爺和邊上坐著的一個清俊男子一拱手，態度不卑不亢地說道：「世子爺、三老爺，不用為老奴爭執了，老奴辭工。」

裕親王世子冷青煜聽得一怔，不由皺了眉，輕咳一聲。「老掌櫃你——」

「世子爺，老奴多謝您的厚愛，三老爺已經另請了高明，老奴年紀也大了，也該回去休息了。」富貴不等世子說完，便截口道。

三老爺的臉上便露出一絲得意的笑來，對冷青煜道：「如此世姪你也看到了，是這老東西自己辭工，怪不得我了。」

錦娘一進去，目光立即被站在三老爺身邊的春紅吸引了。春紅如今梳起了婦人頭，身著粉紅錦緞小襖，紅粉的大襬裙，頭上戴著金五事，臉上薄施胭脂。她原就水嫩嬌美，這會子初為人婦，又是一身新衣打扮，越發媚態迷人。只是三老爺也太無形無狀了點，哪有到鋪子來理事還帶著小妾的？怪不得先前富貴叔會露出不屑的眼神。

春紅也沒想到二少奶奶會來了鋪子裡。自她被送給三老爺後，就再也沒有見過二少奶奶，如今一見之下，臉上微赧，卻是更生了恨。

原以為，三老爺只是年紀大了些，性子有點渾，畢竟也算是西府裡正經的老爺，給他做小也還算不錯，但沒想到三老爺就是個老變態，真真不拿女人當人啊……她如今身上可說是沒一處好地方，青皮紫綠的，他還要為了炫耀又得了新美，總帶著她四處招搖，與一群好色的登徒子廝混在一起，自己便不時地被不同的男人調戲侮辱。短短幾日，春紅便體會到了什麼叫生不如死的日子，而這一切都是拜二少奶奶所賜，自己明明是她的陪嫁，她卻將自己當作禮物送了人……

如今再見二少奶奶，自然沒了好臉色。不過，她有恨，卻不想讓她看出來。三老爺與世子爺說著話，沒有注意到二少奶奶進來了，她便主動走了上來，恭恭敬敬地給錦娘行了一禮道：「奴婢春紅見過二少奶奶、二少爺。」

錦娘笑著手一托，說道：「還沒給姨娘道喜的，姨娘過得可好？」

這一問，無疑是在拿刀戳春紅的心，她再是忍耐，眼中仍是閃過一絲怨恨，嘴角微抽，勉強笑道：「老爺對奴婢甚好，奴婢還沒謝過二少奶奶的大媒呢。」

此話說到後面，竟有了咬牙切齒的恨意。錦娘當然能感覺得到，看來，春紅在三老爺身邊過得並不如意，不過萬法皆有緣，萬事皆有因，這樣的結果原也是她自找的，若她自一開始就秉著平常心，老實本分地當差，冷華庭又怎麼會生了厭惡，要送她走？如今她這樣，總比平兒要好多了吧，至少還留得一條命在……不過，只怕又是給自己留了條麻煩。

平兒的教訓已經讓她深刻銘記，在這深宅大院裡，善良只會被人當作愚蠢；春紅若老實也罷了，若再走平兒的老路……那時，也怪不得她心狠了。

「姨娘說哪裡話，媒就不必謝了，只是姨娘在三老爺處，可得用心服侍三老爺和三太太，本分行事才是。」說著，又嘆了口氣，眼圈泛了紅意。「唉，平兒那丫頭，可不就是心太大了嗎，如今竟然落了個暴屍亂葬崗的下場，說來，還真真痛心了。」

這話猶如一記重錘敲在春紅的心上。二少奶奶這是在警告她呢，想起平兒的慘狀，她不由又一陣瑟縮，心裡不禁又悲哀起來。到底只是個奴婢，怎麼跟主子們鬥，原就是個被送被賣的命啊……一抬眸，又看到二少爺那對清冷又妖豔的眸子，正微瞇著，眼裡竟是一片戾色，她心中更是一凜，才將想要報復的雄心壯志頓時滅了。這個二少爺才是魔鬼啊，當初自己不過是被他的美色所迷，生了那愛慕之心，他就將自己打了出去，還送給了現在這個禽獸……還沒對少奶奶怎麼樣呢，這位就……

春紅被冷華庭的眼神嚇到，老實地退回到三老爺身邊。那邊，三老爺似乎才看到錦娘和冷華庭，打了個哈哈道：「庭兒、庭兒媳婦，你們怎麼來了？」

冷華庭仍是一貫地冷淡，眼睛望著天，不理人，錦娘忙上前去行禮。「是母妃讓侄媳陪著相公來跟三叔學習經營之道呢，母妃可說了，三叔原是最聰明的，只是太過懶怠了些，如今竟然肯出來做事，必定會大有作為，所以讓相公來跟著三叔學點有用的東西。」

三老爺一聽，心情立即暢快了起來。「喔，王嫂可是如此跟你們說的？」

錦娘忙點了點頭。三老爺見了，哈哈大笑起來。「還是王嫂最知老三之才啊，庭兒跟著我學，當然會學到好東西啦！來來來，三叔幫你們介紹，這位可是裕親王世子，過來見個禮吧！」

錦娘聽了，便笑著推冷華庭上前。

冷青煜自錦娘和冷華庭進來時，便被這一對夫妻吸引住了。都說簡親王二公子美貌絕倫，比天下最美的女子還要嬌上三分，今日一見，果然名不虛傳，可惜身是男兒身，不然要迷倒天下多少癡情男子？而那女子卻顯得普通得很，尤其與二公子一起更顯遜色，只是一個閨門女子、大家少奶奶，怎地到了這吵鬧污濁的經商之地來了，是膽子太大，還是……根本不在乎那些個虛頭巴腦的禮儀？難得的是，她見了陌生男子，神情仍是落落大方、淡定自若，沒半點扭捏作態，尤其剛才與三老爺這渾人那一番對話，真真巧舌如簧。明明就是王妃派來監視三老爺的，卻非要說得如此好聽，讓那渾人全然忘了防備，笑得像個傻子，怕是一會子被她賣掉了，還會幫她數錢吧。

「世子有禮。」錦娘從容地給冷青煜福了一禮。

「嫂嫂請起，小弟這廂也有禮了。」冷青煜摺扇一收，瀟灑地起身還了一禮，又大步向前，給兩眼望天的冷華庭也恭敬地行了一禮。「世兄有禮了。」

冷華庭這才垂了眼認真看他。只是一瞬，他便看出眼前這個男子不簡單，溫文爾雅、淡笑如風，態度恭謹有禮、話語親和，眼神卻清冷而疏遠，尤其一進門後，雖然也驚豔於自己的相貌，但投在錦娘身上的眼光卻是多得多，眼裡也閃著欣賞有趣之色。難得也有個男子如他一般，看到她身上的與眾不同，但這樣的知音卻讓他心裡很是不豫，恨不能挖了他那雙清俊的眼睛不可。沒事總盯著別人的老婆看什麼？
但錦娘極力讓他出府的用意他也知道，不就是希望他也能面對世人，多結交朋友，找回一個王府嫡子應有的自信與身分嗎？她這第一步，就是想讓上流貴族們認識自己，然後，接受自己吧……
「世兄多禮了。」冷華庭難得正式地回了冷青煜一禮。
卻看得一邊的三老爺瞪大了眼。他還是第一次看到自己的姪子正兒八經地給別人回禮呢，這小子可是眼高於頂，脾氣又臭又古怪，就是見了王爺也是兩眼看天只當看不見，今兒卻給世子爺回了禮……
錦娘看三老爺一臉不可置信，忙笑道：「三叔，相公今兒可是來學東西的，您的客人，當然得好生對待，不然不是丟了您的面子嗎？」
三老爺一聽，也是，裕親王可是皇上的親弟弟，裕親王世子可是比堂兒還尊貴不少的人物，自然是不能隨便得罪了。只是剛才他非得留了那老東西，自己的聲音才大了些，正鬧得有些僵呢，沒想到這小倆口來了，正好打個圓場，讓那事過去就算了。
於是笑了笑道：「姪媳說得也是。啊，看這天色也不早了呢，世子爺，要不一會子老三請你去天香居喝上一杯如何？」
世子卻是扇子一甩，對三老爺道：「世伯，老掌櫃既是非得辭了，不如就賣個好，把他給了我去，我那兒正好有間乾貨鋪子缺人打理，老掌櫃去是再合適不過的了。」

三老爺正怕辭了富貴，富貴又去王爺那兒告狀，回去又要被王爺和二老爺喝斥，聽世子如此一說，當然求之不得，快快將富貴趕走正好。他正要一口應下，卻聽錦娘先一步說道：「世子，您恐怕晚了一步，富貴叔如今已是我家相公屬下了，怕是不能跟著您回裕親王府了。」

冷青煜聽得一驚。好快的動作。他今日來原就是有著兩個打算，一是儘量勸著三老爺留富貴繼續在鋪子裡幹著，這鋪子裡畢竟是有他們家的股份的，每年可要分不少紅利銀子，偏偏簡親王也不知道是怎麼了，竟然讓個渾不恁的老三來這鋪子，不是讓他亂折騰嗎？幾年前這鋪子就讓他給管理得差點關門大吉了，如今好不容易紅火了，又讓這個渾人來亂，把他們幾家大股東給急得不行了，本想著老富貴若是留在鋪子裡，這渾人就算亂來，根本還是會保存的，所以，原先就是極力地想留下富貴。

但三老爺根本不理他這一茬，他就起了將富貴請回去的心思。富貴在這條街、這個鋪子裡幹了幾十年，對鋪子裡的經營之道瞭如指掌，若是將這麼個人弄回去，最多自己家裡再開個綢布莊讓富貴管著，怕是不出幾年，會比這間鋪子更加紅火呢，到時保不齊賺得比這裡還多。

可是沒想到，富貴被錦娘先一步要走了，他兩個打算就全落了空，一時怔住，靜靜地注視著錦娘半晌沒有作聲。

第一眼便看出她的與眾不同，她還立即就耍了一手，讓他更加另眼相看了……

冷青煜不由有絲無奈，突然一個促狹的念頭閃過，原本半僵的臉上又帶了笑容，對三老爺道：「啊，真真可惜了，我原想著能得了個有能之人回去幫我呢，沒想到世嫂倒是慧眼識才，先小弟一步了，啊，相請不如偶遇，今日青煜覺得與世兄甚是投緣，不如小弟作東，請了世兄與世嫂一同去天香居如何？」

第二十八章

三老爺聽了自然高興，開口就應了。錦娘卻是一陣錯愕。這個世子爺什麼意思，自己一個婦道人家，怎麼能夠去茶樓酒肆拋頭露面？到這自家鋪子裡來都被府裡的那群太太們說了個遍，這會子要是知道自己還去了天香居，回去還不拿唾沫淹死她去？

她不由看向冷華庭，見他濃長的秀眉也是攏緊，墨玉般的眼睛變得幽深，怕是又不耐煩了。世子爺可比不得府裡那些人，他可千萬別一發渾，也拿東西砸人就是，忙在他發火之前對世子爺福了一福。「多謝世子好意，我家相公身子不便，不慣去人多的地方，請多見諒。」

怎麼不說自己是女人家，也不方便去？冷青煜臉上露出有趣的笑，卻是一臉可惜地對三老爺道：「唉呀，聽說天香居來了一個好廚子，新做的天香肘子，可真是肥美可口，聞著香，吃了還想吃呢！聽說還請了京裡喜翠樓有名的琴娘捧場，在天香居彈奏三天，今兒便是第一天，真真可惜了。既然世兄和世嫂不去，那就下回吧，叨擾了，叨擾了。」說著，舉手作揖告辭，抬腳作勢要走。

三老爺早被他說得心癢難耐，又不用自己作東，哪裡能放過如此好的機會，一把就拉住他，對冷華庭道：「庭兒，你成天窩在府裡頭，也沒出去玩過，今兒世子與你年齡相仿，你們既是一見如故，怎麼能駁了世子爺的面子呢，來，和姪媳一起去吧，反正春紅也去，她們主僕也有個伴不是？」

錦娘被三老爺這話氣得差點噎住。三老爺還真是渾，竟然拿自己跟春紅比，也太不像個長輩說的話了，正要回駁，就聽冷華庭道：「娘子，不是說還要回門子的嗎？時候不早了。」說著，又對冷青煜一拱手。「世兄好意心領了，今日真是不巧了，內子還要回門子，東西都備好了呢。三叔，世兄來了咱們鋪子就是客，您怎麼能讓世兄作東呢？」

錦娘聽了也是笑，接口道：「三叔啊，今兒可是您正式接掌綢緞鋪的日子，難得世子爺來了，又肯賞臉陪您，您就多請些朋友一起去賀一賀、熱鬧熱鬧吧，我和相公就不去了，那場面可不是我這婦道人家能摻和的。」

三老爺正驚奇冷華庭對世子怎麼變得彬彬有禮起來了，那樣子像是變了個人似的，還疑惑著，就聽他們兩口子一唱一和地說要自己作東請客呢，好不惱火。

不過，姪媳那話也正說到他心坎裡了，他好不容易也有了正經差事，當然想找好朋友出來得瑟一下，何況還有裕親王世子在一邊給長臉呢，一時顧不得多想冷華庭的事，拉了冷青煜的手就往外拖。「世姪，真是相請不如偶遇，今兒你一定得幫世伯我撐了這回面子。我那幫子朋友平日裡光說我是個吃渾飯的，如今爺也做回正經事，得讓他們以後洗亮了眼珠子，別瞧不起人。」

回頭又看了冷華庭和錦娘一眼，對世子道：「他們倆就是小孩，啥也不懂，去了沒得掃了世子的興，無趣得很呢！走走走，喜翠樓的琴娘可是不輕易下場的，天香居這回可真下血本了，那琴娘的手啊……可真是嫩白嫩白的，想想就……」

冷青煜原還要說些什麼的，但架不住三老爺一頓亂拖亂拽，等他回神，人已經被拉出了門。

沒想到那小倆口感情還不錯呢，一唱一和地就把三老爺給弄得忘了北了，話都說到這分上了，他就是再不願意陪三老爺去廝混，如今再推辭又不可能了，只得苦笑著跟著三老爺走了。

三老爺臨走還不忘拽了春紅一下，春紅無奈地跟在他身後，不情不願地走著，到了店門時，忍不住又幽怨地回望一眼。那一閃而過的恨意仍讓錦娘心裡一噤。春紅……還真是個事呢，不由又想起被打了的柳綠，她問冷華庭道：「相公，你不會是想把柳綠也送給三叔吧？我看著三叔可不是什麼良人呢。」想著又怕冷華庭說她心軟，忙又補了一句。「不過，那也是她們應該的，誰讓她們一個一個都心術不正，我瞧著春紅怕是又要出什麼么蛾子了。」

冷華庭見她總算有了長進，原本要罵的，又轉而無奈地笑了，升了椅子就去揪她的鼻子，冷哼道：「還算妳知機，看出她不對勁了，若是還如以前一門心思只知道心軟，哪天被她們整死了，妳還在夢裡頭呢，真是個笨丫頭。」

錦娘皺著眉聳聳鼻子。「反正相公你聰明得很，有你護著，我笨就笨吧，嫁給你不就是要讓你護著的嗎？」

冷華庭聽得心一軟，一股暖意直衝心田，溫柔地撫了撫她的眉。「自然會盡力護著妳的，誰讓妳是我的娘子呢。」

富貴在鋪子裡還沒交接完，冷華庭就留了個牌子給他，讓他完事後去王府找冷謙。

冷謙正等在鋪子外面，四兒一直在鋪子裡閒逛著，這會子看少奶奶和少爺辦完事出來，忙迎過來。「是回王府嗎？」

錦娘就想起要見將作營大師傅的事來，轉頭問冷謙。「阿謙，你跟將作營的大師傅談得怎麼樣了？他肯出一成利給我們不？」

「大師傅說，要看少奶奶還會做什麼。」冷謙面無表情地說道。他昨兒便去過將作營了，那大師傅聽說少奶奶提出要一成的利，差點沒把眼珠子瞪出來，就像看怪物一樣地看著他，冷謙被他瞪得怪不好意思的，好不容易才說完少奶奶要說的話，那大師傅聽了倒是低頭想了半天，才跟他說，讓他再帶一張圖回去，看看真有用不。

錦娘聽了差點沒被氣死。那大師傅真奸詐啊，自己再畫一個圖樣去，他不是又偷學了自己的創意嗎——好吧，不是自己的，自己也是偷前世的啦。

正腹誹著，冷華庭對著她腦門子就戳了來。「發什麼愣呢？那圖咱也不畫了，明兒我找父王去，只要將作營照了妳的圖紙做了軸承和車鏈，我就帶了人去砸，砸得一個不剩再回來，看他給不給一成利。」

呃……這可以算得上是黑社會嗎？太強悍了。錦娘聽得雙眼閃亮，若不是冷謙和四兒都在邊上，她差點就撲上去抱著自家相公猛啃一口才好。不過，看冷謙一臉黑線，就知這法子怕是不成。將作營可是隸屬於內務府，那是隨便能砸的嗎？這樣一想，才知冷華庭不過在逗她，不由嘟了嘴道：「相公逗我呢！」

冷華庭看她一時興奮得小臉發紅，一時又神色黯然，表情變化極快，不由伸手就去捏她的臉，把她的臉揉成一團皺，嘴裡呵著氣。「妳是不信妳相公呢，我說去砸就去砸，人家不是說我是半傻子嗎？半傻子做事當然不講道理了，就是皇上知道了，也只會憐惜父王的。再說了，我這也是幫皇上教訓那些黑了心肝的小人，皇上還得獎賞我才對呢。」

呃，這話說得錦娘又不懂了，想要問，卻見他的眼神變得悠長起來，看樣子就算問了也不會告訴她的，不過對他說的又很期待。他說得也有道理，平日裡旁人不就是把他看成是半傻子嗎？又是被奪了世子之位的，皇上心裡對他也是有幾分憐惜的吧，簡親王怕更因心中有愧而將他護得嚴實，藉著半傻子的名聲胡作非為……嗯，也不錯呢。

這樣一想，便將見那大師傅的心思放了下來。總之，萬事有她的相公呢！

冷謙便趕著馬車去了孫相府。反正也只是隔著兩條街，近得很，不過刻把鐘的時間就到了，孫府外守門子的僕人見是簡親王府的馬車來了，忙進去稟報，沒多久，白大總管就迎了出來，一臉欣喜。「四姑奶奶、四姑爺，怎麼來也沒給個信呢？老太爺和老爺去了朝裡還沒回呢，這會子正使了人去給二夫人報信，二夫人怕是正在往二門趕呢。」嘮嘮叨叨的，卻讓錦娘聽得心裡一陣暖。

冷謙把冷華庭抱了下來，白總管看著輪椅裡的四姑爺又是驚豔又是心酸。好好的四姑娘卻是嫁了個殘疾……作孽呀，二夫人看了怕是又會傷心了。

錦娘嫁了後就沒有回過門子，但簡親王府一應的禮數卻是更齊全，就是回門禮也是加倍送來，所以，府裡對沒見過面的四姑爺很是好奇，對四姑娘是羨慕有之，憐惜有之，也有嫉妒和不屑的。

白總管自從上次嫁妝事件後，對四姑娘倒是上了心，每每簡親王府有什麼消息過來，都是他親自去報了二夫人。二夫人如今幫著大夫人管著家，為人溫和精明，雖有些手段，但做人持正、不偏不倚，下人們也信服。

他自然知道二夫人如今最掛念的就是四姑娘，可是簡親王府的門檻太高，他也曾去過幾次，卻沒能見到四姑娘，王爺倒是見過他一回，雖說王爺也說四姑娘一切都好，可總沒有親自見著讓人放心。所以，每次回來，他都只揀了好聽的報了二夫人，二夫人原就生得七竅玲瓏心，哪裡就那麼容易信了，如今四姑娘竟是和四姑爺一起回了，教白總管好生激動，一向老成持重的臉上也掛滿了笑容。

冷華庭對白總管微微點了點頭，白總管在前面引著路，冷謙就在後面推車。四兒這也算是回門子，一路上遇到不少相熟的，看四兒穿著打扮比以前在府裡時要精緻多了，眼裡都露出羨慕之色，四兒看了，頭就昂得高高的，一副意氣風發的樣子，冷謙難得看她這副模樣，忍不住就多看了她兩眼。

一邊與四兒相熟的幾個丫頭眼尖，就覺得四姑爺身後那個冷峻的男子看四兒的眼神曖昧，一時對四兒更是羨慕嫉妒起來。

當然，一眾的小丫鬟們大多都被冷華庭絕美的容貌給吸引住了，若不是白總管冷著臉拿眼橫掃，怕是早有那沒長眼的會對著四姑爺流口水了。原還認為四姑娘嫁了個殘疾而同情的人，此番也只有豔羨的分了。

白總管先是領著錦娘去老太太院裡。二夫人早就迎到院子外面來了，卻是一眼瞧見了冷華庭。冷華庭也是第一次見二夫人，看她雖一副弱不禁風的樣子，眼神卻亮而有神，精明銳利，這眼神與王府裡的二太太有得一拚，只是她看錦娘的眼神卻是慈愛憐惜，遠遠地見到錦娘時，眼圈就紅了，神情並不似作偽，看來骨肉親情，再厲害的人對自己的兒女還是有真感情的。

就為這，冷華庭雖然不便行大禮，卻也是坐於輪椅上躬身下拜，恭恭敬敬地叫了聲：「岳母。」

二夫人聽了好生激動，連連應著，上下打量著自己的女婿，倒是越看越滿意。

錦娘見了二夫人，也是鼻子一酸，眼淚都要出來了，一把拉住二夫人的手道：「娘，錦娘好想您。」

二夫人拍了拍她的手，在女婿面前也不好太寵著女兒，只是笑著含淚將她往院裡拉。

「傻孩子，離著又不遠，想娘了回來看看娘就是。快走，老太太聽說妳回了，高興得不得了呢。」

老太太確實等在屋裡，見了二夫人拉著錦娘進來，眼裡也露出殷切之意來。錦娘一進門後，便自己推著冷華庭，走到老太太跟前。紅袖很有眼力地拿了墊子鋪上，錦娘便跪下，磕了三個響頭，聲音哽咽。「奶奶……」

老太太等她磕完，心疼地起身去拉她。錦娘不肯起來，對老太太道：「奶奶，相公腿腳不便，錦娘替他給您磕頭。」

納頭又要拜，卻被身後的冷華庭一把扯住。「娘子，我自己來。」

錦娘詫異地回頭看他，卻見他眼裡有著堅持。他的腳並非殘疾，只是中毒，能走，卻要忍受如萬針同刺的痛苦，她捨不得啊……不由搖了搖頭。「相公……」

「第一次見祖母，禮數豈能由娘子替代？」他笑著安慰她，手也執拗地扯著她的手，不讓她下拜。

成親的第二天，面對王府眾多的長輩時，他是兩眼望天，誰也不理的，平日裡，又將誰挾進眼裡去過，如今卻要來給她的祖母下跪……錦娘的心便像有人在最柔軟的地方輕輕地掐了一下後鬆開，又痛又酸，又舒暢甜蜜。

她下意識地就起了身去扶他。冷華庭面色平靜地自輪椅上站起來，舉步維艱，但每踏出一步都很堅定。旁人看著他與常人無異，只是腳步沈重了些，錦娘卻是能感覺得到，他用了多大的毅力才走出每一步，扶著他的手，便開始顫抖起來。

不過二尺來遠的距離，卻像是隔著千山萬水。當冷華庭穩穩地跪下去時，錦娘的身子跟著也是一軟，跪在一邊的地上，手仍捨不得鬆開他，與他齊齊下拜。

這一次老太太不等冷華庭拜下去，就忙起身親自托住他。「好孩子，難為你了，快快起來。」老太太何等眼色，就算冷華庭再是鎮定自若，額頭的汗和暴起的青筋還是瞞不過她，不由為他的誠意而動容，心下更是為錦娘感到欣慰。看來，四姑娘是得了姑爺的心的，不然，姑爺也不會如此拚命地要給四姑娘在娘家長臉。

一旁的二夫人早看得淚盈於睫，白大總管很有眼力地上來幫著錦娘去扶冷華庭，冷華庭手微微一揮，對白總管笑了笑，道了聲：「不用。」

他動作優雅地起身，在後的四兒更是眼疾手快，忙將輪椅推至他的身後，冷華庭重重地坐在了椅子上。那一刻，錦娘提得高掛起的心，才總算落回肚裡，心是一陣陣的抽痛。常人看似再簡單不過的行為，於他而言，怕是會要了半條命去，但他表現得如此堅強，為的就是要讓自己娘家人對自己放心，她又怎麼忍心破壞他努力營造的結果，強忍著淚往肚子裡吞，拿了帕子輕輕幫他拭著汗。

二夫人自然是知道冷華庭的身體狀況。錦娘嫁過去後，她沒少打聽他的情況，知道他的腿殘了六年，六年裡，從來就沒人見他站起來過，今天在老太太屋裡，為了給四姑娘全禮、長臉，他不但站起來了，還走了幾步，一直為錦娘揪著的心也落了下去。姑爺看來是很心疼四姑娘的，他這樣子，全然不似傳言的那樣是個半傻子，相貌自是不必說，普天之下再找不出比他更俊逸的男子，性情溫文有禮，舉止優雅有度。

越看越欣慰，越看越喜歡，二夫人含淚的臉上就掛滿了笑，轉頭對老太太說道：「娘，四姑娘可是個有福的呢。」偷偷拿帕子拭著眼角。

老太太聽了也是點頭，笑道：「妳大可以放心了吧，如今人也見著了，可不要再日日裡在我跟前念叨了，妳不煩，我老婆子還煩了呢。」

這一說，屋裡氣氛就活躍起來，紅袖搬了繡凳進來給錦娘看坐，錦娘也不顧及，就挨著冷華庭坐了，有小丫頭沏了茶上來，又上了果品，老祖宗就問了冷華庭一些家常事，冷華庭一一答了，臉上並無半點不耐，錦娘看著就高興。他為了自己，已經連最不喜歡的閒扯都忍了，難得的是還如此一本正經，句句都是認真回答。

二夫人眼尖，看錦娘只帶了四兒一個回來，很是詫異，不由問道：「怎麼不見平兒跟著？」

錦娘正想著要找個機會跟二夫人說說平兒幾個的事，這會子二夫人當著老太太和冷華庭的面給問出來，讓她好生為難，一時不知道如何回答。

老太太眼利得很，不只是錦娘臉色有異，就是一旁的四兒也是有些慌亂，便知道那叫平兒的丫頭怕是出了問題，又想起四姑娘沒嫁之前，身邊之人便不是很乾淨，心裡更是明白了幾分，也不等錦娘回答，便對二夫人道：「妳也不看看他們小倆口的穿著，明明就是臨時起意回來的，哪能都帶上了？要說，好丫頭啊一個就成了，多了看著還礙事呢。」說著，又對一旁的紅袖笑了笑道：「妳看，我身邊就總只有紅袖一人，就因著她是最得我心的，其他人，我還用不慣呢。」

紅袖聽了，就在一邊直笑。

二夫人也看出錦娘的不對勁來。她原只是隨口一問，如今聽老太太這樣一說，心裡就起了疑，不過如今當著姑爺的面，也不能多問，只是心裡就開始懸著起來。

幾個人正說著話，那邊就聽小丫頭們來報，說是二姑娘聽說四姑奶奶回門子了，正拉了大姑奶奶一起來呢。

錦娘聽得一震，不由看向二夫人，二夫人便解釋道：「可也是巧了，大姑奶奶今天也回了門子，她來了不過一個時辰，妳也回來了，今天怕是個好日子呢。」

後面那句是對著老太太說的，老太太臉上卻並無笑意，也不管四姑爺也在，冷哼了聲道：「咱們四姑娘是難得回一次門子，她嘛，就是成日往娘家跑，也不知道當初媳婦教沒教她《女誡》，出嫁之女，哪有三天兩頭住娘家的，真真是丟了咱們孫家的臉面。錦娘啊，妳以後可得以婆家為重，以夫為天，可別學妳大姊的啊……」

錦娘這才明白，其實老太太也是在對冷華庭賣好。錦娘自出嫁三天就要回門子，卻因冷華庭不願意，所以沒回，於禮其實不合，老太太過去心裡是有氣的，但想著姑爺是個殘疾，想來也是個性偏激之人，不願來岳家也是有的，可剛才看到四姑爺忍痛來給自己行禮那一幕，老太太所有的氣都消了。多好的孩子啊，懂禮又體貼，有他護著四姑娘，四姑娘以後的日子不會差到哪裡去。

所以，才藉機讓錦娘對夫婿更上心些。

老太太又想起那大姑爺來，總共也就跟著芸娘回過一次門子，還倨傲得很，芸娘在寧王府裡也不招人待見，公婆丈夫再加幾個姨娘通房的，每日裡鬧騰著，她一個不好就回娘家，在家裡哭訴吵鬧，怪父母沒給她選個好人家。大夫人那樣強悍一個人也被她氣病了，如今也懶散了，好多事情都扔給二夫人，好在二夫人是個明理的，把整個府裡打理得有條有理，老太太才有了安生日子過，就是三天兩頭地被芸娘鬧一次，所以，一聽芸娘的名字，她就煩了。

說話間，孫玉娘拉著孫芸娘打了簾子進來了。孫玉娘神色清朗，到底是沒嫁之人，一派小女兒作派，笑嘻嘻地正扯著芸娘的手，抬眸間，看到正端坐在堂內的冷華庭，頓時呆住。

那是仙人下凡嗎？世間怎會有如此美貌之人，五官精緻得有如雕琢出來的一般，最是那雙眼睛，黑如深潭卻又燦如星辰，美得讓人窒息，美得……讓她魂飛天外，再也錯不開眼。冷華堂已經是俊逸如神仙般的人物，可是，比起這個男子來，真是遜色十萬八千里了……

「玉娘！」

老太太差點沒被氣死。玉娘也太無形無狀了些，簡直不知羞恥，哪有盯著自家妹夫看得不錯眼的，還一副魂不守舍的樣子，真真是丟人啊！實在忍不住喝斥了她一聲。

芸娘自進來時，也被冷華庭的俊顏煞住，不過，她純屬欣賞，她看了幾眼後就很有禮地挪開視線，倒是打量起錦娘來。離上次見面時間並不長，但錦娘比先前更顯嬌媚了，眉眼間雖仍如以往的淡定，卻多了分甜美和幸福，是因為身邊的那個男子嗎？

想到寧王世子對自己的態度，芸娘心裡一陣苦澀，一股嫉恨油然而生。憑什麼，她不過是個庶女，嫁的又是個殘疾，原以為會是個病殃子的，怎麼會是個如此俊美不似人間之物？為何會對錦娘那個長相一般的女子好呢？

冷華庭實在受不了孫玉娘的眼神，若非這是錦娘的娘家，又有二夫人和老太太在，他真會抓個東西砸爛那個醜女人的臉。好在待他的忍耐快到極限時，老太太及時喝了一聲，他才收了眼裡的煩躁，又是一派優雅有禮的樣子。

孫玉娘被老太太一喝才回過神來，卻仍是依依不捨地看了冷華庭兩眼，才將目光挪開，也才發現整屋子的人都在看著自己，耳根子立即發熱起來，低了頭，極力掩飾自己的不自在，恭敬地給老太太行了一禮，便老實地站到了邊去，一雙大眼卻仍是不時地往冷華庭身上睃。沒辦法，太美了，她的眼睛像不是自己的，一點也不聽腦子的調擺，控制不住地就想多看幾眼。

錦娘還真沒想到孫玉娘會如此明目張膽地對自家相公發癡，好吧，這廝是長得太妖孽了些，自己那時也是看著錯不開眼的，但人總是有理智的，老太太都喝了，孫玉娘還盯著相公看，那可就太無禮、太不厚道了吧？她可是已經訂了親的人，哪有女子盯著人家的夫君看不錯眼的。芸娘就比她好多了，還好，她的身分讓她就算再喜歡也不可能妄想，不然又來一個平兒，那就麻煩呢。

「這是四妹夫嗎？果然人中龍鳳啊，四妹妹真是好福氣。」孫芸娘實在看不得自家二妹的樣子，又怕老太太因此生了玉娘的氣，忙出來打破這難堪的氣氛。

老太太也正被孫玉娘弄得好生沒臉，芸娘這一說，她也緩過勁來，笑著說道：「芸娘、玉娘，來，見過妳四妹夫吧。」

芸娘和玉娘聽了便上前給冷華庭行了半禮，冷華庭眉眼不動，兩眼飄忽著，但還是拱手還了一禮。「華庭見過大姊、二姊。」卻自始至終都沒看過這兩姊妹一眼。

芸娘倒是自然地退到了一邊，玉娘卻感到心裡悶悶的，又抬頭看了冷華庭一眼，才退下去。

「四妹，沒想到妳今兒也回來了，我還說，過兩日和婉兒一起去二太太處呢，咱們姊妹再說說話呢，這下敢情好，也不用去東府那麼麻煩了，一會子姊姊找妳聊聊啊。」芸娘親熱地過來拉了錦娘的手道，眉眼間裡不見半點膈應，就如當初她們在娘家時便是最好的姊妹一般。

錦娘自是知道她又會問那生意上的事，心裡便尋思著要怎麼回她才好，那邊二夫人便提醒道：「錦娘，大夫人正病著，妳還沒去拜見的，一會子讓冬兒領著妳過去吧，眼瞅著老爺也該下朝了，姑爺就在這裡等著老爺回來吧。」

錦娘一走，芸娘和玉娘自是不能再在老太太屋裡待，畢竟冷華庭是外客，又是男子，於男女大防上也說不過去。芸娘聽了便高興地對錦娘道：「四妹，正好，大姊也要去看娘親，我和二妹陪著妳一起去吧。」

錦娘聽了便點了頭。她與大夫人也沒什麼話好說，柳綠的事情讓她對大夫人更生了厭惡，在娘家時欺負虐待自己也就算了，沒想到嫁出去了，她還想要操縱自己的人生，那個女人也太心狠了點。不過，禮數上還是得去，她讓四兒將備好的禮拿出來，分別送了老太太、二夫人、芸娘玉娘幾個，就是沒有見面的貞娘也使人送禮過去，自己則親手提了送給大夫人的禮，跟著芸娘和玉娘的後面一同去大夫人屋裡。

半路上，芸娘看了眼跟著的四兒，狀似隨意地問道：「咦，我記得四妹妹身邊原是有兩個最得力的人，今兒怎麼只跟了一個？平兒呢？」

錦娘聽了便似笑非笑地看著她道：「大姊倒是記性好，連妹妹我的丫頭都記得啊。」說著，又嘆了口氣，接著語出驚人道：「平兒死了。」

芸娘聽得一震，大眼裡閃過一絲驚慌，急切地問道：「死了？怎麼會死了？」

錦娘便看了眼猶在一邊魂不守舍的玉娘，道：「她膽大包天，竟然對著相公做那羞人的無狀之態，相公便著人將她打了出去。後來，原是要送給我家三叔的，但她死活不肯，大吵大鬧著，相公就著人將她亂棍打死……」話說到這裡，錦娘故意頓著，並沒往下說。看芸娘那樣子，似乎對平兒之事很是關心，莫非，平兒在過去之前也受過她的指派？那換藥之事怕也是與芸娘有關。

孫芸娘聽了，果然臉色很不好看，喃喃地說了聲：「這樣啊……是該打死的……只是，到底是陪嫁過去的，四妹也不護著點啊。」

錦娘聽了不由冷笑。「相公也是為著我好，對那不忠不義出賣主子的下人，不必手軟的，大姊，妳說是吧？」

芸娘被錦娘說得一震，訕笑著道：「那倒是，若那得力的人都不忠心，咱們在婆家可還真是難受得很，是不能心軟了。」

錦娘這話卻像是敲在玉娘的心上。那個人對愛慕他的女子如此狠心嗎？平兒玉娘是知道的，長得秀美可人，又是錦娘貼身陪嫁過去的，就算是對他有那小心思，也是再正常不過……會不會是嫌身分太低，不喜歡呢？自己可是嫡出的……那樣的神仙人物，要是能站起來，怕是世間再沒男子可以比得過了，若是……一時間，神思飄忽，錦娘和芸娘說了什麼，她全沒聽到，只是呆呆地跟著走。

「四妹妹，上次姊姊跟妳說的那事，妳考慮得怎麼樣了？問過妳家婆婆沒有？」芸娘實在不想再在平兒的事上糾結，換了個她最關心的話題。

錦娘聽了就在心裡冷笑。果然還是要問這事的，她也不想一想，東城那間鋪子連裕親王府都是搭了股的，那還只是一家，京裡頭不知道還有多少家皇親貴族摻在裡面呢，她一個小小的嫁妝鋪子也想插一腳進去，想得也太美了吧？不過……一時，錦娘腦子裡浮現春紅那雙怨恨的眼眸，嘴角就勾起一抹笑來。

「大姊，原先可是沒法子，妳也知道，那鋪子是王爺管著的，京裡大人物都在裡面搭著股呢，一般人也進不去，不過如今倒是有個好機會，就不知道大姊願不願意試試。」

芸娘沒想到錦娘還真想到了法子，不由眼睛一亮，扯著她就頓了步子。「妹妹快說，什麼法子，只要姊姊能辦到，自然是想著法子去辦的，以後賺了錢，姊姊怎麼都不會忘了妹妹恩情的。」

妳不暗中害我就千恩萬謝了，我可不敢妄想妳會感恩。錦娘在心裡腹誹著，面上卻故作為難道：「如今那間鋪子是我三叔接了手，妳若是去找三叔，應該能成的。」

芸娘聽了，臉上就一陣失望，對錦娘嗔道：「妳那三叔可是出了名的渾人，妳……妳怎麼讓我去找那樣的人呢？」

錦娘聽了不由笑了起來，故作神秘地俯近芸娘的耳邊。「妳既是知道三叔是那樣的人，還沒想到法子嗎？送兩個好看點的人去，再找個管事與他談談，請他去天香居、喜翠樓那兒玩玩，把他迷得個五迷三道的，一準就會應了妳的。他那人最喜歡的就是美女好酒，這樣的人不是最好唬弄嗎？以大姊的聰慧，還怕擺不平那個渾人？」

芸娘聽了，眼睛果然又亮了起來。若只是送兩個美人就能參與那樣大的生意，就是只沾點邊，一年的收利也是不得了的。若真成了，以後自己在寧王府裡也就不用看那起子小人的臉色過日子了。這樣一想，她不由興奮了起來，巴不得立馬就扯了錦娘回王府去。「四妹妹，妳可說好了，明兒我就去選人，到時妳可得幫我引薦，大姊得了好處，自然不會忘了妹妹妳的。」

錦娘笑著應了。「就明兒吧，明兒妳約了婉兒妹妹去二太太那兒，我請了三嬸子一起去，記得，要帶些禮物送給我三嬸子。三嬸子那人實在，見了好東西，很多事都好辦。」說著，對芸娘挑了挑眉。

芸娘自然是懂了她的意思，兩姊妹便相視一笑，一起去了大夫人院裡。

三老爺那個胡來的人，要管著城東那鋪子，莫說半年，怕是三個月也撐不過去。若是王爺繼續放任他管著，遲早會出事，所以，就算芸娘能摻股進去，也賺不了多少錢。最重要的是，芸娘身邊是有幾個厲害的小妮子的，若選了一、兩個送到三老爺身邊，三老爺那樣好色貪鮮的人，有了新人必定會棄了舊人。春紅一個奴婢，沒了三老爺的寵，再有本事也翻不過天去。她若本分還好，若起了那害人的心思，怕是會被治得肉都剩不了幾兩去。

芸娘心裡高興，一時忘了玉娘，與錦娘兩個都進了大夫人的院子了，回頭才發現玉娘沒跟上來，氣得又轉回去扯玉娘，見她仍是一副神不守舍的樣子，不由急了，伸了手就去戳她腦門子，小聲罵道：「妳魔障了？那可是錦娘的相公，妳發什麼神經呢，也是妳能妄想的嗎？別忘了，妳可是訂了親的人呢，轉年世子就要迎娶妳過門了，世子也是一派風流俊秀的人物，妳當初不是死活喜歡他的嗎？怎麼這會子又變心了？」

玉娘被她戳得頭痛，抬了眼道：「那個人，他根本就不喜歡我，大姊……妳不知道，那天並不是我故意去那個院子裡的，我明明是去婉兒屋裡的，走到半路上突然出來一個丫頭，告訴我說那個院子就是婉兒的，還帶我進去休息，我哪裡知道那竟然是個污濁之處，那個人……那個人也與那起子人混在一起，將來……將來我嫁過去，保不齊又會和妳一樣，同樣得不了相公的寵愛，我……我不想嫁他了！」

第二十九章

這事窩在玉娘心裡好久了，一直不敢跟人說起。那天的事太過窩囊，明明自己就是規規矩矩的，誰知道竟然會碰到那樣的事，還被人當作笑料，父親那十鞭子打得她皮開肉綻，如今被大姊罵，她才越想越委屈，忍不住就向大姊吐苦水。大姊從來就是很疼她的，或許她能幫自己呢？

果然，玉娘的話也戳到了芸娘的痛處，她拉了玉娘的手道：「如今也不是沒有法子了嘛，這婚姻大事，原就由不得咱們作主，姊姊我現在也還反悔呢，可反得了嗎？男人娶了個不喜歡的，他還能再娶就是，小妾通房，只要喜歡，一個一個地就往屋裡抬，咱們女人……那就只有認命的分了。二妹，妳別胡思亂想了，這事原就是妳自己不仔細，如今木已成舟，妳那……名聲早就給毀了，想要毀婚再嫁，哪個正經人家還肯聘妳？算了，那世子看著也不是個無形無狀之人，那日也不過是逢場作戲罷了，妳去後好生服侍著，定然能得了他的心的。」

孫玉娘聽了就哭起來，一甩芸娘的手，急急地說道：「不，我要去找娘，我不嫁那世子了，就嫁二公子！簡親王不是最疼二公子的嗎？我也不與錦娘爭，還是去做平妻，妳看，二公子對錦娘多好啊，連個丫鬟欺負錦娘，二公子都幫著，我又不比錦娘差，我一個嫡女嫁他一個有殘疾的，還肯只做平妻，一點也不嫌棄他，他……他定然會感動的。」

錦娘在芸娘回轉時，也悄悄地跟上了，只是站在院子邊，離得幾公尺的地方，但芸娘兩姊妹的話她是聽得清清楚楚的，還真想不到孫玉娘會不要臉到了如此地步，虧她也說得出口來，還說不嫌棄她家相公？哼，相公會要她嗎？剛才若不是在老太太屋裡，相公又要為了給自己面子裝斯文，保不齊就拿東西砸玉娘了。自己可是親眼看到他拿茶杯蓋砸劉姨娘送來的丫頭，那可是血的事實……突然，她很想看看冷華庭聽說孫玉娘要嫁他時的表情，一定很豐富。這樣一想，心裡的不豫便全消散了，裝作什麼也不知情的樣子，遠遠地叫了芸娘一聲。

「大姊，杜嬤嬤都迎出來了，妳們還在做什麼呢？」

芸娘聽了忙應了幾聲，又瞪了玉娘一眼道：「一會子在娘跟前可不能胡說八道，娘如今可經不得氣了。」想了想，又嘆了口氣。「我也是個不爭氣的，在婆家一受了氣，就想回來跟娘訴苦，如今……卻把娘給氣病了，真是不孝啊。」

說著，就拉了玉娘的手往院裡走，果然杜嬤嬤已經迎出屋來，老遠就笑咪咪地說道：「喲，今兒是什麼風啊，怎麼連四姑奶奶也回來了？快快進屋，外面風大著呢，四姑奶奶可是頭回回門子，可不能怠慢了。方才大夫人聽說四姑奶奶回了，可高興了，精神也好多了呢。」絮絮叨叨的，眼睛卻往錦娘手上瞅，看她提的包袱像是有重量，嘴角便翹了起來。簡親王府的禮，可從來都是好東西呢。

芸娘在後頭扯著玉娘，玉娘挪著步子，眼睛死瞅著錦娘，眉頭攏得緊緊的，一副心事重重的樣子。
錦娘懶得管她，自己先一步跟在杜嬤嬤身後走著，含笑對杜嬤嬤道：「好一陣子沒見杜嬤嬤了，您老看著精神更爽利了。您可是母親身邊最得力的，大凡小事可都得您幫著操勞，可要保重身子才是。」
杜嬤嬤聽四姑奶奶說話貼心得很，不由高興地說道：「四姑奶奶這是說哪裡話，人老了，不中用了喔，得四姑奶奶掛牽，可真是老奴的福分了。」
一會子，孫芸娘也拉著玉娘趕了上來。「杜嬤嬤，娘親精神可是好一點了？」
杜嬤嬤聽了，眉心又收攏了，無奈地看了眼芸娘道：「好是好點了，大姑奶奶，一會子進去了，可別再說什麼喪氣話了，大夫人可再經不起折騰了。」
芸娘聽了臉色微黯，不耐煩地說道：「好了，我知道，我不也是心煩嗎？誰讓她們那時給我挑了個浪蕩子的……」還想再說，玉娘總算回過神了，忙一把捂住她的嘴。「大姊，妳就少說兩句吧，娘可都是妳氣的。」
芸娘將她的手一甩，斥道：「什麼都是我氣的，妳不也一樣嗎？弄出那事來讓娘沒臉……」看玉娘一副快要哭的樣子，又道：「算了，妳也不好受，快進去吧。」
大夫人正神情懨懨地歪在榻上，見錦娘幾個一同進來，強打了精神坐起來，臉上一派端莊嚴肅的樣子，估計也是聽到了芸娘姊妹在門外的對話，心情不太好。
錦娘走上前去，給大夫人行了一禮，笑道：「聽說母親身子不太好，錦娘特地回來看您了，母親可得保重啊。」

大夫人眉眼不動，眼神卻是銳利地盯著錦娘，隱隱地帶了絲怒氣。錦娘神色自若，靜靜地與她對視，見她半晌也沒說話，便將手裡的禮物呈上去。「母親，這裡有幾支五百年的人蔘，還有上好的燕窩，是特地給您補身子的。」

大夫人聽了這才緩了臉，微抬了抬眼，示意杜嬤嬤收了，對錦娘道：「聽說妳那相公也來了，怎地沒來給我見禮？」

錦娘笑著解釋。「說是老太爺和父親都下了朝，他去給兩位長輩見禮了。他身子不便，您又病著，怕是不太方便，所以——」

「所以怕我過了病氣給他嗎？還真是好大的架子，過門三天也不回門子，簡親王府的人還真是眼高於頂呢。」不等錦娘說完，大夫人就截口道。

果然就算是送了重禮也是要找茬子的，柳綠的事還沒跟她算帳，她倒是又來找事了，只是氣病了嗎？錦娘在心裡腹誹著，面上卻帶了絲愧意，目光微微閃躲著說道：「母親，是錦娘不好，錦娘……一會子就去勸相公來給母親見禮。」

大夫人見她一副老實聽教的樣子，臉色這才好了一點，正要再說些什麼，錦娘又苦了臉道：「還有一事沒向母親賠罪呢，出嫁時，您給了我兩個陪嫁的人，一個春紅，一個柳綠……」說到這裡，錦娘停下來頓了頓，雙眼清亮亮地看著大夫人。

只見大夫人拿帕子的手顫了下，眼睛凌厲地看著錦娘，聲音微沈。「她們如何了？」

錦娘一臉苦楚地說道：「她們一個被錦娘送給我家三叔了，另一個嘛，被打了二十板子，如今正躺在床上不能動彈呢，原是要叫人牙子來賣了的，還是我家相公心善，留著了，怕是也要送給三老爺去。」

大夫人聽了兩手就死絞著帕子，嘴唇氣得抿成了一條線，怒道：「妳這是何意，明知那兩個人是我送的，竟然嫁出去月餘不到，就把兩個陪嫁丫頭弄得一個送走、一個打傷，妳這是往娘家臉上摑嘴巴子嗎？」

「母親啊，您這可就是冤枉了錦娘，錦娘可正是為了給母親長臉，才下令要打柳綠板子的。您是不知，她膽大包天，竟然敢在錦娘吃的藥裡動手腳，被發現了卻說是母親您下的命令，還說她一家老小都在咱們府裡，母親您拿著他們全家大小的來脅迫她，她不得不做下心狠的事。母親，錦娘當然不相信您會是那卑鄙無恥、狠毒壞心腸的嫡母，聽了她這樣的話，自然是氣得要打死她的。母親，您說我做得對不？」

錦娘邊說邊盯著大夫人的眼睛看，只見自己每罵一句，大夫人的嘴角就一抽，說到後來，竟是被自己氣得噎住，偏生還不能回罵，只能兩眼瞪著，就像隻快死的蝦蟆，鼓著黑少白多的雙眼，一副有氣不能發的樣子。錦娘在心裡差點笑死，見她半天沒回話，又補了一句。「母親說我做得對不？」聲音裡還帶了絲撒嬌的意味，似乎大夫人不回答，她便不會干休的樣子。

大夫人真是被她弄得哭笑不得，明明被她氣死了，還不得不誇她做得對。柳綠的話原就是實的，原本就是大夫人指使柳綠去害錦娘的，她這明擺著就是要當著大夫人的面罵大夫人卑鄙無恥、狠毒壞心腸，罵完後，還不得不誇她罵得好、做得對。

孫芸娘見自己的母親實在是氣得抽氣多、進氣少了，憋著說不出話來，忙扯住錦娘道：「四妹妹也真是的，跟幾個下作的小蹄子見什麼氣，打死了就算了，犯不著將這些事都拿來跟娘說的，看吧，如今娘被那起子小人快要氣死了，這不又成了妳的罪過了嗎？」

哼，這是暗著罵自己是小人吧。錦娘眼裡含了絲譏笑，嘴裡卻慌張說道：「呀，大姊妳說得對，妳看我，一生氣就把實情說出來了。母親，您千萬別為那些個陰毒的小人氣著了，放寬心，我家相公對我可好了呢，有那沒長眼想害錦娘的，相公一準就會拿東西砸死她。」

孫芸娘聽得一滯。錦娘這話無異在警告她們母女幾個，她已經知道她們幾個耍的小手段了，若再繼續，她可不會輕易就放過的。

腦子裡又想起平兒的死來，不由生生打了個冷顫，悄悄地握住了大夫人的手。她知道大夫人也聽懂了錦娘的話，大夫人一向強悍慣了，向來只有她欺壓別人的分，何曾吃過一點虧？如今被錦娘一再拿話噎著，只怕一口氣轉不過來，又會暈過去的。

果然，大夫人的手冷冰冰的，手心還冒虛汗，不停地抖著，芸娘心裡就急了起來，對一旁的杜嬤嬤道：「快，去沏碗蔘茶來，給母親壓一下。」

杜嬤嬤早發現大夫人不對勁了，四姑娘那幾句話可是句句如刀，刀刀都戳在大夫人的心坎上，柳綠和春紅是杜嬤嬤親手挑的，人也是她調教出來的，大夫人給柳綠下了什麼指令，杜嬤嬤當然是最清楚的，只是沒想到不過月餘，那兩丫頭就被揪了出來，還真是沒用。不過，以後可再也不能小瞧這四姑娘了，得勸著大夫人，少動那些害人的心思吧，沒用不說還把自己氣著了。

自己生的兩個姑娘就沒一個是省心的，何苦又去找庶女的麻煩呢，這不是給自己添堵嗎？

聽大姑娘一吩咐，杜嬤嬤忙去泡茶了。孫玉娘一直木木地待在榻邊，也沒仔細聽大夫人和錦娘都說了啥，這會子見杜嬤嬤走了，她就偎了過來，心神不定地看著大夫人，見大夫人臉都白了，嘴角也在抽搐，芸娘又緊握著大夫人的手，不由說道：「娘，大姊又氣著您了？您也別氣，她鬧幾天就讓她回去就是了，總不能老住娘家裡頭。」

這話說得沒頭沒腦的，孫芸娘氣得伸了手就去戳她腦門子，罵道：「妳個死蹄子，剛才又去想情郎了吧?!連娘為啥生氣都沒弄清楚，就來編排我，我住娘家怎麼了，妳也要嫁的，將來我看妳在婆家受了氣，不往娘家跑？」

這話正戳到了孫玉娘的痛處，她正為了不想嫁冷華堂而心煩呢，當初真是沒眼界，以為那樣的人就是天下最俊帥的男人，又看他一表人才、溫文爾雅，一顆芳心就此錯付，沒想到他根本也是個無形浪子，不然怎麼會和寧王世子幾個渾攪在一起？

哪裡比得上錦娘的相公，天仙般的人才，還對錦娘愛護有加，這樣的男人才真的會疼人呢，若是……他的腿能治好，那便是個舉世無雙的俊男子了，這樣的男子誰個不喜歡，哪個不愛？錦娘又是個好脾氣的，若是自己過去了，也只有自己欺負她的分，就算是平妻又如何，錦娘自小就是怕自己的，自己又是姊姊，那院裡就只有自己說話的分，若是還有小妾通房的來……最多兩姊妹聯手治死那些個敢有小心思的人……

她越想越覺得好，脫口就對大夫人說道：「娘，我不想嫁簡親王世子了。」

大夫人原就一口氣堵在胸膛，正無法舒緩，這會子聽孫玉娘這一說，就像在心上又加了一悶錘，猛地就覺得心口處氣血翻湧，忙死死地按住自己的胸口，喘著氣瞪著玉娘。

芸娘見玉娘真的發了魔障，忙一起身將她拽到了邊去，罵道：「妳發什麼瘋，沒見娘已經氣得不行了嗎？還在那兒火上燒油，跟妳說過那是不可能的事，妳還提，是想將娘活生生地氣死吧？」

玉娘聽了，偷瞄了大夫人一眼，見大夫人臉都憋紅了，這下也慌了神，忙撲過去捂住大夫人的胸，幫她順氣。芸娘以為她總算知事了，這才鬆了一口氣，見杜嬤嬤端了蔘茶過來，忙親自端了往大夫人嘴邊送。大夫人正一口氣堵在胸前，張不得嘴，便搖了搖頭，示意一會兒再喝。錦娘看著她們娘仨一陣忙亂，心裡也覺得解氣，就想再點把火，加把油進去，便對孫玉娘說道：「唉呀，二姊，妳這會子怎麼說不要嫁給世子了呢，世子可是打算開年就娶妳過門呢，府裡院子都備好了，就準備接了二姊過去。這婚姻大事，可不能隨便反悔的。」

芸娘一聽這話就皺了眉。錦娘這是在故意挑起玉娘在大夫人面前鬧呢，正要使了眼色去壓壓玉娘，誰知玉娘一聽過年就要娶她過門就急了，對著大夫人就哭起來。「娘，玉娘不要嫁給世子啊……他是個浪蕩子，玉娘可不想和大姊一樣，跟個花心又無情之人過一輩子。娘，求您了，玉娘心裡有人了，不想嫁給那個人啊！」

大夫人氣得眼都紅了，死死地瞪著玉娘，好不容易將胸口那口氣吞下去，艱難地開口道：「妳心裡的……人……是誰？」

玉娘嚇住了。大夫人的樣子太過恐怖，像是要吃了她似的，這會子她就是再想要鬧也不敢了，忙噤了聲，不敢再看大夫人。

大夫人閉了閉眼，喘了口氣，又道：「妳……就死了那份心，想要悔婚，除非我……死了。」這話說得斬釘截鐵，孫玉娘聽了不由跳了起來。她原就是個暴躁性子，這又是自己一輩子的事情，腦子一熱，衝著大夫人就吼：「不，我絕不嫁給那人！我要嫁……嫁錦娘的相公！」

也虧得她一個大姑娘家如此不顧羞恥地說出來，大夫人還沒反應過來，就見外面似是捲進一陣風，一個高大的影子就衝過來，將孫玉娘往旁邊一扯，啪啪兩聲脆響，錦娘回過神去看時，只見玉娘一張臉被打得青紫，嘴角流血，暈在了地上，再一抬眸，才發現老爺不知道何時衝了進來。

錦娘忙上前去給老爺行禮。「爹爹……」聲音裡飽含委屈。

大夫人撐著最後一點力氣才瞧清是怎麼回事，再一看自己的寶貝么女被打暈過去，立即眼一翻，向後直直地倒了下去。

芸娘嚇得驚呼：「娘……娘，妳快醒醒啊，快、快去請太醫來！」說著，就抱住大夫人哭了起來。

老爺聽著就覺得煩，也不去管她們娘幾個，只是壓了聲對錦娘道：「孩子，苦了妳了。」

錦娘眼圈一紅，差點哭出來，仰頭看著老爺道：「爹爹瘦了。」

只是短短幾句話，卻是透著濃濃的關切。大老爺閉了閉眼，伸手摸了摸錦娘的頭，欣慰地說道：「爹爹身體康健著呢，妳莫擔心，快些去老太太屋裡吧，庭兒在等著妳呢。」語氣裡竟然帶著一絲絲的驕傲之意，錦娘不由詫異，卻見老爺眼裡露出一絲欣賞之色，對錦娘道：「適才老太爺與庭兒在書房裡大戰了兩個回合，各有勝負，不過，為父也看出來了，第二局若不是庭兒肯讓了三子，妳爺爺定然不會贏的。走吧，留在這裡沒得又惹了一身閒氣。」

說完，竟然也不管屋裡的大夫人和兩個嫡女，甩袖就走。

錦娘回頭看了眼直挺挺躺在小榻上的大夫人，又看了眼正哭泣著的芸娘，嘴角微翹，跟在老爺身後走了。

芸娘瞥見錦娘那抹勝利的笑容，不由氣得咬牙切齒，怨恨地看著錦娘漸行漸遠的背影，惡狠狠說道：「小婦養的賤人，總有一天，會讓妳死無葬身之地！」

冷華庭果然坐在老太太屋裡等著，神色從容，臉上並無半點不耐之色。老太太正抱著軒哥兒在逗著，見錦娘回來，忙招手道：「錦娘，快來，看看軒哥兒。」

錦娘也是好久沒見到軒哥兒了，高興地走過去。一個多月不見，軒哥兒長大了許多，小臉胖乎乎、紅撲撲的，正瞪大著眼睛吐泡泡，玩得不亦樂乎。

錦娘看了就喜歡，從老太太手裡抱過來，伸了手指去點軒哥兒的小臉蛋，笑道：「奶奶，軒哥兒長得越發可愛了，您瞧，一個勁兒地吐泡泡玩呢。」說著，又抱了軒哥兒遞給冷華庭看。「相公，我弟弟，看，好可愛對吧，長大了定是個小調皮呢。」

冷華庭垂了眼去看軒哥兒，四個月大的孩子確實很可愛，又皮實，見冷華庭看他，小小的人兒似乎也知道愛美，停了吐泡泡，晃著兩隻肉肉的手就去抓冷華庭的臉，看得錦娘呵呵笑了起來，靠近冷華庭小聲道：「相公，連小孩子都會為你發癡呢。」

冷華庭聽了不由惱火，看她一臉得意的笑，就想伸手去揪她，無奈這不是在王府，岳父岳母和老太太都在，他可是一進屋就裝優雅，好不容易建立的好形象可不能讓這丫頭給毀了，不由抿緊了唇，不去看錦娘，臉上仍是保持著淡淡的微笑，磨著牙說道：「比娘子可愛多了呢……」

老太太聽了就笑起來，對小倆口道：「你們看著軒哥兒喜歡，不如自己早些生一個。庭兒如此俊逸，生出來的寶寶定然也是漂亮的。」

冷華庭和錦娘一聽，立即同時紅了臉，微羞地對望一眼，又低下頭去，大老爺看了不由哈哈大笑起來，接口道：「對、對、對，錦娘啊，妳可得早日為庭兒生下一男半女才是。」

只有二夫人看著有些憂心。老太太如今年老了看不出來，她卻還是看得清楚，錦娘那模樣分明還是個黃花閨女，這……都過門一個多月了，怎麼就沒有圓房呢？難道是姑爺……聽說，腿有病之人那方面會不會……不由越想越擔憂，又不好當著面說，只能強忍著，等等找個機會單獨問問才是。

一大家子正談得歡快，就有小丫頭打了簾子進來稟報。「老太太，三姑娘來了。」

錦娘一聽，喜出望外。這府裡，也就貞娘與她真心交好，貞娘下月就要嫁了，自己來時，也是帶了添箱的禮物來的。

正想著，貞娘一身素淨的淡粉衣裙，打了簾子進來了。

「一早聽說四妹妹回了，原想著四妹妹會去看我呢，左等右等，實在是等不及，就自己過來了。」貞娘笑著說道，又上前去給老太太、老爺、二夫人行了禮，一回頭看見冷華庭，眼神微微怔了怔，轉而抿嘴一笑道：「都說四妹夫是謫仙一般的人物，今兒一見，果然如此。四妹妹，妳可真是有福之人呢，如此相公，真真要羨煞多少閨門女兒。」

話說得得體又不失俏皮，很快便讓冷華庭對錦娘這位姊姊有了不同看法，他難得地對貞娘微微一笑，點頭行禮道：「華庭見過三姊。」

貞娘再次被他的笑容煞到，故作驚慌地跑到錦娘身後躲了，說道：「四妹妹，妳快快別讓妹夫笑了，真真會攝了人的魂去。」說著就用兩手蒙眼。「不能看、不能看，再不能看了。」

錦娘又好氣又好笑，反手就去打貞娘，嗔道：「三姊，妳又捉弄我。」

貞娘聽了放下手來笑道：「小妮子，誰讓妳回來大半天了也不去看我？」又偷偷地俯近錦娘的耳邊說道：「妹夫像是很在乎妹妹妳呢，四妹，妳真是有福氣。」

錦娘也在她耳邊笑道：「三姊也不用急，妳下月就有人在乎了，到時，妳一定比我更有福氣。」

貞娘聽了便羞澀地低頭，細聲細氣地道：「都沒見過呢，誰知道會不會是個歪瓜裂棗呢。」

錦娘一聽，笑了起來，戳了她的腦門道：「只怕是作夢都在想未來姊夫的模樣吧。」

她們原是小聲湊在一起說話，貞娘哪知她突然就大聲說了出來，不由又氣又羞，作勢就要打她，卻聽冷華庭輕輕地說道：「是個清俊溫雅之人，三姊大可以放心。」

貞娘一時愣住，半晌才知道他說的是自己的未婚夫，靜寧侯的二公子。想來，都是侯門貴族，相互認識也是有的，不由臉更紅了。沒想到，四妹夫看似冷清，其實和四妹妹一樣可惡地在打趣自己呢。

那邊，老太太看了也是笑得合不攏嘴。姊妹間原就要如此親密才對，以後嫁了人，也多個人相互幫襯著，這樣才是做長輩的心願，哪裡如那大姑娘，嫁出去了，夫家就和仇家一樣，三天兩頭地吵，原本孫府與寧王府關係甚好的，如今也是被這小倆口吵得越發地僵了，真真是個不省心的。

四姑爺和四姑奶奶是難得回來的，老太太非要留著在屋裡用飯，貞娘自是在座，只是使了人去大夫人院裡時，才知道大夫人被玉娘氣得暈過去了，玉娘也被大老爺打昏。大老爺為了不讓老太太又操心，並沒有說出打玉娘的原因，只說是玉娘不懂事，氣著大夫人了，所以就教訓了幾下。老太太原就是精明的人，哪裡不清楚其中的彎彎繞繞，不過好在錦娘去了那邊後，毫髮無傷地回來了，其他的，老太太如今也真不願意去多費心了。

一大家團團圍著，高高興興地吃了午飯後，錦娘才告辭出來。

一回王府，就有小丫頭來請，說是王妃正在屋裡等二少奶奶。

錦娘看冷華庭也有些疲累了，就先送了他回院子，自己再帶了四兒去王妃屋裡。

王妃屋裡的牌早就散了，她正坐在屋裡看帳本，見了錦娘進來，也不等她行禮便道：「來，快過來，幫我看看這本帳，我如今眼力不太好，看著就暈。」

錦娘拿了包禮物遞給王妃。「娘，今兒錦娘和相公一起回了趟門子，這裡有些上好的蟲草，是老太太送給您的。」

王妃聽得一怔，有些激動地笑道：「庭兒他……肯跟著妳回門子了？他可是沒有、沒有——」

「相公很好，彬彬有禮，很得老太太和老太爺的喜歡，娘，放寬心吧。」錦娘截口道，心裡不由就有些酸。王妃可是冷華庭的親娘，她都不相信自己的兒子……難道這麼多年，王妃就沒看出他是在裝嗎？

王妃眼圈就有點紅，握了錦娘的手道：「當初娶妳過門，可真是個不錯的決定，妳……讓庭兒改變了好多，好、好，做得好。」

錦娘聽了，無奈地說道：「娘，相公原就好呢。」

王妃只當她是為冷華庭說好話，也沒放在心上，讓碧玉把那包禮物拿了回去，對錦娘道：「來，這是小廚房的帳，妳幫我看看。」

錦娘只得拿了帳本看。先前只是有些敷衍王妃，後來越看越仔細，也越看越心驚。只是一個小廚房，一月的出入銀子就幾千兩之多，王妃和王爺能吃用那麼多嗎？

「娘，這帳就是您先前讓我看的那兩本嗎？」

王妃點了點頭，皺了眉道：「原也是存著試探妳的心思，卻被妳看破了，不過，娘還真的是不喜歡看帳本的人，一看就頭暈。以前這些帳都是王嬤嬤幫我看呢，如會……一是不能再全然信任她了，再嘛她也老了，有些東西也管不過來，府裡好些事妳遲早是要接手的，先從小處著手，磨練磨練也是好的。」

王妃這一番話可說得坦誠，錦娘卻是聽得一頭霧水。若說只是幫著看帳本，管理下小廚房，那倒是沒什麼，可王妃怎麼說好些事要自己接手呢？不是還有世子妃嗎？

世子夫婦刻意冷淡劉姨娘，難道就沒有別的心思？怕是故意在對王妃示好，為的還不就是能掌家掌府？自己來了不過月餘，王妃就幾次提出讓自己學著掌家、看帳本什麼的，真讓自己接手了，只怕這個府裡會鬧翻天去……

這些事估計自己問了王妃也不會給個答案，或許，王妃心中早已有了成算。冷華庭是她的親生兒子，她總要想著法子給他留些東西的，既然她讓自己學著，那就學著吧。

「娘，這帳確實有些問題，好幾筆都存著漏洞，一會子我用筆給您描出來。」

錦娘不過匆匆看了幾筆，王妃沒想到她立即就看出問題來了，不由問道：「妳過去在娘家可是學過掌家？」

錦娘的母親不過是個妾室，原就沒掌家之權，錦娘又是常被大夫人壓制，想要學東西也難，所以王妃一直對她很是擔心，如今看她對帳本熟練得很，不由詫異了。

這裡的帳目大多是流水帳，錦娘以前學過財務會計，對帳務原就清楚，流水帳又更是容易看，當然不用多久就能看出問題來，只是王妃這話不好回答，她想了想才答道：「教是沒人教的，只是錦娘自小便喜歡學，這看帳的本事也是跟著府裡的一個老嬤嬤學的。娘，一會子我描出來後，您看看對不對，我也不是很肯定呢。」

王妃便讓人拿了紙筆來，錦娘在帳頁的邊上做了小記號，又把問題金額列了出來，進進出出有好幾筆對不上。

王妃看著一目了然，而那幾筆也是王妃自己早就看出來了的，一筆也沒有錯。

王妃不由側目看著錦娘，長吁了一口氣道：「妳有這本事就好，錦娘，以後，妳手裡可是要掌著大筆錢財的，必須會看帳、會理帳，也要會做帳，不能讓下人們唬弄了妳去。」

大筆錢財？哪裡有？難道是王妃的嫁妝？可是王妃的嫁妝相對於見慣大錢的王妃來說，怕也不是「大筆錢財」吧？

見錦娘不解，王妃又說道：「那玉珮妳可是收好了？」

玉珮與大筆錢財有關係？莫非是傳說中的某個信物，能代表一個寶藏的鑰匙，或者……

「收好了，娘，那黑玉是做什麼用的？」錦娘實在是好奇。

「這事妳別問，只管收好那黑玉就是，可千萬別丟了，就是有誰找妳說要看，妳也不能拿出來，知道了嗎？」王妃神情很是嚴肅，錦娘聽了不由更是驚奇。看來，自己猜得八九不離十，黑玉至少是一個信物就是。

「今兒去了鋪子，可是學了些東西？」王妃見錦娘還在沈思，她不願意錦娘過早知道黑玉的事，便扯開了話題。

「嗯，學了不少東西。喔娘，三叔執意要辭了富貴，我和相公作主，把富貴討到我的院子裡當差去了，您……不會怪我吧。」錦娘試探著問道。

「唉，富貴在那間鋪子裡幹了二十年了，老三也真是，一去就把富貴給趕走，我看他如何撐了這半年。」王妃聽了便是冷笑，又覺得錦娘和庭兒眼光不錯，這麼快就拉了個有能力的回來，以後，對他們也定是有用的。

「呵呵，那可不是我們能管的事了，娘，我還有事要請您示下呢。我有間陪嫁的鋪子，也在城東那邊，只是鋪位沒有府裡的那間好，也小了許多，想請富貴幫我去照看，您說合適嗎？」錦娘如此說，也是想尊重王妃。

王妃聽了怔了怔，隨即笑了起來。「當然合適，人既是妳要過去的，怎麼調擺妳不用問過我的，娘也想看看，妳會把自己的嫁妝打理成啥樣子。」想了想又道：「放手去做，若是差了本錢，娘這裡給妳支。」

錦娘聽了當然更是高興，她正愁沒有本錢，如今王妃既是大力支持，那自己那些小鋪子要做大，也是指日可待的事情。

王妃正巴不得錦娘肯多做幾樁事情出來，正好檢驗她的經商能力。王爺將黑玉已經交給她了，她若是沒有能力，那可就不好辦了；庭兒的腿腳不方便，推著個輪椅，到底還是不方便，若是有一個精明能幹的媳婦幫襯著，那事情就好辦多了。

婆媳倆在屋裡就帳務的事扯了一、兩個時辰，快到晚飯時分，錦娘正要告辭，這時上官枚也沒讓人稟報，打了簾子進來了——

第三十章

一抬眼，她便看到王妃正與錦娘翻著一個帳本在談著，心裡不由一凜，臉上卻笑著。「母親，正在教弟妹看帳呢？正好，枚兒也有些不懂的正要請教母親呢，不如母親一併教了吧。」

王妃聽了便抬起頭來，淡淡看著上官枚道：「還真不是我在教，這丫頭就是個怪人，竟然能把帳目弄得簡單明瞭得很，根本不用太麻煩，就能找出錯兒來。」

上官枚一聽，更是來了勁，忙走過來道：「什麼好法子？弟妹，妳可要教我。」

錦娘聽了便看了王妃一眼，見王妃眼裡有著不耐，看來並不想讓上官枚接觸她小廚房的帳目，便道：「嫂嫂別聽娘的，娘和我在鬧著玩呢，我在娘家可沒學過掌家，哪裡懂得什麼。」

上官枚也聽出王妃和錦娘婆媳並不太歡迎自己，臉色微沈了沈，走進來自己坐了，也不再去看王妃桌上的帳，說道：「我是給弟妹送人來的呢。相公說要送個會做點心的廚子，人我已經送過去了，只是弟妹不在院子裡頭，二弟又不理人，所以才過來看看，果然弟妹就在母親這裡呢。」

錦娘不由皺了眉。這個人……怕是又不簡單。

「嫂嫂也真是，使了人過來知會一聲，錦娘必當親自登門道謝，怎麼還親自來了？」又轉向王妃道：「那廚子做的點心確實很好吃呢，就是宮裡的味道，昨兒我在嫂嫂那兒也嚐了，真是吃了還想再吃，娘，不如我把人放您這兒，您小廚房裡要什麼樣的食材都有，也省得我和相公還要操心買食材啥的。我啊，就和相公一起，天天來娘這裡討現成的吃。」說著，身子都快偎進王妃懷裡去了，一派小女兒在長輩面前撒嬌的模樣，靈動的雙眼調皮地對王妃眨了幾下，看得王妃都笑起來，也溫柔地點了點她的頭，故作生氣道：「看看，哪有這樣的兒媳，自己偷懶不說，還嘴饞，想吃又不想操心，就想在娘這裡占便宜呢。」

上官枚沒想到錦娘竟然輕輕鬆鬆地就將自己送的人轉送給了王妃，討好了王妃不說，更是免了很多後患。王妃如今可是府裡的當家主母，想要在王妃跟前弄出什麼么蛾子，先不說王妃會不會發現，就是王妃中了招，那可是全府上下全都會動起來的事。而且，如今王爺對王妃可是比不得以前了，聽說自二弟病發以後，王爺就再沒進過劉姨娘的門，日日歇在王妃屋裡，所以，她也才敢不將劉姨娘挾進眼裡，看來，這人是白送了。

如此一想她又氣，這不是賠了夫人又折兵了？那樣好的一個廚子，明明就在自己院裡服侍著了，相公非要送到二弟院裡去，看吧，一點用處也沒有，白白少了個好人使了。

上官枚心裡結著氣。才來時，王妃就沒給她好臉子看，又吃了這一虧，更加不想坐下去了，於是便要告辭。

錦娘又笑道：「嫂嫂，我也知道，妳原也是最愛那個味的，不如，娘這裡有了點心，做了著人給妳送些過去，可別我和相公有了口福，把大嫂給落下了。」回頭又嬌氣地對著王妃道：「娘，您說是吧？」

王妃笑著。「是、是、是，妳說得對，明明就是個最懶散的，這會子還好人全讓妳做了。」又看著上官枚道：「堂兒的心娘是知道的，枚兒，妳回去對他說聲謝去，點心妳要是想吃，娘自是做好了便讓人送到妳院裡去，可不能只讓這隻饞貓得便宜去了。」

上官枚的臉色這才好看了些，又想起自己來的目的，便笑著對王妃道：「多謝母親了，以後也不必天天送，我要想吃便到母親這兒來蹭就是，弟妹蹭多少，我也跟著，一樣也不能比她少了。」也是一副嬌憨的模樣，完了還瞪了眼錦娘，王妃見了便掩嘴笑起來。

錦娘見這事也算就此揭過，便想著還要幫冷華庭按摩。也不知道他喝了兩天的藥有沒有起色，正要起身告辭，就聽上官枚又對王妃道：「母親，枚兒是來請您示下的，再過不久，孫家那位就得接進門來了，她也是個有身分的，總不能和枚兒擠一塊兒吧？我想著能不能給她重新弄個院子，就在世子院子裡，只是與我那院子隔著就是，母親您看哪個院子好？」

錦娘聽了不由怔了怔。上官枚有那麼賢慧嗎？側室還沒進門，就開始張羅住處了，是未雨綢繆還是另有目的？且她明知道孫玉娘是自己的姊姊，還要當著自己的面來問王妃，這可就費思量了。

王妃聽了也是覺得詫異，不由看錦娘一眼，錦娘神情淡淡的，一副事不關己的樣子。

孫玉娘如今正在家裡鬧騰呢，能不能順利嫁過來還是一回事，就是嫁過來了，她與上官枚兩個都是狠角色，自然是讓她們自己鬥去，自己在一邊看戲就好。所謂住什麼地方，弄什麼院子的，關己何事？

「妳打算將孫氏的院子放在何處？是說……劉姨娘院子那邊？」王妃有些疑惑地問道。世子妃院子很大，劉姨娘的院子也離著不遠，方才上官枚說的「那邊」可不就是劉姨娘那邊嗎？她將孫氏放在劉姨娘院子旁邊，所為何來？

「姨娘那邊的雨茶小苑既清靜又幽雅，夏日也清涼，空了好多年了，枚兒可把那裡整治出來，好讓孫家妹妹一進門便有個好住處。」上官枚一副賢良淑德的樣子，說話間，眼神不住地往錦娘臉上瞟，估計也是在向錦娘賣好吧。

誰知，王妃一聽那雨茶小苑，臉色就沈下來，也是看了錦娘一眼，再轉向上官枚時，那眼神就變得銳利起來，冷冷道：「那院子不太乾淨，還是換間吧。」

上官枚一聽便笑起來，說道：「母親，沒有不乾淨的院子，只有不乾淨的人。枚兒也知道，陳姨娘曾經死在那個院子裡頭，不過，枚兒保證把那院子重新粉刷一新，再請了慈濟寺的大師來誦經兩天，去去晦氣，想來應該就沒什麼事的了。只要孫妹妹進門後本本分分的，所謂邪不壓正，就是有那不乾淨的東西，也是近不得孫妹妹的身的，母親，您說是嗎？」

好一句「沒有不乾淨的院子只有不乾淨的人」，上官枚一句話便將王妃堵得死死的，王妃就算想看在錦娘的面上不同意都不行。不同意，那孫玉娘還沒進府，就會被認為是不乾淨不本分的人，這原也是在諷刺她與世子的那段醜事；同意，那孫玉娘便只能住進曾經死過人的雨茶小苑了。錦娘不由得抬了眼去看上官枚。先前以為她只是個驕縱慣了的大小姐，如今才看出來，她……絕對也是個不可小瞧的角色。

王妃悶在那兒半天沒有作聲，錦娘知道她是被上官枚給氣著了，忙出來打圓場。「娘，大嫂說得也沒錯，那院子既是風景環境都好的，浪費在那兒也是可惜。其實嘛，房子好不好、乾不乾淨還真是要看住的人的，我倒覺得大嫂這主意不錯，您就依了吧。」

王妃原就是看錦娘的面子才有所遲疑，既然錦娘沒意見，她當然也無所謂了，反正進來的也不是自己的媳婦，上官枚要怎麼與孫氏鬥，她也管不著，只要不犯著錦娘就成。

王妃應了後，上官枚就笑著告辭了，臨走時，對錦娘說話。「弟妹，那院子確實不錯的，哪天妳有空了，我帶妳去看看吧。」是想說自己並沒有虧待錦娘的姊姊吧。

錦娘笑笑應了。她才不想管孫玉娘的事呢，上官枚愛怎麼整就怎麼整吧，那都是玉娘自己討的。

錦娘臨走時，王妃還是讓她把帳本帶回去了，說是讓她重新理一理，給小廚房裡寫一個章程出來，以免以後再出現貪墨之事。

回到院子，天都快黑了，冷華庭正歪在椅子上等她回來一起用飯，玉兒正在一旁服侍著，端了水杯給他漱口，一見錦娘回了，忙笑著道：「二奶奶可算回來了，爺一直在等著呢，可以擺飯了吧。」

錦娘走近冷華庭，看他神情懨懨的，問道：「怎麼了，很累了嗎？」

「沒，只是餓了，娘子不來，我就不想吃。」仍是一副純真模樣，帶著耍賴的味道。

錦娘聽了便嗔他一眼。「要是娘留我用飯呢，那你就不吃了？」

「不吃，娘子不回來就不吃。」還是賭氣。錦娘無奈地搖了搖頭，對玉兒道：「快快擺飯吧，相公餓了。」

吃過飯，錦娘將冷華庭推進裡屋，玉兒進來打水給冷華庭洗漱，這時，秀姑端了熬好的藥進來放在床頭小几上涼著，玉兒見了不由詫異，笑著問秀姑。「少奶奶的藥不是飯前的嗎？怎麼又改成飯後了？這藥啊，飯前飯後可是有講究的。」

秀姑聽了，心中一凜，回道：「妳倒是注意得清楚，這藥是另一個方子。劉醫正說，先前那方子太燥，這方子是調養的，得飯後吃。」轉頭又囑咐錦娘道：「不能放得太涼了，得熱了吃效果才好呢。」說完，自己打了簾子出去了。

玉兒聽了只喔了聲，繼續服侍冷華庭淨面，待他洗完後，又要服侍他洗腳，錦娘卻走過來道：「妳也忙一天了，去歇著吧，以前還有珠兒打個手，現在就妳一人，怪累的。」

玉兒聽了，準備給冷華庭脫靴子的手頓了頓，還是起了身。「謝二少奶奶體恤，奴婢不累呢，要不，您幫著爺洗，奴婢打下手好了，少爺的腿……奴婢熟悉著呢。」

「不用了，妳去歇著吧，這裡有我就行了。我以前在家裡也常做事的，沒那麼嬌氣。」說著也不動手，只看著玉兒，這下玉兒沒法再待下去，只好退了出去。

錦娘看門簾子沒有再晃了，才去端了藥來遞給冷華庭。「快喝了吧，也不知道效果怎麼樣，心裡好緊張呢。」
冷華庭端了藥一口氣喝了，苦得直吐舌，錦娘往他嘴裡塞了一顆酸梅，結果又酸得他差點吐出來。「妳給我吃了什麼？」牙都要被她酸掉了。
「梅子。好吃吧，我最喜歡的酸梅。」錦娘一臉促狹地笑，將碗放下後，彎了身去幫他脫靴，冷華庭乘機去揉她的頭髮。她的頭髮軟滑如絲，摸著手感很好。
錦娘卻顧不得頭髮被他揉得一團亂，倒抽一口冷氣。「相公……你……你的襪子怎麼……怎麼黑了。」
冷華庭這才低頭去看，果然白色布襪上星星點點地染了一層黑，不由也皺了眉。錦娘見了就緊張起來，顫了音問道：「你……今天有沒有感覺腿特別疼？」
說著動手去脫他的襪子，還好，腿上皮膚的顏色反而不像以前黑得發亮，似是淺了些，那暴起的黑筋雖然仍是很粗，但軟了些，不像以前硬邦邦的，像是隨時都會爆裂，不由鬆了口氣，又聽冷華庭在頭頂上說道：「怎麼不疼？在老太太屋裡站起來時，就如萬箭穿心一樣，疼死我了。娘子，妳也不幫我揉揉，我可都是為了妳呢。」
錦娘聽了果然心疼起來，輕輕拿著帕子幫他洗腿，溫柔得生怕碰疼他似的，卻不知只要一抬眼，便可以看見某人嘴角掛著戲弄又滿足的笑。
「水……水也變黑了，相公，怎麼辦？你的腿是不是很疼啊？」錦娘一洗之下，發現帕子也染黑了，水盆裡清澈的熱水也變成了淺黑色，不由大驚，連著又多洗了幾下，水卻越來越黑了。

冷華庭也被她嚇到，自己低頭去看，又提了自己的襪子看，不由皺了眉。「娘子，襪子好臭。」將襪子甩得老遠。錦娘正在思索著水變黑的緣故，聽他說襪子臭，不由眼睛一亮，抬頭熱切地看著冷華庭。「相公，你說……會不會是那藥有了效果，那毒素隨著汗液排出來了？所以襪子才會變臭，水也變黑了？」

遲鈍的小女人，當然是的。冷華庭其實心裡也很激動，吃過兩天她開的方子，明顯感覺腿上的刺痛要輕多了，以往，他最多能站起來一下，今天竟然能走上幾步了。若不是她的藥，他就算再有毅力，也走不出那幾步的。如今再看到襪子上的痕跡、染黑的水，他都不知道要如何形容此刻心裡的激動。她是他的救星，是他的希望，是她點亮了黑暗，讓他不再徬徨，不再寂寞、孤苦無助，是她讓他心裡有了溫暖，不再只是無邊的恨。

見他半晌沒有作聲，錦娘的心又沈了下去，傻傻地抬頭注視著他。「相公，你……還沒告訴我，腿……是不是更疼了，有沒有好一點？水變黑了，是不是毒排出來了，要不，明兒咱們去問問太醫吧，我……我只是憑著些記憶在給你治，也不知道是不是對症，要是病情又加重了，那可怎麼辦……」她心急惶惶，嘴裡不停唸著，握著他腳的手也下意識地用了力，像是生怕下一刻他就會離她而去似的。

冷華庭不忍再看她急下去，俯下身子將她摟起，輕點她的小俏鼻，聲音有些哽咽。「傻子，明明就是在見好呢，自己嚇自己做甚？我的腿……好多了，雖然還是疼，但輕多了。」

只是明天又是毒發之期，也不知道這藥能否抑制得住那毒素？就怕又嚇到她，尤其是身上那毒發時顯露的圖紋，她會不會害怕，會不會嫌他醜呢？一時，剛剛湧上心頭的興奮又變成了擔憂，濃眉又開始皺起。

「相公……你不會是在安慰我吧，是真的有好轉了嗎？」錦娘看著他的樣子更加擔心起來。若他只是怕自己擔心，其實病情並沒有好轉，那麼……藥就該停了，得再去找法子來治他的腿才是。

冷華庭回過神來，不由哂然失笑。自己剛才的樣子怕是又嚇到她了，看她清秀的小臉快皺成一團去，大掌一伸，蓋住她的臉便是一頓亂揉。「原就醜了，還把臉皺成個包子，真是個傻妞。」

錦娘被他揉得不由怒了，兩手一錯，掐了他腰間一塊肉就不放。「就你美，老是欺負我……再美也是個妖孽，哼！」

那句妖孽又觸到了冷華庭的心事。雖然她常罵他妖孽，可要是知道他身體上真會出現怪狀，會不會嚇得跑了呢？或者，再也不敢接近他？

於是，他鬆了她的臉，也揪住她正在用力掐他腰的手，定定地看著錦娘的眼睛問道：「娘子，若我真是妖孽……妳會不會離開我？」

錦娘被他認真的樣子怔住，也靜靜地看著他，半晌，噗哧一笑。「你做妖孽又不是一天、兩天了，我為什麼要離開你？不是妖孽我還不愛呢。」說著，又笑嘻嘻地去擰他的臉。

「娘子，我是說正經的，若是妳發現……我真的是與常人不一樣的，妳會不會離開我？」冷華庭心知她以為他在開玩笑，又揪住她的手，正色問她。

錦娘頭一歪，也不回答他，只抿了嘴就笑。冷華庭急了。「笑什麼，快快告訴我，我沒有開玩笑，說真的呢！」

錦娘仍是笑，等他真急了，才扯住他的鼻子罵道：「還說我笨呢，你才是個大笨蛋，不就是身上有紋身嘛，有什麼了不起的，要是那樣也算妖孽，那我才是個孤魂野鬼呢，你豈不要嚇死去？」

冷華庭聽了一震，就想起上次自己發病時，她也一直在自己身邊服侍著的，難道……

「妳看到了？都看到了？」他突然就很不自在了起來，自小他便是人見人愛，被萬人誇讚的美男子，最怕的就是人家說他變醜了。自己毒發時，父王看到他身上的圖紋而大驚失色。痛苦萬分時，他就以為自己其實是個怪物。那紋身是醜陋不堪的，不然，父王怎麼會有那種表情？

這秘密保持了很多年，就是玉兒珠兒兩個近身服侍的，也不知道他身上的秘密，只有冷謙知道。每次他發病時，都是冷謙守在身邊，他最信的人也是冷謙，如今，她也知道他身上的秘密了……

其實，也算不得是秘密吧，也許是那毒殘留的影響，只是，他就是不想要她看到自己最醜的樣子，想想就難受。

「唉呀，看到了，看到了啦，不就是背後會有條青龍嗎？你發燒時才會有的，燒一退就沒了，又不醜，還很好看呢。相公，你是不是有什麼特殊的身世？背有青龍，說不定你是真命天子呢，或者，是某個秘密王國的繼承人，再或者是哪個武功世家的少堡主，再或者是……」

她一臉興奮，在那裡搖頭晃腦地碎碎唸，兩眼亮晶晶的，哪裡有半點嫌棄之色？他最害怕、最自卑，又最在乎的禁忌在她嘴裡竟然成了神話，成了她胡思亂想的依據，一股甜蜜的情意便如細藤一樣，慢慢地由心底生長，攀攀纏纏地往上繞，直到將冷寂又惶恐的心包裹住，讓他忍不住也跟著笑起來。

看她還在繼續，手一罩，又將她的臉蒙了個嚴實，也不等她反應過來，捧了她的頭就俯下身去，堵住她嘰嘰歪歪唸著的小嘴。

那日根本就沒過癮，這會子一碰到她的甜蜜，他便心神激蕩，一股激流升起，直衝大腦，長舌不管不顧地就竄進了她的領地裡，舔著她每一寸柔軟，吸住她的丁香小舌纏繞輕攪。

錦娘被他吻得天昏地暗，渾身酥軟無力，胸腔裡的最後一點空氣都被他吸盡，她完全忘了要呼吸，甚至是忘了怎麼呼吸，只覺得身心全不是自己的了，只想與他貼得更近、更近……

直到小臉憋得通紅，實在失了力氣時，冷華庭才依依不捨地放開她，眼神如醉如癡地看著錦娘，修長乾淨的手指輕輕在她被吻得紅腫的唇瓣上描繪著。「娘子……等我的毒清盡之後，咱們圓房吧。」聲音如酒，醇厚綿長，又如誘惑她神魂的魔音，讓她失了思考，忘了羞澀，下意識地就點頭。

她傻乎乎的樣子可愛又讓他心疼，一把將她摟進懷裡，緊緊貼在他的胸前，讓她聆聽自己瘋狂跳動的心跳，下巴枕在她的頭上，輕道：「傻娘子，妳還小，我捨不得。」

錦娘伏在他胸前，聽著他激烈的心跳，她能感覺到他的情動，知道他的克制，他的話讓她鼻子又癢又酸，心裡很甜蜜，也很感動。原來，他知道自己的顧忌呢……

是的，她的身子才十四歲，轉過年，才能到十五，因為不足之症的原因，月事也總是不調，小日子的時間也不準，他定是注意的了。他是正常的男人，又是自己真心喜歡著的，身心交付感情才會更進一步吧，他卻為了她克制，要她如何不感動？

良久，錦娘猛然想起他的腳還浸在冷水裡呢，急得一把推開他，慌慌張張地又去耳房端了盆熱水出來，重新將他的腿放進熱水裡洗著。黑色果然又淺了些，錦娘便開始給他按摩，加速血液循環，一輪穴位按完，她已經是汗濕了衣背。

這一晚，錦娘偎在冷華庭懷裡睡得踏實。

第二日，錦娘帶了帳本去了王妃屋裡。

難得的是，王爺也在。錦娘進了府後，很少碰到王爺，忙上前去給王爺行禮。

王爺正坐在廳裡喝茶，見了錦娘微微頷首，笑道：「聽說妳給庭兒重新製作了一個輪椅？」

錦娘低頭應是，王妃倒是沒有注意過冷華庭的輪椅，一聽也來了興致，問王爺。「王爺是怎麼知道的？成日也不見你回來，倒是比妾身還清楚呢。」

王爺笑著搖頭道：「娘子還說，在府裡也不多關注下庭兒，兒媳這椅子可是託了阿謙在將作營做的，將作營的王大人可是在我跟前兒說了好幾回了，說咱們庭兒是個人才呢，設計的軸承啥的真是巧妙得很，說是要用在馬車上，能省出一匹馬的力氣來。」

王妃聽了眼睛一亮，急切地說道：「咱們庭兒設計的？庭兒他……原就是很聰明的呢。」

王爺不由又搖頭，嘆了口氣道：「不是庭兒設計的，是錦娘這孩子畫的圖。阿謙拿了圖紙來找我時，我都不相信，就那幾樣小東西能產生那樣大的作用呢。錦娘，沒想到妳連這些東西也懂呢。」

錦娘一聽，心裡便慌了，生怕王爺會問她從哪裡學來的，那她可就沒法子回答了，只得低著頭，一副低眉順眼的樣子，聽了王爺誇她也不喜形於色，倒是讓王爺看了更加喜歡，又道：「多虧妳了，若妳對庭兒不上心，也不會去琢磨這些事，唉，真是個懂事又聰慧的孩子。」

王妃聽了雖有些失望，卻也還是很高興，越發覺得錦娘對庭兒的好，就更加喜歡錦娘了，也忙對王爺說道：「可不是嘛，我昨兒讓她拿了兩本帳去看，她只是粗粗地略了一遍，就能看出帳目哪裡出了問題，還用了個法子，更簡單更明瞭地重新列了一遍，讓人看著省心多了。咱們府裡做了幾十年的老帳房怕是也沒有她做的這個簡明呢。看來，王爺您的眼光還真是錯不了呢，那玉就沒交錯人。」

王爺聽了更是高興，連連稱好，還對王妃道：「昨兒青煜還在我跟前抱怨，說我媳婦搶了他要的人，讓我另找個能幹的人賠給他。哈哈哈，富貴可真是個人才呢，錦娘啊，妳有眼光，昨兒我把人給妳帶回來了，如今安放在外面住著，妳要有事，就讓阿謙去找他吧。」

錦娘沒想到王爺會如此開心，自己做的也不過是為了她和冷華庭的將來打算而已，自私的呢。不過，幾次聽他們說起黑玉的事，心裡不免好奇那塊玉究竟有什麼作用，可既然他們不說，也許是時機還不成熟吧，以後總會告訴自己的，只是回去得再看看，要好好收著才是。

「是，父王，錦娘記住了。」錦娘很想問問那圖紙能不能找將作營分一成利來的事，又怕王爺說她是婦道人家，不該參與這種事情，因此忍著沒說。看著王爺似乎又要出門辦事的樣子，她突然靈機一動，說道：「父王，您要不要看看相公的新輪椅呢，不只是裝了軸承，還有齒輪鏈條，能用在軍用馬車上喔，用在投石機上也是很巧妙的，很能省力呢。」

「投石機？妳還懂投石機？」王爺聽了錦娘的話有些坐不住，身子向前傾了傾，語氣裡有抑制不住的驚訝，眼神也變得悠長了起來。錦娘心中一凜，感覺自己剛才怕是做得過了，忙低了頭道：「媳婦的父親總是在邊關守衛著，回來時，也會和兒媳談起邊關之事的。」

王爺聽了臉色這才緩了緩，點了點頭道：「這也是有的，親家如今可是太子殿下最看重的重臣呢。呵呵，虎父無犬女，虎父無犬女啊！喔，庭兒怎麼沒和妳一起來，為父也是幾日沒有見到他了，倒是真的很想看看妳說的那兩樣東西呢！」

卻是再沒有說起投石機的事，錦娘也不敢再提。不過，若是真能改良投石機，怕又是一個大功，若王爺不想，何不將此功給自家相公……若是相公腿腳好後，想要出仕，除了文，就得是武，相公武功肯定是好的，只是若能再立奇功……

雖說是後話，倒也是有用的呢，她遂放下了那要討利潤的心思。

如今之計，首要的還是先除了相公身上之毒再說。

第三十一章

聽王爺說要見冷華庭，王妃忙使人去請。

冷華庭其實早起來了，與錦娘吃過飯後，他便與冷謙一同去了練功房。錦娘說，他應該多加強腿部鍛鍊，才能使腿早日好起來。吃了好幾副藥之後，他感覺再踩在地上時，腳沒有痛得那樣椎心刺骨了，雖然還是疼，卻是能忍受的範圍，所以，打完坐後，他決定與阿謙去切磋一下。

正從練功房出來，便見王妃使了人來喊他，說是王爺要見他。若是平時，他肯定是頭一昂，裝沒聽見的，只是如今錦娘也在王妃的屋裡，他不由擔心，怕王爺會為難她，便讓冷謙送他去。

半路上，冷華庭碰到了冷華堂，似乎也是要去王妃院裡。見了冷華庭，他忙走了過來。

「小庭，今兒看著氣色很好啊。」

冷華庭皺了皺眉，卻難得地說了句。「我要去娘親那兒。」雖然答非所問，卻總比以往對冷華堂視而不見的好。

冷華堂果然很高興。「我也正要去呢，小庭，一起吧，昨兒去了三叔那兒，好玩嗎？」

「全是些醜死人的布，有什麼好玩的？不過是陪娘子鬧鬧。」冷華庭翻了個白眼。

冷華堂目光微閃，又道：「昨兒碰到青煜，他說小庭如今很懂禮呢，見了他禮數周到得很，小庭，你終於長大了呢。」

冷華庭不由惱了，對冷華堂吼道：「我原就十八歲了，哪個不長眼的說我是小孩子了？誰再說，我撕了他嘴！哼，阿謙，我們走，不要跟這個討厭的人在一起。」說著自己身子往前傾，只想要快些離開冷華堂就好。

明明就是一副小孩子樣嘛，一點刺激也受不得，還像小時候一樣，看來，自己是多心了。冷華堂在後面看著冷華庭漸遠的背影，嘴角又露出一絲冷笑，原本要去王妃院裡的，一轉身，卻向另一個方向走去。

冷華庭走了不久，回過頭，發現冷華堂並沒有跟上來，便看了冷謙一眼，問道：「阿謙，和他比，你有幾分勝算？」

冷謙低頭想了想道：「幾年前看過大公子出手，那時只能是五五之數，就不知道他如今是否又精進了，沒試過，不好說。」

冷華庭聽了，眼神黯淡下來，回過頭去說道：「那算了，他剛才定是又去弄什麼么蛾子了，你可看清了方向？」

「那裡是您住的院子，不過，穿過林子又是老夫人的院子，所以不好說，要不我跟上去？」冷謙冷靜地說道。

「算了，他精著呢，除非你的功夫高出他很多，不然定會被他發現。裝了好多年的笨蛋，我可不想讓他看穿了。」冷華庭搖了搖頭，示意冷謙繼續推著自己往王妃院裡去。

王爺正與王妃在說著什麼，錦娘偶爾也說上一、兩句，屋裡的氣氛和樂得很。冷華庭一進去，王爺和王妃便停下來了，齊齊看著正在進門的兒子，王妃更是起了身來，走到冷華庭身邊轉了一圈。

看小庭推著那輪椅果然比以前輕鬆多了，不過，她看不出什麼機巧來，轉了一圈也是一頭霧水，只得回了座位，求助似地看著王爺。王爺見了便哈哈大笑起來，對王妃道：「娘子妳也別看我，我也不懂的，只是那將作營的王大人說是撿了寶了，成天找我鬧，說是要讓庭兒再畫了樣子去呢。」

冷華庭這才弄明白他們在說什麼，不由看了錦娘一眼，又冷哼了聲，對王爺道：「爹爹真是糊塗，那可是我娘子畫的圖呢，那將作營的混蛋拿了我娘子的圖自己去掙銀子，爹爹，明兒你跟那什麼王大人說，若是他們照了娘子的畫再做一個軸承出來，我就要一成的利，不然我就讓阿謙帶了人去砸了將作營。」

王爺一聽怔住了，忙道：「唉呀，庭兒，這可使不得，將作營可是內務府的屬下，可不能砸。」

「那爹爹你去找王大人要分利去，不然，我可不管內務府還是外務府，照砸不誤。」

王爺頓時皺了眉，看了錦娘一眼，錦娘忙低了頭去，裝作沒看見。有錢不賺白不賺，她可不想在這個時候裝賢慧，相公可也是為了她才這樣鬧的。
王爺又看向王妃，王妃也苦了臉，正要勸冷華庭，就見冷華庭嘴一撇，作勢又要哭，王妃心疼都來不及，哪裡還勸，忙對王爺道：「其實庭兒這點子倒是好得很呢，王爺，這原就是咱們錦娘想出來的東西，憑什麼將作營白拿了去？若是真用到那軍用馬車啥上頭，那可就是立功的事。哼，外頭不就是說咱們庭兒如何如何，看不起他嗎？咱們就是要分利去，也要讓皇上知道，咱們庭兒其實也是很聰明的。」
王妃這話也算是說到王爺心坎裡去了，庭兒其實自小聰明絕頂，若不是那場厄運，他也不至於變成現在這模樣，雖然……這東西是錦娘設計出來的，不過，錦娘是婦道人家，以她的名頭說出去反而不好，反正她是庭兒的娘子，她的不就是庭兒的嗎？
再者，若是錦娘說的那個投石機的事真能成，庭兒算是在皇上那兒又立下一功，對簡親王府那也是大大的長臉。如此一想，王爺便輕聲哄冷華庭道：「庭兒乖，莫氣啊，明兒爹爹就去皇上那兒稟明此事。咱們小庭夫妻的功勞，可不能讓別人給占了去。」
冷華庭這才破涕為笑，看了一眼錦娘，自己推著輪椅到了錦娘身邊，討好道：「娘子，看吧，我說能辦到就能辦到呢。」
錦娘聽了，很不自在地偷看了王爺一眼，見王爺果然皺了眉，不由嘟了嘴道：「相公……父王會不會怪我呀？」
冷華庭保證道：「怎麼會，爹爹是最疼庭兒的，庭兒是最疼娘子的，所以，絕不會怪娘子的。」又轉過頭，笑著對王爺道：「是吧，爹爹，你不會怪我娘子的對吧？」

王爺早被他一聲聲爹爹叫得心都酸了，哪裡還會怪錦娘？多少年了，庭兒見了他要嘛裝沒看見，要嘛就是冷目相對，就算有事求來了，也只是叫父王，哪裡如現在這般親切？這都是錦娘來了之後的改變。這個媳婦靈慧得很呢，再觀察觀察，保不齊再過幾年，「那件事」就可以讓她接手了——

只是可惜了庭兒這身子，若是他能再站起來，就算是要了自己這條老命去換也心甘情願啊！

王爺正暗自神傷，這時，小丫頭進來稟報，說是王爺的小廝茗烟拿了裕親王的帖子來了。

王爺便笑著讓小丫頭將人喚進來，一會子，一個年輕小廝躬身進來，手裡托著個紅帖。錦娘一聽是王爺的小廝就留了個心眼，只是那人低著頭，也看不到面目。

茗烟進來後，先是對王爺打了個千兒，又給王妃行了禮，碧玉便去拿了他手上的帖子送給王爺。王爺打開一看，笑了，對王妃說道：「這帖子是邀請娘子妳去看戲的呢，說是請了京裡最當紅的班子唱，應該是老王妃壽辰吧，怎麼沒點清楚呢，明兒記得要備些禮才是。」

王妃接過那帖子看了遍。「嗯，妾身記住了。上面還說了要請錦娘和枚兒一塊兒去呢，那倒也好，一起去玩上一天再回來。錦娘，娘也該帶妳出去走動走動了。」

錦娘聽得一震，忙低頭謝了，只是微羞著道：「娘，只是錦娘沒見過什麼大場面，您到時可要教教錦娘才是呢。」

王妃自是應著，王爺看屋裡也沒什麼事了，就起身準備走，那茗烟也跟著要出去，錦娘心裡一急，突然喊了句：「唉呀，娘，珠兒也不知道好些了沒？」

那茗烟果然身子一僵，下意識地回過頭來看了王妃一眼。錦娘看他長得眉清目秀，身上又有著書卷氣，只是眼神有些驚慌，發現錦娘在打量他，忙低了頭迅速出去了。

錦娘便問王妃。「娘，上次在珠兒屋裡查出的簪子，您可查到出處了？」

王妃臉色便沈了下來，對錦娘道：「那事就算了吧，別查了，茗烟的老子原是跟了王爺大半輩子的老人了，前些年，王爺在邊關時，為了救王爺丟了命，所以才把兒子弄在身邊當了長隨，他看著也本分，應該不是那作奸犯科之人。」

王妃把話說到了這分上，錦娘也就不好說什麼了，不過心裡不以為然。畫虎畫皮難畫骨，知人知面不知心，這茗烟肯定有問題，不能光憑表面看他老實本分就不去查了，若是他真參與殺害平兒一事，背景便定然不簡單。王爺和王妃未免也太心軟了，怪不得當初會讓人害了冷華庭，就那麼一個兒子都沒保護好，如今要王妃來護著自己，怕也是難的。這事王妃不查，自己可要查下去，總不能等人家又弄出么蛾子來了，再來後悔吧？

錦娘打定主意後，便對王妃道：「娘，不如您把那簪子給我吧，如今珠兒既是沒有死，這東西就由錦娘親自還給她吧。」

王妃聽得一怔，沒想到自己都那樣說了，錦娘還是如此執著，這孩子一向溫順得很，今兒這是怎麼了？心裡不由有些不豫，對碧玉遞了個眼色，碧玉便回了屋，拿了那簪子出來。錦娘接過簪子。「錦娘想見見珠兒，或許，她其實只是別人的棋子呢。娘，錦娘請您諒解，錦娘要將這事查下去，因為，害錦娘的人太過厲害，如今有了條線，不順著去挖他出來，將來保不齊又會害人呢，相公……已經這樣了，錦娘不想又步了相公的後塵。」

這話猶如把刀插在王妃的心上。她半晌沒有說話。冷華庭的傷，她原也一直懷疑是有人暗中加害，只是苦於沒有證據，無法查出幕後之人，而且那段時間她正與王爺鬧得厲害，所以忽略了庭兒，倒讓人乘虛而入，害了庭兒。這是她這一生最大的痛，如今被錦娘將傷口再掀開，她便有些受不了，直直看著冷華庭，又愧又痛。

冷華庭卻看也不看母親，偏了頭去看外面，一副不想多與她交流的樣子。

王妃心一酸，哽了聲對錦娘道：「妳說得也不錯，娘是糊塗了，妳查吧，娘……支持妳。」

錦娘聽了便點了頭道：「謝謝娘，兒媳不是想讓娘傷心，只是……這府裡風刀冷劍太多，若不想辦法防著，哪一天著了人家暗算，害的怕不只是兒媳，還有相公，還有娘您自個兒啊。」

錦娘還是第一次如此坦誠地對王妃說出心裡話，王妃聽了越發心酸。不過還是個十四歲的孩子，如此尖銳也是沒有法子吧，以前在娘家時，便是受盡嫡母嫡姊的迫害，如今嫁了過來，自己原也是想護著的，只是就如她說的那般，明的暗的，那害人的箭無處不在，防不勝防，怪得她多想嗎？

「嗯，妳說得對，以後娘會小心一些的。」轉眼又看到錦娘手裡的帳本，便轉了話題。「帳本子妳都理好了？」

錦娘原就是來送帳本的，聽了便將帳本遞上去。「娘，我理了理上面的帳，又寫了個條陳，規制了些章程，您看看合適不？」

錦娘總覺得王妃是精明的，讓自己理帳不過是在試驗自己，所以做得很用心，就是怕王妃對自己的法子瞧不上眼，等著王妃打開帳本看時，心裡有些忐忑不安，兩眼便往冷華庭臉上睃。

冷華庭對她翻了個白眼，呲了她一聲道：「別怕，她比妳糊塗呢。」這話說得聲音小，卻還是讓王妃聽到了，她不氣反笑，將手裡的帳本放下，對錦娘道：「庭兒倒是明白，娘確實比妳糊塗呢。娘管大事還可以，就是不耐看帳管帳，這些年總賴著王嬷嬷呢，如今有了妳，我就大可以放心了。」

又拿了錦娘寫的那張條陳來看，看著看著，眉頭就皺起來。「妳這些法子好是好，只是實施起來怕是有些困難呢。」

錦娘早就知道王妃會說這樣的話，她制的章程基本上是按照現代企業的管理模式設計的，對於大府裡大手大腳花費慣了的人來說，實在很難適應，怕的就是下面的人會陽奉陰違。不過，錦娘又制了些條款制約那些不按章程辦事的人，只要王妃肯按著來，倒是不怕下面的人弄么蛾子。如今不是章程好不好的事，主要是看王妃對這章程抱持什麼樣的態度。

「娘，這事說難也難，說不難也不難的，只是將您院裡的一應用度定了個規制而已。一個月大約只有多少用度還是算得出來的，父王並不常在屋裡用飯，就您一個人，能吃去多少銀子？再者，院裡的奴僕們也得按了定制來，什麼樣的等級一天只能有多大的用度，不能超了，按等級依次減少。就如您屋裡，二等丫頭有六個，那這六個丫頭們便可以開一桌，四菜一湯，三葷兩素，吃得可是比一般的平民百姓強多了，也不算是虧待了她們。

「您若是覺得屋裡哪個丫鬟姊姊做事得力，又貼您的心，您大可以賞她月銀，這個賞賜是另外列出來的，也有定額，免得您見人就賞。

「再就是，下人們都列了個規矩，將月例銀子分兩部分出來，一份是每月定給的，另一份就要看各人辦差認真的程度而定。每一個等級都由上一等的打分，一等的給二等的打，二等的給三等的打分，分多月例錢就多，有那偷懶耍滑的，月例銀子就少，若是三等的丫鬟裡有辦事更為出色賣力的，就可以替了二等裡耍滑的那個，升成二等。您呢，就只用管著一等的幾個姊姊就成，這樣便是少了好多麻煩事，您也清閒多了，院子裡的人也各自有了監督，做事都會認真了，銀子也花得是地方，您說是不是這個理？」

一番話下來，說得王妃連連點頭，屋裡在一旁服侍的碧玉、青石兩個卻是臉色各有不同。她們兩個全是一等的，又都是王妃身邊貼心得力的，但碧玉平日裡更為機靈穩重，王妃倚重得多，她做的事情也就要多了許多，但是拿起月例銀子來，倒是跟青石沒有兩樣，只是王妃高興時，打賞要多了一些，到底心裡還是有不平。如今二少奶奶這個法子倒是公平得很，就是各自管著的下面那幾個二等的，若是有了月例銀子的制約，吩咐起來也喊得動些，果然是個好法子。

青石心裡雖然有些不高興，但這法子也不是針對她一個人的，是針對全院子裡的，對事不對人，她倒沒說什麼，最多以後多做些事，討了王妃的開心，銀子一樣不會少拿。

錦娘還列下了帳目清查制度，避免有上一等的丫頭剋扣下等丫頭們月例銀子的情況出現，如此一來，王妃倒沒有什麼好擔心的了，只是她的眉頭卻沒鬆開。錦娘想，這個章程怕得罪得最厲害的就是王嬤嬤了。以往王妃院裡丫頭們的月例吃用其實都有定制的，只是王妃懶得管，全由王嬤嬤一手操持，給多給少，王妃也沒過問過，那貪墨剋扣之事自然不會少。如今這一規制，王嬤嬤定然是少了一筆可觀的收入，加上前次之事，定然更會對錦娘有氣。

不過錦娘也管不了那麼多，王嬤嬤在府裡地位再是尊崇也只是個下人，再貴也貴不到哪裡去，她回來若想弄出什麼事情來，錦娘也不怕，自有辦法治她。

「娘，我這也是個參考，您若是有啥為難的，盡可不必用就是，畢竟我還年輕呢，考慮事情總有不周到的地方。」錦娘見王妃始終不得展顏，便以退為進地說道。

王妃聽了哂然一笑，拿手去戳她腦門。「小精怪，放心吧，妳這法子如此周詳，娘若再不聽，就是辜負妳和庭兒的一番好意了。」說著，又看向冷華庭，見他這會子倒是看了過來，明亮的鳳眼裡帶了笑意，心裡不由一喜。庭兒……其實是很清明的吧，至少，他始終在想著法子護著錦娘呢……

錦娘又與王妃聊了一會子，冷華庭又不耐了起來，扯了錦娘的衣襟道：「娘子，不是說要看看珠兒嗎？走吧，我們去看她死了沒。」

錦娘聽了有些詫異。他怎麼也會管起這檔子事來了？見他墨玉般的眼睛又向她翻白眼，便無奈地嘟了嘴，跟王妃告辭走了。

珠兒那日撞傷了頭後，就回了大通院。

那裡是王府裡下人們住的地方，珠兒也是家生子，家裡老子娘都在，娘是王妃院裡守門的婆子，老子在門房辦差，一個弟弟還小，一家三口擠在一個屋裡，珠兒回去後，屋裡就更擁擠了。以前珠兒是二少爺屋裡的大丫頭，每月的月例就有四兩銀子，加上府裡主子們經常打賞，收入可觀，就成了家裡的頂梁柱，這會子她一病倒，又是被懷疑害了少奶奶的，家裡頓時像要崩塌了似的，以前巴結珠兒的大有人在，如今那些人要嘛遠遠躲著，要嘛就冷言冷語地譏諷。珠兒原就是個心高氣傲的，哪裡受得了這個鳥氣，病情就越發沈重了。

珠兒的娘正在屋外晾衣服，邊晾邊抹眼淚，遠遠地看見二少爺和二少奶奶來了，手裡的衣服驚得掉在地上。她也不去撿，一把就撲了過來，跪在冷華庭腳下。「二少爺，珠兒她不是那樣的人，您要相信她啊！珠兒打小就服侍您，她是什麼樣的人，您還不知道？這丫頭只是心氣高，沒壞心眼，求您救救珠兒吧，奴婢給您磕頭了！」說著，納頭就拜。

錦娘無奈地想要去扶，冷華庭就一眼橫了過來，她便生生止了步子。

冷謙幾步走上前，拎了珠兒的娘就甩到了一邊，然後面無表情地推著冷華庭繼續往前。

錦娘正要繼續向前，就見珠兒的娘又撲了上來，一把跪在她的面前，又開始求，錦娘便覺得不對勁，抬了腳偏過身子道：「妳起來吧，我和相公原就是來看珠兒的，妳總擋著是個什麼事？」

說話間，冷謙已經推了冷華庭進屋。在穿堂裡，冷華庭就坐在裡屋門前。珠兒畢竟是女子，他不好再進去。那邊，珠兒的娘見少爺已經進了屋，也不再找錦娘哭了，慌忙也跟著進來，作勢要去沏茶。「二少爺、二少奶奶，你們可是貴人，奴婢這裡也沒什麼好招待的，有些粗茶請你們將就將就吧。」說著，一雙扒在地上沾了泥的手就往身上搓。

冷華庭眉頭一皺，喝道：「退下去。」也不再多言，眼睛向裡屋看去。四兒見了很有眼力地去打簾子，冷謙也不客氣，直接將那簾子掛起來，錦娘這才低頭走進去。

珠兒躺在床上，頭上裹著紗布，神情萎頓，見錦娘進來，眼裡閃過一絲慌亂，掙扎著想要起來，虛弱地喊了聲：「二少奶奶……」錦娘忙上前去對她道：「別，有傷呢，就躺著吧。」說著就打量起這間屋子來。屋子不大，只一扇窗，又掛了簾子，少了光，整個屋子顯得暗。錦娘進門時，發現床邊掛的簾帳在動，不由多看了兩眼，珠兒見了便更加慌了起來。

錦娘心裡便有一絲了然，索性坐在珠兒床邊，也不廢話，拿了那簪子遞給珠兒看。「這是在妳床上找到的，說說吧，哪兒來的？」

珠兒一看簪子臉色就變了，拿著就想藏起。錦娘見了不由好笑。「少爺可沒賞過這麼貴重的東西給妳，也不是王妃賞的，莫非……是妳偷的？」

珠兒聽了眼光閃爍，半晌才道：「奴婢家裡狀況不好，奴婢就見錢起心了，求少奶奶……」

錦娘嘴角噙了絲笑。「妳還真會就驢上坡呢，若真是偷的，妳如何沒有立即賣掉，或者拿回家裡給妳老子娘？卻要放在枕頭底下，不怕別人看見了舉報妳嗎？說吧，是誰送妳的？」

珠兒見無法揭過，便將頭偏過一邊去，哼了聲說道：「主子們不是已經懷疑是珠兒殺了那平兒嗎？橫豎是個死，主子還管這麼一根小簪子做甚？主子說是從哪裡來的便是從哪裡來的，虱子多了不怕咬，隨您的便吧。」

還真是一副死豬不怕開水燙的樣子呢，錦娘不由笑了。

「那妳老子娘還有妳的小弟呢，妳都不管了嗎？妳死了，教他們怎麼辦？」

珠兒聽了，眼裡流露出哀傷之情來，淚水漸漸瀰漫了眼眶。「奴婢不想死又如何，主子們會放過奴婢嗎？奴婢說的，主子們又不信，要奴婢怎麼辦？奴婢所做之事與家人無關，只求少奶奶看著珠兒多年服侍少爺的分上饒過他們吧。」

還好，知道關心自己家人，那就有辦法。錦娘嘴角微微翹起，看了一眼一動不動的掛簾，又道：「誰說不相信妳呢，如今是我特地來問妳，妳自己不肯說。這個簪子……其實妳不說，我也能查到出處，京裡能做出如此上等好貨色的首飾店並不多……若妳肯說實話，又沒犯大錯，自然妳的家人是不會受影響的。但妳如今若是背著殺人的罪名去了，妳說，府裡還能容得下妳一家嗎？」

珠兒聽了就猶豫起來，欲言又止，想說又很為難的樣子。錦娘便靜靜地等著，認真地看著她的眼睛，半晌，她又從珠兒手上拿過那簪子，說道：「若是為了個對妳並不真心的人，那樣的話，就算是死了也不值得啊。」

珠兒聽得一震，眼睛瞪得老圓，驚惶道：「少奶奶您……您怎麼知道？」

錦娘見自己果然猜中，便道：「府裡能得到這麼好的東西的，除了各個主子，那就只有在回事房的人，對吧？」

珠兒驚得嘴都張開了，半晌，眼睛向那掛簾後瞄。錦娘終於笑了，對那掛簾後說道：「躲在那後面也不嫌臭嗎？出來吧。」

珠兒聽了面如死灰，囁嚅道：「少奶奶……不怪茗烟哥哥的，那天我們只是……」話音未落，掛簾後走出一個人來，正是王爺的小廝茗烟。他垂眉低首，一副很老實溫厚的樣子。錦娘笑著站了起來，四兒卻很有眼力地走到錦娘身前擋著。茗烟雖是府裡的小廝，但畢竟是年輕男子，四兒怕茗烟衝撞了錦娘。

「果然是你。你是來看珠兒的，還是來串供的？」錦娘笑問。

茗烟仍是低著頭，慢慢自掛簾處走近。「奴才……只是喜歡珠兒而已，並未做過什麼作奸犯科之事，求少奶奶明察。」

這話也算說得過去，珠兒漂亮，茗烟俊秀，兩人會有私情也是有的，所以，茗烟才會將那名貴的簪子送給珠兒……

「那你說說吧，那日與珠兒為何要去後院，還正好是平兒被害的那個時間？」錦娘緊盯著茗烟的舉動，總覺得他怪怪的。

珠兒自茗烟從簾後出來就很是驚慌，如今聽錦娘如此一說，忙道：「少奶奶，不關茗烟哥哥的事的，那日原是——」

錦娘正聽著珠兒的下文，茗烟突然瘋了一般衝到床邊，一把捂住珠兒的嘴，回頭對錦娘說道：「少奶奶，那日不過是奴才約了珠兒去那邊的，不關珠兒的事。不過，奴才真的沒有殺人，珠兒也沒有。」

珠兒被茗烟捂得透不過氣來，見茗烟如此說，似乎也知道他的用意，抓掉茗烟的手，心焦地看著茗烟。「茗烟哥哥你……我們說好了的，這事我來……」

「珠兒，妳不要胡說，不關妳的事。」茗烟喝住，一副要為珠兒擔當的樣子。

錦娘聽得莫名，有些不耐地道：「我說，你們兩個還是明明白白地將那天的事情說清楚吧。」

茗烟目光一閃，低頭沈思起來。錦娘又看向珠兒，卻看到珠兒的臉色發黑，不由怔住，對外面喊了一聲：「阿謙，快進來一下！」茗烟也發現珠兒的不對勁，一把撲到床邊大喊：

「珠兒……珠兒，妳怎麼了？」

外面的冷謙一閃而入，伸手就去探珠兒的脈，卻見珠兒脈息全無，又去翻珠兒的眼皮，瞳孔已然放大，已沒了鼻息。茗烟見了，抱住珠兒便大哭。「珠兒！妳怎麼這麼傻……」

錦娘聽得一愣。茗烟的意思是珠兒是自殺的嗎？自己從進來後，珠兒雖然情緒不太好，卻並無自盡之意，剛才她明明就是想說什麼的，是茗烟一再阻止。珠兒絕不會自殺，難道會是……

第三十二章

錦娘眼神嚴肅地看著茗烟，冷冷道：「不要貓哭耗子了，珠兒……是你殺的吧？」

茗烟一震，慢慢自珠兒身上轉過頭來，冷謙手一拎，便將他整個提起，甩到了地上，對錦娘說道：「少奶奶可是看見這廝下手了？珠兒是中劇毒而死，見血封喉的那種。」

錦娘便道：「將他拖出去打，打到他肯說為止。珠兒原本好好的，只有他接近了珠兒，再無第二人，這廝定是怕珠兒說出什麼來，所以殺人滅口了，只是不知道他用的什麼手法，下手奇快呢。」

冷謙聞言，對著茗烟就是一腳，踢得茗烟身子飛起再落下，但茗烟臉色不變，狠狠地看著錦娘道：「少奶奶可不要血口噴人，奴才何時害珠兒了？無憑無據就懲治奴才，奴才不服，奴才要去找王爺評理！」

錦娘想起王妃說的話來。王妃不肯查這簪子的事，就是因為茗烟乃王爺身邊之人，老子又於王爺有救命之恩，王爺對此人定是心有不忍，留有幾分老情面的。自己若真打死了他，王爺那裡怕是說不過去，而且珠兒的死，自己也只是懷疑是他下手，並無證據，可又不願意就此放過他，明明他嫌疑重大……一時被茗烟問住，半晌沒有作聲。

這時，珠兒的娘在外面聽到動靜走了進來，一看珠兒臉色灰黑地躺在床上沒了氣息，立刻大哭起來，邊哭就邊罵。「少奶奶也太黑心了！珠兒究竟犯了什麼錯，一來就要處死她？我的閨女啊……妳怎麼能丟下娘不管，就這麼走了呢，我那苦命的兒啊……」

一時間，屋外大通院裡的奴僕們聽到慘哭聲，都圍了過來，看二少爺冷冷地坐在屋裡，也不敢進來，只圍在外面指指點點的，議論紛紛。

沒多久，就見冷華堂帶著上官枚一起過來了，遠遠見這間屋子裡圍滿了人，不由喝道：「都圍著做甚？沒差事可做嗎？府裡可不養閒人的。」奴僕們一聽，有的老實的就散了去，有那大膽又好事的便湊近道：「世子爺，珠兒死了呢，她老子娘說是二少奶奶弄死珠兒的呢。」

上官枚聽得一怔，似笑非笑地看著冷華堂道：「相公，咱們快進去看看吧，怎麼又出了人命呢？」

冷華堂臉色嚴肅地瞪了眼說話之人，斥道：「事情都沒弄清就亂說，主子們的事是你們能評論的嗎？還不快快下去！」

說著，自己先一步進了屋子。冷華庭正坐在裡屋門口，皺著眉看著屋裡的錦娘，心裡不由叫苦。娘子啊，怕是又落到套子裡去了……

他見冷華堂攜了上官枚進來，眉頭皺得更緊了。

「小庭，這裡怎會如此吵呢？」冷華堂關切地問著冷華庭。

上官枚就伸長了脖子往裡屋看，但冷華庭擋住了門，進不去。

「吵不吵的與你何干？」冷華庭冷冷地瞪了眼冷華堂。

屋裡，茗烟聽到冷華堂的聲音喜出望外，大聲嚷嚷起來。「世子爺、世子爺，你可要為奴才作主啊！二少奶奶誣陷奴才殺了珠兒，奴才冤枉啊！世子爺，奴才要見王爺，要見王爺——」

珠兒的娘聽見冷華堂來了，更是嚎啕大哭起來。「世子爺，您要為奴婢作主啊，珠兒她並未犯死罪，可是二少奶奶竟然將她處置死了，奴婢們雖然命賤，但是就是死，也要給個說法啊……世子爺，求您為奴婢作主，為珠兒伸冤啊！」

上官枚聽了一臉驚訝，對屋裡呆怔著的錦娘說道：「唉呀，弟妹，妳……妳這是……妳真的處死了珠兒嗎？」

冷華堂也皺起了眉，對擋著門口不讓他進去的冷華庭輕言勸道：「小庭，你讓哥哥進去看看，或許那起子奴才在冤枉弟妹呢。不過是死了個奴婢，何必鬧得滿府風雨，對弟妹的名聲可不好。」

「不關你事，我就不讓你進去，你去了也會欺負我娘子呢。」冷華庭兩手一張，將門攔得死死的，就是不讓冷華堂夫婦進去。

屋裡，茗烟與珠兒的娘還在哭鬧，冷華堂一見就急，沈了聲道：「小庭，不要胡鬧，裡面可是鬧出人命來了，讓哥哥進去察看察看。再說，茗烟的老子可是救過父王的，父王要是知道你們打了他一定會生氣的，難道你想讓父王惱怒弟妹嗎？」

「惱怒也不關你的事，就是不讓你進去。」冷華庭根本就是無理取鬧，怎麼都不肯放冷華堂進裡屋，冷華堂急了，伸手就去拖他的輪椅。冷華庭見了，一隻手就死死抓住門框，讓他拖不開，冷華堂手下暗用內力，冷華庭一個不小心被他扯得一歪，整個人便從輪椅裡摔下來。

這下嚇了冷華堂一跳，剛要去扶他，冷華庭已經哭起來，嚷道：「你欺負我，你欺負我的腿不好……我要告訴娘親你欺負我和娘子！娘子，妳出來，咱們告訴娘親去……」

話音未落，就聽得一聲大喝，王爺正大步走了進來，正好看見冷華庭摔在地上，冷華堂還做著推勢，忙過來就將冷華庭抱起，心疼道：「庭兒、庭兒，你有沒有摔疼？快告訴父王。」

「走開，你們都嫌棄我、欺負我，只有娘子對我好，我不要你們……」冷華庭放聲大哭，清淚如珠般涔涔而下，王爺看著心都碎了，對冷華堂吼道：「不是告訴過你要對小庭好嗎？怎麼還對小庭動手？你是越發大膽了，若是連至親的兄弟都不愛護，你還配做世子嗎？你又有何德才繼承爵位？」

冷華堂被罵得又羞又氣又委屈。父王每次都只是幫著小庭，哪一次聽自己解釋過，只要小庭有半點委屈就責罵自己，自己再努力，父王也看不到自己的成績，也得不到他的肯定，難道庶子就真的低人一等嗎？就算自己已經貴為世子，在父王的眼裡，怕也是連小庭的一個小指頭也比不過吧……如此一想，便越發憤懣，一股鬱氣充斥胸間，卻也知道，此時父王正在氣頭上，萬萬不能與他對著來，於是強忍怒氣，低頭任王爺罵著，儘量不讓王爺看到自己眼裡的怨恨，裝出一副老實聽訓的樣子。

上官枚卻是受不了王爺的偏心。明明就是冷華庭無理取鬧，屋裡出了人命，相公作為世子，進去察看是再正常不過的事情，可冷華庭偏是不放人進去，分明就是心虛要袒護錦娘，或許珠兒真是錦娘下的手，不然，冷華庭為何如此害怕自己夫妻進去？這樣一想，她便對王爺道：「父王，您錯怪相公了，他並沒有欺負二弟。屋裡的珠兒死了，外面鬧哄哄的，枚兒和相公原是去看老夫人的，正好路過，聽到吵鬧聲才過來看的，就聽見茗烟在大喊冤枉，這才要進去察看，可是二弟一直擋著門，不讓我們進去，相公也只是拉了下二弟的輪椅而已，並未動手。」

王爺便看向屋裡。其實，王爺也是被人請來的，他正在書房處理事務，大通院裡的一個小廝特地報信，說是二少奶奶正要打茗烟板子，他一聽到這消息就來了。冷忠可是只有茗烟一個兒子了，自己曾經在冷忠臨死時答應過他，一定會好好待著茗烟的，因此他來得很快，卻沒想到正好看到大兒子在欺負小庭，一股怒火就冒了上來，如今聽世子妃一說，便看向了裡屋。

茗烟一見王爺到了，就撲到王爺腳下來。「王爺，您可要為奴才作主啊！少奶奶誣陷奴才殺了珠兒，奴才……奴才原來想討了珠兒的，又怎麼會殺了她呢？」

王爺便看向錦娘，錦娘先前被茗烟一吵，也有點慌了神，但冷華堂來得那麼湊巧，她的腦子便飛快地轉動起來，一直有什麼東西在腦子裡閃過，卻又撲捉不到、抓不住，後來，看冷華庭吵鬧著不讓冷華堂進來，更是覺得不解，等王爺來了，才明白了自家相公的意思。他是在想法子引開王爺的注意呢，虧他也想得到王爺會那時候來。

這會子被這些人鬧著，腦子反而清明了。王爺看過去時，她已經是一副很平靜的樣子了。

錦娘從容地走到王爺面前，恭敬地行了一禮。「父王，怎麼會驚動了您？」

王爺原就被冷華庭哭得心碎，後來茗烟又來哭，他便有些煩躁，卻沒想到惹禍的媳婦一派泰然自若，不由皺了眉，問道：「究竟怎麼回事，怎麼又死了個丫頭？」

錦娘聽了便從袖袋裡拿出那個簪子，遞給王爺，王爺看了，平靜地說道：「這是前些日子裕親王進府時賞給茗烟的。」

錦娘又是福了一福，道：「回父王，此簪子是媳婦在珠兒的枕頭下發現的，媳婦的丫頭平兒前些日子死了，臨死時，手背被人抓傷，正好珠兒手上也有傷，媳婦便送了平兒去娘那裡，結果珠兒為了表明清白，撞了牆，受傷回了這裡，媳婦便在她的枕頭下發現了此物。今兒和相公一起過來，不過是想要問問這簪子的由來，再者就是，平兒死之時，為何她正好去了後院。結果……」

錦娘很有條理地將簪子和自己為何在這裡的來龍去脈說了一遍，又說明茗烟是如何鬼鬼祟祟地躲在掛簾後，珠兒又是如何突然死的。

王爺聽了也覺得蹊蹺，便喝問茗烟。「可真的是你殺了平兒？你為何要在那個時辰去了後院？」

茗烟看了眼床上的珠兒，一副悲痛萬分的模樣。「王爺，奴才自小便與珠兒感情好，那日……那日不過是奴才約了珠兒去後院裡……私會而已，哪裡知道那麼湊巧，正好就出了人命。」

錦娘心知此時再要問他去後院做什麼，定然是得不到想要的答案了。如今珠兒已死，根本就是死無對證。

王爺看向錦娘。「媳婦，妳說茗烟害了珠兒，可有憑據？」

錦娘搖了搖頭，回道：「並無證據，全憑直覺猜的。」

「猜的？弟妹，妳也太草率了點吧，僅憑猜想就要打茗烟，難道不知道茗烟是父王的人嗎？打茗烟可得問過父王才行。」上官枚聽了便在一旁不陰不陽地說道，無異於火上澆油。

錦娘沒有看她，只是靜靜地看著王爺。她想看王爺的反應，自己把當時的情形描述得夠清楚了，若是王爺精明公正，應該聽得出裡面的彎彎繞繞。

但很遺憾的是，王爺的臉沈了下去。自她嫁過來，第一次很嚴厲地對錦娘說道：「庭兒媳婦，妳確實做錯了。茗烟妳真的不該打，他與珠兒的事，我早就有耳聞，雖說他們私下相會有違禮儀，但卻也是少年人心性，哪裡就到了要殺人的分上了？茗烟跟著我也有年頭了，做事勤快本分，為人忠厚老實，他曾在我跟前提過，讓我把珠兒配了給他，只是我念著庭兒身邊無人服侍，才沒有應下，妳說茗烟會殺珠兒，我是怎麼都不相信的。」

又轉過頭看冷華庭，見他這會子收了淚，一副認真聽的樣子，便道：「庭兒，爹爹把茗烟帶走了，你也帶你媳婦回院子去吧。」說著，冷冷地看了錦娘一眼，轉身要走，錦娘忙又是一福禮，平靜地說道：「父王，請留步。」

不只是王爺，就是冷華堂也奇怪地看著錦娘。王爺雖說生錦娘的氣，但也只是語氣重些，並未喝斥，更未責怪，也算是看著小庭的分上將此事揭過了，她還想怎樣？要知道，父王最是恨人強詞奪理的。

冷華庭也很著急。今兒明顯是著了道了，或許他們在王妃屋裡時，就有人聽到他們要來，所以布了這個局，只等著他們鑽，不然冷華堂不可能來得這麼巧，王爺也不會來得如此及時，分明就是想要挑得王爺對錦娘冷心失望，而且，怕這還只是一個開始，後續還會有招接著而來，王爺和王妃最近對錦娘太好，所以，有些人按捺不住了。

這事就算了吧，別理論了，他用眼神提醒著錦娘，但是錦娘很平靜地回了他一個安撫的眼神。

王爺臉色果然更不好看了，冷華堂見了便道：「弟妹，妳怎地如此不懂事，父王可是最重情義之人，茗烟之父於王府有恩，就算茗烟真犯了錯，父王也不會過分責怪的，且妳不過憑著猜測，怎麼能就斷定茗烟害人呢？王府可不是孫家，父王講的就是以理服人這四個字，妳若說不出實在的道裡來，可不是要惹得父王更加生氣嗎？何況，此處污濁吵鬧，小庭最是愛整潔乾淨的，小庭如今是寵著妳，陪妳留在這裡，若是以往，定然是要發脾氣的。」

王爺聽了心裡就更是有氣，不由心疼地看著冷華庭。小庭那愛潔的性子自小就有，若不是太寵著媳婦，又怎麼會到這下人居住之地來，還摔了一跤……如此一想，也不再理錦娘，親自推了冷華庭就往外走。茗烟見了，就轉頭譏誚得意地看了錦娘一眼，也跟了上去。

「父王，若是媳婦能拿出證據呢？」錦娘冷冷清清地又說了一句。

王爺惱怒地回過頭，凌厲地看著錦娘道：「媳婦，妳才不是說沒有憑證嗎？此番又有了？話可不能亂說的。」

跟在身後的茗烟卻是慌張地回過頭，可很快冷靜下來，撲通一下跪在王爺跟前。「王爺……您可要為奴才作主啊，二少奶奶如此一再地誣陷，奴才……還不如死了乾淨。」說著，作勢要去撞牆。

坐在輪椅上的冷華庭長臂一展，一把拎住了他的衣領子，就勢一扯，啪啪兩下，就甩了個清脆的耳光。

王爺見了更加火大，瞪著冷華庭半天沒作聲。他捨不得喝斥冷華庭，卻是對錦娘更加有氣了，良久，才冷冷地對錦娘道：「好，妳既然唆使庭兒如此維護於妳……」

錦娘走前一步，斜了眼被打得鼻青臉腫，正要又哭的茗烟一眼，冷笑道：「父王，相公不過是恨您身邊這起子忘恩負義、背主耍奸的小人罷了，他哪裡是在維護媳婦，分明就是替您教訓這不孝不義之人。」

冷華庭粲然一笑，抬了頭對王爺道：「娘子最聰明了。爹爹，你且聽她說下去，娘子從來不騙小庭的，她說有，就是有。」他眼睛清亮，神情無辜又帶著一絲期盼，看著這樣的小庭，王爺心一軟，摸了摸他的頭道：「好，爹爹就聽你這一回，看你娘子能有什麼證據拿出來。」

一邊的冷華堂聽了，便關切地小聲對錦娘道：「弟妹，父王已經饒過妳了，妳怎地如此不懂事，還是快快跟父王認錯吧，一會子說不出個所以然來，父王定然會更加氣惱的。」

錦娘輕蔑地看了他一眼，微笑道：「多謝世子關心，錦娘只想弄清事實真相，就算父王會怪罪，錦娘也要說清楚的，我也不想辜負了相公對我的信任。」說著，走近冷華庭，在眾目睽睽之下握住冷華庭的手，抬起頭，定定地看著王爺的眼睛，說道：「兒媳自然是有證據的，只是剛才沒有想通，如今想到了而已。父王，兒媳只希望，若是真查出茗烟有罪，請您交給兒媳處置。放心，兒媳不會輕易處死他，會留下他的一條命還給您的。」

說著，也不再等王爺回答，便對冷謙說道：「阿謙，去取一碗清水來。」

屋裡眾人面面相覷，不知道錦娘葫蘆裡賣的是什麼藥，冷謙身子一閃，很快就取了一碗清水來。錦娘又道：「阿謙，幫茗烟洗洗那隻右手吧。」

茗烟一聽，清秀的雙眼裡立即露出驚恐之色，右手下意識地就要往身上擦，冷謙眼疾手快，一把捉住了他的手腕，按在碗裡，當真仔細地幫他清洗起來。

王爺不知錦娘何意，但茗烟的眼神裡分明就有著慌張和害怕，不由又看了錦娘一眼。

手洗完了，錦娘又對茗烟道：「你可敢喝了這碗水嗎？我再給你一次機會，你自己說吧，不然將這碗水灌入貓的肚子裡，你說，貓會不會和珠兒一樣，無聲無息地就死了呢？」

茗烟的臉立即變得慘白，驚恐地看著王爺，腳一軟，撲通一下跪在王爺面前。「王爺……」

王爺不可置信地看著他，喝道：「真的是你？茗烟！你為何要殺了珠兒？平兒也是你殺的？」

茗烟只是哭，抽泣著並沒有回答，低著頭，卻是偷偷瞟了眼冷華堂。冷華堂一臉看著平靜，實則僵木，一絲殺戾之氣在他眼裡一閃而過。

錦娘突然很是害怕，總覺得又會有什麼事情出現，於是緊盯著冷華堂，眼睛一瞬也不瞬。

茗烟不說話，王爺氣急，一腳便將茗烟踹翻，怒喝道：「狗奴才！不要以為本王念你父親之恩就許你為所欲為！快說，你為何要殺害平兒和珠兒兩個？如若不然，本王扒了你的皮去。」

茗烟翻身爬起，像狗一樣爬到王爺跟前，哭道：「王爺，珠兒是奴才殺的，但奴才並未殺平兒，奴才那天真的只是和珠兒一起去了後園子，並未殺人啊……」

錦娘不由好笑，冷冷道：「你既沒有殺人，又何必要殺珠兒滅口？還在狡賴，快說，誰指使你幹的？」

茗烟聽了，哭得更加厲害，偷瞟了眼冷華堂，道：「那日……那日奴才與珠兒在後院私會，只是看到了——」正要繼續往下說，他身後的冷華堂驟然對他後背就是一腳，罵道：「狗奴才，沒想到你不只殺人，還行那傷風敗德之事！父王，如此奴才留下何用？」

那一腳看似並不重，茗烟也仍是半跪著，雙臂手肘支在地上，頭垂著，卻既不見他哭泣，也不見他呻吟。錦娘看了就覺得奇怪，又問了句。「茗烟，你快說，只是看到了什麼？」

茗烟半天沒有回答，連點動靜也沒有，一旁的冷謙也發覺出了事，輕輕推了茗烟一下，茗烟的身子就勢一滾，趴在地上。錦娘大驚，對冷謙說道：「快，快看他還有救沒有！」

冷謙忙用手去探茗烟的鼻息，失望地對錦娘搖了搖頭，將茗烟的身子翻了過來，只見茗烟嘴角沁出一絲血跡，樣子像睡著了一般，臉上並無痛苦之色。

冷華堂看了一眼，便道：「莫非他服毒自盡了？不是說，珠兒也是無聲無息地死了嗎？他又備得毒……」

錦娘心裡無比憤怒。茗烟明明就要說出真相了，卻突然死了，分明就是冷華堂那一腳踢的，可當時王爺也踹了一腳，冷華堂那一腳看著也並不凌厲，又是當著王爺的面……難道，是踢中了某個穴位，直接將茗烟踢死了？

王爺也很是震驚，怒目瞪視著冷華堂，眼裡也有著懷疑之色。冷華堂一抬眸便看見王爺眼裡的懷疑，不由兩眼閉了閉，皺著眉頭，一副悲痛委屈的樣子，顫了音道：「父王，莫非您以為堂兒那一腳便能將茗烟踢死？堂兒有幾斤幾兩父王最是清楚，自小……您阻止堂兒習武，只請人教小庭……堂兒不過文弱書生一個，就是有心要殺人，也要有那本事才是？何況，剛才可是您先踹了這奴才一腳，以您的身手，又是盛怒之下……」

王爺聽他說得淒楚，想著自小就不太關懷這個兒子，若不是小庭出了事，自己壓根兒就沒注意過他，不讓他習武，原也是怕他起了異心，會對小庭不利，卻不知小庭還是出了事，爵位只能讓他繼承。如今他成了世子，反而失了那練武的最好年紀……

「我那一腳自有分寸，如今茗烟這樣子明明就是傷了五臟而死，除非他身上原就有傷，不然踢上兩腳是很難致命的。」王爺邊說邊向冷華堂走了過去，伸手隨意地拍在他的左肩之上。「你可有怪過父王沒讓你習武？」狀似親近，但冷華堂只覺得身子一沈，左肩突然便被卸了下來，一時痛得滿頭大汗，喊道：「父王……您為何要如此懲治孩兒，孩兒做錯什麼？」

王爺眼中閃過一絲異色，忙將手一鬆，扶住他，托住他肩胛一拉，只聽咯吱一響，冷華堂的左肩膀又恢復了原狀。

上官枚嚇得驚叫了起來，忙過去扶住自己的丈夫，心疼地喚道：「相公，你怎麼了？」

錦娘這才看出，王爺是在試探冷華堂是否有功夫。可是這樣看來，冷華堂似乎真的沒有半點武功底子。一個有功夫在身的人，遇到偷襲時，身體下意識地會做出反應，怎麼也會運功抵抗一下，不會如此輕易讓人卸了肩膀的……

冷華堂定定地看著王爺，俊秀的眸裡含著憤恨和委屈，還有被傷害被懷疑的沈痛，聲音哽咽。「父王，您在試探堂兒？您……您不信堂兒？難道在您的眼裡，就真的只有小庭一個嗎？就算堂兒再努力，您也看不見，堂兒做得再好，也及不上小庭的一分一毫，您……真狠心，這個世子之位，我不要也罷……」說著捂住受傷的左肩，轉身踉蹌而去。

上官枚憤怒地瞪視著王爺。「父王，相公已經很努力了，他為了讓您高興，從來只做您喜歡的事情，對二弟也是關懷備至，只要看到好東西，第一個想的就是二弟，就是兒媳喜歡的，也要先給著二弟。父王，您太傷相公的心了。」說著，掩淚追隨冷華堂而去。

王爺看著遠去的冷華堂，臉上露出愧疚之色，半晌才喃喃道：「我是不是對他做得太過分了？」

錦娘在心裡氣得不行。茗烟死得莫名其妙，冷華堂難道真的不會武功？那為何他一腳踢過去後，茗烟就斷了氣？如果他會武，那這個人就有一顆堅忍之心，卸肩錯骨之痛可不是一般人能忍受的，最可怕的是他還要控制自己的本能，強制自己不去抵抗，如此強大的能力，加上堅忍的個性，這個人……還真是可怕啊。

「爹爹做得很好。」一直冷眼旁觀著的冷華庭突然對神情恍惚的王爺說道。

王爺回神低頭看他，只見小兒子清亮美麗的眼裡有著一絲孺慕之情，難得地伸了手拉住他的。「爹爹，他不會不要世子之位的。」說完，粲然一笑。「小庭現在覺得爹爹很好。」

王爺聽得心一暖，蹲了下來，平視著冷華庭，聲音也哽咽了。「小庭，我真的不是個好爹爹，若不是當年爹爹忽視了你，你又如何會變成如今這個模樣，世子之位又怎麼會落到堂兒的頭上?小庭，爹爹對不起你。」

冷華庭聽得眼睛微黯，唇抿了抿，拍了拍自己的腿，嘆息一聲道：「庭兒也沒什麼不好，只是這腿太不爭氣了些，爹爹……也不必太過難受的。」

這是在安慰自己嗎?他有多少年沒有對自己說過這樣的話了，王爺心裡一陣激動和感嘆，大手撫摸著冷華庭的頭。「庭兒，爹爹以後不會再讓你受苦了。」

冷華庭認真地點了點頭，抬頭看向錦娘，伸手招了錦娘過來，對王爺道：「爹爹，娘子很好，很聰明，我不要讓別人欺負娘子。」

王爺聽了也看向錦娘，眼裡有一絲內疚。「孩子，剛才父王不該責怪妳的，妳確實是個好孩子。」

錦娘心裡嘆氣。王爺與王妃其實都不壞，只是兩人都不是太會關心子女，不知道子女心裡想要的是什麼。當年的冷華庭可能在生活用度上過得很富足，王爺王妃只管了他的生活，卻沒有多抽出時間陪伴他，即便是他的安全也是馬馬虎虎的，導致他被人害了都不知道。

「父王言重了。」錦娘連忙對王爺福了一禮。以王爺之尊竟然跟她道歉，錦娘還是很感動的。

「這裡確實太過污濁，你們還是早些回去吧，茗烟……讓人好生葬了，我……對不住冷忠啊。」一時間，王爺俊逸的臉上露出些許滄桑，眼神裡悠長凝重，看了一眼地上的茗烟，長嘆了一口氣，便離開了。跟著王爺來的另一個長隨立即吩咐人去抬茗烟的屍體。錦娘便對冷謙說道：「阿謙，你先查查看，他的致命傷在哪裡。」

冷謙心知少奶奶的意思，掀開茗烟厚厚的錦袍，發現茗烟身後只有一小塊黑紫色的傷印。冷華庭也低了頭去看，錦娘蹲下，想用手量那傷印的位置，因為前世的父親身體不好，她學過一些推拿之術，懂得一點穴位構造，這會子看了茗烟的傷，很像是傷在肝俞處。那是很重要的一個穴位，若是力道從此處穿透，肝臟必碎；人碎了肝，同樣立即沒命。

冷華堂果然陰狠，那一腳踢得實是巧妙無比。想到這裡，錦娘心裡一緊。怪不得冷華庭每每看到冷華堂時總是一臉戒備，那個人定然是害過他的，不然，他也不會對冷華堂如此反感。

竟然還說自己不會武，騙得了王爺，可是騙不過自己。錦娘冷笑著站了起來，對冷謙道：「珠兒的娘呢？將她提過來，那婆子也不是個好的。」

第三十三章

珠兒的娘原是一直在屋裡哭嚎的，後來錦娘查出是茗烟殺了珠兒，她倒是沒了音，這會子也不知道躲哪裡去了，冷謙還是在灶屋裡將她找到拎出來的。

珠兒的娘哆嗦著趴在地上，頭也不敢抬。錦娘慢慢走近她，低頭問道：「這會子怎麼不哭了？妳女兒可是被地上這人害死的，妳怎麼一點也不驚訝，更不傷心了呢？還是說，妳也是害死妳女兒的凶手之一？」

那婆子一聽，猛地抬起頭來，直直地看了錦娘一眼。「少奶奶，奴婢……奴婢該死，奴婢不該誣陷少奶奶的！」又轉頭對茗烟罵道：「呸，狗日的東西，原看著你是王爺的長隨才讓你接近我女兒的，沒想到你竟然是個狼心狗肺、殺人越貨的賤種，我真是瞎了眼了！」

錦娘又是一笑，戲謔地對那婆子道：「妳……不覺得罵遲了些嗎？」

那婆子目光一閃，又低頭，默了默後，突然又嚎啕大哭起來。「珠兒啊，我那苦命的閨女……」

錦娘氣得猛喝道：「夠了！唱戲給誰看呢，說吧，妳得了誰的好處，為何要在我和少爺進屋時想著法子拖住我們，今兒再不會有人來救妳，若妳不實話實說，那我就打得妳說為止。哼，妳就是再喊冤也沒有用了，便是妳先前衝撞侮蔑我一事，那也是個死罪。」

那婆子沒想到年紀輕輕的二少奶奶如此精明，剛才茗烟是如何死的她不知道，不過她就是再蠢也明白，茗烟是被滅了口的，自己如今再不說，怕是也只能等著滅口了吧？閨女已經死了，兒子還小，若是自己再有個三長兩短，苦的是兒子啊……珠兒的娘終是悲從中來，兩隻死魚般的眼裡淚水漣漣，撲在錦娘腳下哭訴道：「二少奶奶，奴婢……先前不知道珠兒在外面的事情，只是她與茗烟自小交好，前兩年茗烟去了回事房，做了王爺的跟班後，就對我家珠兒淡了些，這些日子，不知為何又感情好了起來，三天兩頭地就來找珠兒，前兒一大早就約了出去，也不知道是做什麼，珠兒回來時，就說是被懷疑殺了人，奴婢也是嚇到了，問珠兒，她又死咬著不肯說。奴婢原是要去問茗烟的，沒想到他今兒就來了，來時還送了奴婢二十兩銀子，囑咐奴婢一會兒要是看到人來，一定要擋一擋，所以，奴婢就擋了少奶奶和少爺的道。」

錦娘聽她說得也還在理，這婆子看著就是個愛財的，不過，見她眼神仍是閃爍，不由又詐了她一句。「妳道我是傻子嗎？用這些胡話來唬弄我？茗烟原是來這裡與珠兒串供的，他既選了今天來，就一定考慮周詳了，又怎麼知道我和少爺會來？妳再要奸打滑，小心我讓妳喝了那碗水去。」

那是茗烟洗了手的水，茗烟雖沒有說，但錦娘早就發現茗烟是躲在掛簾後面的，而自己差點套出了珠兒的話，茗烟害怕珠兒會說出不該說的，便將毒粉抓在手心裡，等珠兒一說到緊要處，便藉著捂珠兒的口，將那見血封喉的毒藥捂進珠兒的嘴裡，珠兒只吞了一點點進去便一命嗚呼了。也正是想通了這一點，錦娘才敢大膽地說自己找到了證據，果然將茗烟的手一洗，茗烟便知道再也狡賴不過去，只能低頭認了罪。

如今那婆子一聽要她喝那碗水，嚇得面目全非，看來，她定然也是知道那碗水裡的毒性的，錦娘因此更加篤定婆子也是參與殺害珠兒的凶手之一。

「少奶奶，奴婢……奴婢……」果然那婆子眼神閃爍，四處亂瞟，一邊的冷華庭看著不耐，抓起桌上一個雞毛撣子對著婆子劈頭蓋地就一頓亂抽，打得那婆子哇哇亂叫、左躲右閃。「少爺饒命！少爺饒命！」

錦娘瞋了眼冷華庭，道：「相公，你手上傷的還沒好全呢，可別為這賤婆子又傷了，快歇著吧，一會子外面打板子的婆子來拖了她去，打個五十板子她就會說實話了。」

冷華庭這才住了手，冷冷地將那撣子扔在一邊，喝道：「快老實地回了少奶奶的話，不然，仔細妳的皮！」

那婆子雙手緊抱身子，哆嗦著對錦娘道：「少奶奶，不要再打奴婢了，奴婢說了就是，茗烟……茗烟手裡的藥是奴婢給的，是世子妃院裡的杜嬤嬤給奴婢的。

「她前兒來說，珠兒是害了平兒的凶手，遲早是要被王妃處置的，還說珠兒一旦承認是殺了平兒的凶手，那王妃必定會將奴婢一家都趕出府去，不如奴婢自己動手，在珠兒認罪之前讓她死了，王妃便死無對證，不會再對奴婢一家怎麼樣，再者，少爺還會看在珠兒多年服侍的分上，有些照顧也不一定。

「奴婢原也是不肯的，珠兒也是奴婢身上掉下的肉，怎麼捨得？可那杜嬤嬤說，珠兒已經沒救了，總不能讓她一個無用之人連累了全家，最重要的是連累了奴婢的兒子。奴婢在這府裡也過了一輩子了，自然是知道，被趕出府的就沒有活路可尋，想著奴婢的兒子，奴婢……也就接了那毒藥。可奴婢還是下不得手……後來，茗烟就來了，奴婢就將那藥粉給了茗烟，沒多久，少爺和少奶奶就來了，事情就是這樣，求少奶奶放過奴婢吧，奴婢的兒子還小，不能——」

「不能什麼，這會子妳又有了慈母之心了？誰跟妳說過珠兒是殺了平兒的凶手，王妃還是王爺？再或者是二少爺嗎？虎毒不食子，妳竟然聽信那杜婆子一面之詞，便下狠心害死自己的親生女兒，妳……簡直就不是人。」錦娘再也抑制不住心裡的憤怒，對那婆子喝道，巴不得冷華庭再拿雞毛撣子抽死這惡毒的婆子才好。

事情到了這分上，與先前錦娘查出的事實也有些相符，那杜婆子也不是個簡單之人，如今最重要的便是先拿了這婆子去王妃院裡，讓她將這番話說給王妃聽。杜婆子是世子妃院裡的人，自己無法去拿她，只有王妃才有權處置。這樣一想，錦娘便對冷謙道：「阿謙，這婆子便交給你了，你一定要派人好生看守了，再不能讓她出半點差錯了。」

冷謙聽了便對外面打了一個手勢，立即閃出一個黑衣人。冷謙將那婆子拎起交到那人手上，那人一閃便又消失了。

錦娘看得目瞪口呆。沒想到，自己身邊其實還是有高人在護著的，不由看向冷華庭，冷華庭將她一扯，說道：「好了，回吧，這裡也真是污濁得很呢，還有個死人在。」

錦娘點了點頭，帶著四兒跟在冷華庭的身後，向王妃屋裡走去。

二太太正坐在王妃屋裡喝茶，見錦娘和冷華庭臉色難看地來了，清冷的目光裡閃出一絲異色。

王妃見錦娘臉色不好，便隨口問道：「怎麼？珠兒可是說了？那簪子是從何處來的？」

錦娘一愣，沒想到王爺竟然沒有與王妃說起茗烟之事，更沒想到大通院裡發生那麼大的事情，王妃竟然不知，還如此悠閒地與二太太喝著茶？是王妃太不管事，還是她的消息被人控制，一時到不了她的耳裡？若是後者，那王妃的院裡也得進行一次清洗了，不然以後可有的是害人之事冷不防地冒出來。

錦娘微微嘆了口氣，看了眼一旁優雅喝茶的二太太，給二人行了禮後，才回道：「娘，珠兒死了，茗烟也死了。」

只是短短幾句話，錦娘看到二太太的手微微抖了下，清秀的眉稍稍收攏又散開，很快又恢復了平靜冷清，就像是聽到何處殺了一隻雞，哪裡死了一條狗一樣。

王妃卻是驚得差點潑了手裡的茶，不置信地又問了一句。「妳說什麼？」

錦娘無奈地看著王妃道：「娘，茗烟把珠兒殺了，茗烟……又莫名地死了。」

王妃總算聽明白了些，大而美麗的眼裡很是凌厲，豐潤的嘴唇也輕咬著，看了眼二太太後，對錦娘說道：「可是查出些名目來了？」

看來王妃並不想背著二太太來問事，錦娘尋思著有些不明白，不過，這事當著二太太和府裡其他人的面問起來倒是更好，也算是有人作見證吧。

「如今也就是將珠兒的娘拿來了，據她交代，是世子妃屋裡的杜嬤嬤逼她殺死珠兒的，她自己下不得手，就將毒藥給了茗烟了。茗烟怕珠兒說出什麼，就真的殺了珠兒。」錦娘說完這番話時，有種快要脫力的感覺。真的好累啊，為什麼不肯好好過日子，非要勾心鬥角的，日日活在陰謀裡呢？一時，她好想念前世簡單又自在的生活，可惜再也回不去了，如此一想，她便傷感了起來。

冷華庭一直在一邊靜靜地注視著她，這會子見她神色黯淡，而且沒有方才審出珠兒的娘時那種勝利後的小得意，還帶著絲憂傷，不由自己將輪椅推到錦娘的身邊，廣袖下，輕牽了她的手，大拇指在錦娘手背上輕輕撫摸。

他的手乾燥溫熱，撫得她癢癢的，卻給她一股安寧和溫暖。錦娘垂眸便觸到他的鳳眸，關懷暖暖如涓涓細流，輕輕流過她的心田，滋潤她疲憊萎頓的心，像是春日的和風，吹去了她心頭的哀傷。

既然上天又給了自己一次生的機會，那就得好好把握住，就算再難，她也要活出精彩來。何況，如今不是她一個人，她還有他，有這個美得天怒人怨，彆扭得人怒天怨，又溫情可愛得自己不怒不怨、只愛只憐的男子陪著，路也許崎嶇，但一定不寂寞，不是嗎？

「世子妃屋裡的杜嬤嬤？妳可是問清楚了？」王妃的臉色更加嚴峻起來，也不等錦娘回答，便對碧玉道：「帶幾個人去，先拿了那杜婆子來了再說。」

碧玉聽了便要下去，二太太卻道：「王嫂不可，那杜嬤嬤可是郡主娘家的陪房，若是沒有實在的證據隨便拿了，到時可是不好交代呢。」

王妃冷笑一聲。「郡主又如何？她既嫁進王府，就是我的兒媳，不過是一個奴婢，就算我冤了她，她也得給我受著。」

錦娘聽得一喜，沒想到王妃到了正經時刻倒是硬氣得很，做事也果斷大膽，全然不管別人如何看法，不由多看了王妃一眼，只見王妃遞給她一個安撫的眼神，錦娘心裡一暖，更覺先前的疲憊消散了不少。至少，不是自己和冷華庭兩個在孤軍奮戰，還有人站在他們這邊。

二太太聽了也是一怔，王妃的話說得有些蠻橫，卻也在情理之中，便不再勸了，仍一副悠然之態，端了茶在喝。碧玉出去叫人了，錦娘便讓冷謙將珠兒的娘帶了進來。

不過一盞茶的工夫，碧玉空手回來了，人沒帶到，上官枚卻是氣勢洶洶地來了，一進門也不行禮，先哭了起來。

「母妃，您這是何意，為何突然要拿了枚兒的陪嫁之人？」

王妃聽了，便看向地上珠兒的娘，說道：「妳院裡的杜婆子呢？碧玉，妳怎麼沒拿人來？」後面那句話問的是碧玉。

碧玉為難地看了眼上官枚，躬身對王妃道：「回王妃的話，奴婢適才使了人去拿那杜婆子，世子妃派了人擋著不讓奴婢拿人，說是自己來給王妃您一個交代，奴婢便只好回來了。」

王妃便似笑非笑地看著上官枚道：「枚兒，碧玉此話當真？」

上官枚被王妃那眼神看得有些心虛，但想著相公在屋裡說的話，她又來了勇氣，瞟了眼錦娘，對王妃道：「母妃，難道相公只是個庶子，您和父王便再看不上相公了嗎？如今連著枚兒的陪房您也要懷疑說事，我們究竟做錯何事了？您要一再地相逼？」

這話說得沒頭沒腦，王妃聽得莫名其妙，不解地看著上官枚，但錦娘卻是知道上官枚的意思。剛才王爺對冷華堂下了狠手，將他一個手臂卸了再安上，那不只是身體上的疼痛，更是心靈上的傷害。一個不被自己父親信任的兒子，被父親用非常手段試探的兒子，精神上承受的傷害比身體上的更大，如今上官枚正是藉王爺對冷華堂的愧意，故意來說事，想連著杜婆子的事一起揭過，甚至想要鬧得更大，讓王妃和自己自此不能隨便去查世子妃院子裡的事情。

「枚兒此話何意？平日裡，我何時逼迫過妳，妳倒是說出個一二出來看看，如今正好妳二嬸子也在，大家做個見證，別一會子鬧出去，人家當真以為我虐了庶子庶媳了。」

王妃臉色嚴肅地坐在椅子上，語氣冷冰冰的，往日溫柔如水的眼神此刻也變得凌厲了起來。

上官枚一聽便哭得更厲害了，抽泣著對二太太行了一禮道：「二嬸子，您在這裡更好。

這事說來二弟和二弟妹是最清楚的，適才二弟妹與二弟一起去找珠兒，不知怎地珠兒就死了，我和相公原是要去老夫人院裡的，路過大通院，聽見那裡鬧哄哄的就去看，誰知就出了人命。後來，二弟妹查出是父王身邊的茗烟殺了珠兒，父王一氣之下就踢了茗烟一腳，相公也是氣急，跟著也踢了一腳，誰知那茗烟就死了，父王便認定是相公踢死的。相公乃一介文弱書生，哪裡就有那本事能踢死茗烟，可父王卻是不信，竟然……竟然將相公一條膀子給生生卸了再接上……」

話說到此處，上官枚也沒有再往下說，王妃和二太太早已變了臉色。王妃還好，覺得這也沒什麼，若是換了自己，怕也會不信堂兒的吧，誰讓這事就那樣湊巧呢？太巧的事情就有陰謀，所謂的天仙局全是人設計的。

而二太太卻震驚得無以復加，她將茶碗往桌上重重一放，對王妃道：「王爺此舉確實做過了，堂兒早就接了世子之位，王爺卻總是不信任於他，將來他要如何執掌整個王府？下面的人會不會信服於他呢？」

王妃聽了便斜乜了眼二太太。這個二太太平日裡清高傲氣得很，一般不管別府裡雜事的，今兒也真是巧呢，她怎麼就會要來自己院子裡坐了？昨兒才玩了一圈牌走，今兒又來拜訪，以往怎麼不見如此殷勤？

「弟妹，他們小輩不懂事，怎地妳也如此說話？堂兒是王爺的兒子，打他也好，罵他也好，不過是父親在教導兒子呢，哪裡就做過了。人是他自己親生的，世子位都能給了堂兒，又何來不信任一說？不過是恨鐵不成鋼，想要多加磨練堂兒罷了。」轉而又對上官枚說道：「俗話說，天下無不是之父母，枚兒，妳不會不懂此話之意吧？」

一番話說得二太太噤了聲。以往王妃並沒有如此尖銳的，她總是很柔和地處理府裡的事情，只要不是大原則的事，她總是睜隻眼睛閉隻眼睛，今兒卻是針鋒相對了起來，難道……

不等二太太尋思完，王妃又對碧玉道：「去，將那杜婆子先拿來了再說，誰要敢攔著，板子上去侍候了。」

二太太聽了更是心驚，一時有些坐不住了，卻又不好在此時起身告辭，便只好繼續坐著。

上官枚一聽怒了，攔住碧玉，道：「母妃，您究竟因何要去拿兒媳的陪房，總要說個理由來才是。」

王妃便對那珠兒的娘道：「妳將先前對二少奶奶和二少爺說的話再說一遍，要大聲些，讓這屋裡的人全都聽得到。」

那婆子見王妃聲色俱厲，不由縮了縮脖子，正要開口，就聽二太太不緊不慢地說道：「有些話要想清楚了再說，若是只為了討好賣乖，或是貪愛錢財連自家閨女都不顧，那可是要遭報應的。」

珠兒的娘不由抬頭看二太太，便觸到一雙犀利清冷的眼眸，那目光看似淡然，卻如打在身上，似要穿透她的身體一般。她不禁打了個冷噤，縮著脖子不敢再看，囁嚅著半晌沒有說話。

上官枚見了便哭得更凶，對王妃道：「她一個下賤的婆子，自己女兒都能下手害了，這種人的話怎能信？母妃，難道您老糊塗了？」

如此下去，珠兒的娘必然會改口。錦娘站在一旁實在看不下去，便對珠兒的娘道：「妳儘管多想，想清楚了，什麼該說、什麼不該說我不知道，我只知道舉頭三尺有神明，人在做、天在看，珠兒的魂還未走遠，她雖不是兒子，但也是妳身上掉下的肉，她冤情難申，怕是會化了厲鬼去找那害了她的人報仇。」

到底是做了虧心事，珠兒的娘聽了錦娘這一番話便抬頭四顧，彷彿珠兒就活生生站在身邊一樣，猛然間又聽見哐噹一聲響，似有東西砸碎了似的。屋裡的人都一動不動，怎麼會有東西砸了？她突然害怕了起來，抱著頭就哭。「珠兒啊……不怪娘，是那杜婆子說的，妳不死就要害了全家呀……兒啊，娘也捨不得妳的，真的捨不得啊，妳不要怪娘，娘給妳多燒些紙錢，妳下輩子可千萬要投個好人家啊……」

一屋子的人聽得清楚，也看得明白，錦娘也並未刻意逼迫珠兒的娘。二太太見了此情景，無奈地仰靠在椅背上，似乎感到前所未有的無力，清冷的美眸又看向了錦娘，眼神銳利，只是淡掃一眼，便能讓人產生一股無形壓力。

錦娘抬眼回看了過去，眼神堅定而執著，清亮亮的眸子一瞬不瞬。兩人對視良久，二太太還是收回了目光，看向王妃。

王妃捏著手裡一串佛珠，無意識地撥弄著，見二太太看過來，她淺笑著對二太太道：「弟妹，妳可是聽清楚了？她的話說得明白得很呢。」

二太太也是冷笑一聲，道：「王嫂言重，這原是妳王府裡的事，我不過正好碰到而已，王嫂儘管自行處置便是，我在邊上看著，也好跟王嫂學學這治下之道。」

哼，這會子倒是撇得乾淨。王妃也懶得跟她再糾纏，轉而對上官枚道：「枚兒可是聽清了？這總不能怪是我逼迫妳了吧，碧玉，妳還不去拿人，難道又想讓人被滅了口？」

王妃這話可是說得嚴重，上官枚不由氣得差點跳了起來，對王妃道：「母妃，您這話是何意？難道您懷疑是枚兒指使杜嬤嬤去害人不成？」

王妃似笑非笑地看著她道：「我什麼也沒說，只是有了平兒和珠兒之事，想要手下人做事穩妥一些而已，枚兒非要那樣想，我也沒有辦法。」

碧玉再次帶著人走了，上官枚還待要理論，二太太對她橫了一眼，她便老實地噤了聲，不再說話。

沒多久，碧玉還沒有將那杜婆子拿過來，外面一個小丫頭來報，說是老夫人來了。

王妃聽了眉頭一皺，很為難地看了錦娘一眼，錦娘也覺得頭痛得很。又來了一個難纏的人物，一會子怕是要打起十二分精神來應對了。

只是今天這事可也太巧了吧！二太太在這裡也就罷了，老夫人平日裡是很難得到王妃屋裡來一趟的，因為老夫人不喜王妃，兩人說話不對盤，因此王妃一般也不去給老夫人請安定省，只有年節就去請了老夫人出來坐上席，而老夫人呢，也是不願意看到王妃，寧願去東西兩府走動，也不願來王妃這裡。倒是王爺三不五時地會去給老夫人請安，也正是如此，老夫人在府裡的地位尊崇得很，讓王妃常被她氣得鬱結在心，幾天難以消散。

一個、兩個不常來的人，偏偏湊巧地都來了，這事，還真是越發複雜了……

——未完，待續，請看文創風070《名門庶女》3

既然穿越又重生，就是不屈服於命運！
即使生為庶女，她也要過得比嫡女更好！

花招百出、拍案叫絕
宅門界新天后／不游泳的小魚

名門庶女

文創風 068 1

誰說生在富貴人家就是命好？ 她孫錦娘生在相府真是命苦！
平平是穿越，她卻穿成了個相府庶女，親娘是個懦弱妾室，
爹爹嚴肅剛正卻遠在邊關，家裡是大夫人一手遮天，
兩個嫡女姊姊最拿手的是欺負人，可憐她這個四小姐過得比丫鬟還不如，
幸好她穿來以後善用現代智慧給自己掙出一條路，
順便好好利用了封建制度的漏洞，硬是讓親娘扶正為平妻，
眼看快活日子有點苗頭了，天上卻忽然掉下來一樁婚事——
簡親王妃竟然欽點她為媳婦？!
但她要嫁的不是親王世子，而是據說脾氣古怪又殘疾的二公子，
天呀！她連這男人是圓是扁都不知就得嫁了，
成親之後，誰知又會是怎樣的日子？
她小姐還沒做多久，就要接受當妻子的考驗嗎……

文創風 069 2

洞房花燭夜，交杯酒喝了，紅蓋頭掀了，她才知自己嫁了個天下無雙的丈夫！
早已聽說冷華庭脾氣壞、心性像孩子，而且不良於行，
可沒人告訴她這男人生得比女子還好，簡直美得天怒人怨啊！
可惜他美則美矣，偏偏不讓人接近，連她這新婚妻子想靠近點，
就被他的伶牙俐齒氣得想重新投胎，苦啊……
但瞧他雖愛作弄人，有時故意裝傻，有時愛使性子，
眼裡卻偶有抹不去的愁，身上又讓奸人下毒，飽受毒發之苦，
在王府裡活得比她更尷尬辛苦，勾得她心疼；
既然嫁了，她就是冷華庭的妻，簡親王府的二少奶奶，
在這府中，丈夫是她要倚靠相伴一輩子的人，
夫妻既是唇齒相依，那麼該為丈夫爭取的，她當仁不讓，
別人若想要欺負到他倆頭上，也得看她孫錦娘答不答應……

文創風 071 3

在王府過日子真如遊戲打怪過關，天天都有層出不窮的大事小事要應付，
簡親王妃雖然疼愛自己，但上有瞧不起自己丈夫的老夫人和側妃劉姨娘，
旁有摸不清底的世子大哥和世子妃，下有暗懷鬼胎的僕人們，
還有二房、三房太太等著看王府好戲，她和冷華庭雖是一心一意過小日子，
陰謀暗算卻樣樣朝他們而來，她雖然常是急中生智、逢凶化吉，
但總也是要想個辦法反擊回去，讓人知道他們夫妻不是好惹的；
況且當年究竟是誰使計廢了丈夫的腿，害他失去世子之位，
現下又蠢蠢欲動，似乎意圖顛覆簡親王府？
府內暗潮洶湧，她出了王府，又不知怎麼招惹上裕親王世子冷青煜，
這下太子妃又召她一見，她真是裡外皆忙，一天清靜日子都難得，
幸好冷華庭處處呵護，甚至願意為了她拚命恢復身子，
或許一時半刻他倆還不能安生，但有夫如此，
她穿越後的人生看來也有幸福可言……

春秋戰國第一大家／玉嬴

無鹽妖嬈

青山相待，白雲相愛，夢不到紫羅袍共黃金帶。
一茅齋，野花開，管甚誰家興廢誰成敗？

文創風 059 1

孫樂想不通透，自己怎的一不留神就被雷劈了個正著？
且她一覺醒來成為一名身分低下的十八姬妾也就罷了，
偏偏她還換了個身體，變成長相醜陋兼瘦弱不堪的無鹽女！
教人汗顏的是，她名義上的夫婿姬涼卻是美貌傳天下的翩翩美公子，
唉唉，這兩相一比較，簡直都要叫她抬不起頭來了，
再者，來到這麼個朝代後，生存突然間變成一件無比艱難的事，
前面十七個姊姊，隨便一個站出來都比她美很多，
她既無法憑藉美貌得人寵愛，想當然耳只得靠腦袋掙口飯吃了，
幸好她極聰穎，臨機應變的能力絕佳，又能說善道，
想來要在這兒安身立命下來，應該也不是太難……吧？

《無鹽妖嬈》1封面書名特殊燙銅字處理，盡顯濃濃古意！

文創風 060 2

說到她夫婿姬五這人，家底是不差的，加之心善耳根又軟，
因此人家塞給他及他救回家的女人不少，這些全成了他的姬妾，
孫樂自己就是被他撿回家的，要不憑她人見驚、鬼見愁的容貌，誰肯娶？
甚至連她請求收留一個無依無靠的男孩跟她同住，他也答應了呢！
但說也奇怪，她就罷了，其他漂亮的姬妾不少，怎也不見他多瞧一眼？
別說看了，連到後院跟姊姊們說說話的場面她都很少看見過，
倒是她，醜歸醜，但因獻計解了他的煩憂，反得他的另眼相看，
結果可好，引得其他姬妾們眼紅，其中一個還對她栽贓嫁禍，
唉，使出如此拙劣的伎倆，三兩下就能解決掉，她都不知該說什麼好了，
果然男人長得太好看就是一切禍亂的起源，古今皆然啊～～

文創風 061 3

在展現聰明才智，成為姬五的士隨他出齊地後，孫樂發現了一個秘密——
他俊美無儔，氣質出眾，外人看來宛若一謫仙，卻原來極怕女人啊！
由於他生得一張好皮相，姑娘家見了他就像見到塊令人垂涎的肥肉似的，
不論美醜，一律對他熱情主動、趨之若鶩得很，令他招架不住，
基本上，他會先全身僵硬、正襟危坐，接著就滿頭大汗、困窘無措，
通常要不了多久，他就會明示暗示地要她速速出手相救，
即便是名揚天下、大出風頭後，他也一如既往的不喜歡與人交際，
而跟在他身邊的她，就算低調再低調，才智與醜顏仍是漸漸傳開來，
便連天下第一美人雉才女都當眾索要她，幸好他極看重她，嚴辭拒絕了，
她既心喜於他的相護，又不解雉才女的舉動，此事頗耐人尋味哪……

文創風 063 4

猶記當初秦王的十三子曾對孫樂説，她雖是姑娘，卻有丈夫之才、丈夫之志，
因看出她才智非凡，所以問她有無興趣追隨他，他必以國士之禮待她，
這番話著實説得情真意摯啊，偏偏她沒那麼輕易便以命相隨，
要知道，這是個人命如草芥的世道，她不過一名小女子，沒啥偉大志向，
倘若能得一處居所安然自在地過了餘生，她便也別無所求了，
然則那問鼎天下、惹得各侯王欲除之的楚弱王卻逼得她不得不大展長才，
原因無他，楚弱王便是當年與她同住姬府、感情極佳的男孩弱兒！
當時那個説要她變好看點才好娶她做正妻的男孩，如今已是一國之王，
不論多少年過去，他待她仍一如往年的好、不嫌她醜，欲娶她之心更堅定，
雖不確定自己的心意，但她卻為他扮起男子，當起周遊列國的縱橫客……

文創風 064 5 完

這回為了姬五想救齊國一事，她孫樂重操舊業出使各國當説客，
結果齊國是順利得救了，她卻徹徹底底得罪了趙國，
趙國上下認為她以女子之身玩弄天下之士，更兩番戲趙，罪無可逭，
那趙侯更是發話了，凡她所到之處，他必傾國攻之！
這不，她前腳才剛踏入越國城池，越人即刻便求她離開，想想她也真有本事，
然則此時出城便是個死，於是她率眾住下，沒幾日，趙果發兵十萬欲滅她，
正當兵臨城下、千鈞一髮之際，弱兒帶大軍前來相救，更令趙全軍覆沒！
驚險撿回一命後，她不得不正視一個困擾已久的問題——
一個是溫文如玉的第一美男姬五，一個是問鼎天下的楚國霸王弱兒，
兩位人中之龍都極喜愛她，她也該仔細想想，誰才是她心之所好了呀……

《無鹽妖嬈》5，首刷隨書附贈1~5集超美封面圖5合1書卡，
可珍藏，亦可自行裁切成5張獨立的書卡使用喔！

文創風 069

名門庶女 2

國家圖書館出版品預行編目資料

名門庶女 / 不游泳的小魚著. --
初版. -- 臺北市 : 狗屋, 民102.02-
冊 ; 公分. --(文創風)
ISBN 978-986-328-015-6(第2冊:平裝). --

857.7 101027936

著作者 不游泳的小魚
編輯 戴傳欣
校對 黃薇霓 林若馨
發行所 狗屋出版社有限公司
地址 台北市104中山區龍江路71巷15號1樓
電話 02-2776-5889～0
發行字號 局版台業字845號
法律顧問 蕭雄淋律師
總經銷 知遠文化事業有限公司
電話 02-2664-8800
初版 102年3月
國際書碼 ISBN-13 978-986-328-015-6
原著書名 《庶女》，由瀟湘書院中文网(www.xxsy.net)授權出版

定價230元
狗屋劃撥帳號：19001626
網址：love.doghouse.com.tw E-mail：love@doghouse.com.tw